Récit intégral (ou presque) de mon premier baiser

Jo WITEK

Récit INTÉGRAL (ou presque) DE MON PREMIER BAISER

Seuil

Illustration de couverture :
Stéphanie Rubini

ISBN : 979-10-235-2125-2

www.seuil.com

Conforme à la loi n° 49-956 du 16 juillet 1949 sur les publications destinées à la jeunesse.

À mes fils

Récit intégral (ou presque) de mon premier baiser

Samedi 17 mars. 17:00

Je ne supporte plus qu'on me donne des ordres !

C'est fou comme les adultes passent leur temps à nous manipuler comme des pantins. Ils devraient pourtant savoir qu'il est trop tard. C'est pas à treize ans que je vais me mettre à ranger ma chambre alors que je ne l'ai jamais fait. Je ne vais pas me lever un matin en me disant : « Tiens, mais j'ai une soudaine envie de ranger ma chambre, moi ! Il faut que tout soit impeccable, comme ma petite maman me le répète depuis treize ans : bureau, penderie, moquette et lit ! Hop ! ça y est, j'ai enfin compris que faire le ménage, c'est vraiment cool ! »

Ma mère perd son temps. Je voudrais qu'elle me lâche. Qu'elle arrête de me faire ranger tout le temps, comme si quelqu'un d'autre que moi allait dormir dans ma chambre. J'en ai rien à faire que ma chambre soit « impec' », comme elle dit. De toute façon, rien n'est

« impec' » en ce moment pour moi. Il suffit que je me regarde dans un miroir pour le constater. Entre points noirs et début de moustache, pas de quoi se la jouer.

Je voudrais qu'ils me lâchent tous avec leurs conseils, leurs ordres et leurs modèles de vie pourris. Comme ma grand-mère qui n'arrête pas de me dire que la vie, c'est comme son potager ! Qu'il faut l'arroser chaque jour et veiller au grain pour que les légumes poussent bien et soient goûteux. Je ne comprends rien à ce qu'elle veut me dire. Je ne vois pas le rapport entre ma vie et celle d'une patate ou d'une courgette ! Comme si ma seule ambition était de cultiver mon petit potager au fond du jardin. C'est chiant, le jardinage, c'est un truc de vieux, mais ils ne veulent pas le comprendre. Cela dit, je l'aime bien, ma grand-mère, je vois bien qu'elle voudrait me cajoler encore un peu, mais je ne supporte plus l'odeur de sa maison ; ce mélange de chocolat et de poudre de riz me donne la nausée, l'envie de m'échapper.

J'ai souvent envie de m'enfuir. Ouvrir les portes en grand et courir.

Courir, mais pour aller où ? J'aurais l'air débile si je croisais quelqu'un dans le village, à courir après rien ni personne. On me prendrait pour un fada, comme on dit ici.

Mon père a de la chance, lui, il voyage souvent pour son boulot. Il est journaliste économique. Il met les voiles à Paris, à Londres, à New York ou à Bruxelles, partout où les grands manitous de la finance se réunissent pour se partager le monde. Je l'envie de pouvoir aller voir du pays sans toujours se balader avec toute la famille derrière le dos. D'être libre, quoi !

Chez moi, toute la famille se résume à ma mère Laura, mon père Jacques, mon frère Lucas, six ans – dit « la Boule » (parce qu'il pesait 5,150 kg à la naissance) ou encore « Tibou » (parce qu'il est le dernier) – et ma chienne Laïka, un labrador noir, surnommée « la Noiraude » parce qu'elle bouge du train arrière comme une vache quand elle marche. Moi, je m'appelle Xavier. Je passe sur mes surnoms parce que je ne supporte plus que ma mère, mon père et mon petit frère osent encore m'affubler de p'tits noms ringards. Moi, c'est Xavier, Xav à la limite, mais c'est tout ce que je tolère.

Ce n'est pas que je n'aime plus ma famille, c'est juste que je me sens différent, plus aussi concerné par ce qui se passe à la maison. Je ne sais pas trop comment décrire ce que je ressens. C'est comme une tornade à l'intérieur.

Tout à l'heure, j'avais envie de cogner dans les murs, j'avais la haine, tout ça parce que ma mère m'a demandé de ranger ma chambre. Je ne sais pas si c'est normal de s'énerver à ce point. J'avais envie de tout foutre en l'air, vraiment.

Peut-être que je devrais consulter.

Ma mère (encore elle !) dit toujours que, quand on se sent mal, il faut consulter.

Un médecin ? un psychiatre ? un neurologue ? une assistante sociale ? Je ne sais pas trop.

J'ai envie d'en parler à quelqu'un.

Il faut que je parle, il faut que cela sorte de ma tête, parce que je sens bien qu'à l'extérieur j'ai l'air de moi : Xavier Bole, treize ans, bon élève, sérieux, poli et tout et tout. Mais à l'intérieur, j'ai parfois l'air d'un autre moi : Xavier Bole, treize ans, complètement barjot, celui-là !

Je ne sais pas pourquoi je me mets à écrire dans ce cahier. Drôle d'impression.

Je suis tombé dessus par hasard en rangeant mon placard, tout à l'heure. Un Notebook jaune en papier recyclé, offert par ma grand-mère pour mes douze ans. Je l'avais oublié et puis, tout à coup, je me suis dit que c'était peut-être bien d'enfouir dans ce carnet tout ce qui se passe dans ma tête. Non, en vérité, je ne me suis rien dit du tout, j'ai vu le cahier et je me suis mis à écrire comme ça, naturellement.

Et ça fait du bien. À+

Dimanche 18 mars. 20:30

Martin est mon meilleur ami.

Il est vraiment drôle, je ne sais pas comment il fait, mais il connaît par cœur des tonnes de blagues. Monsieur et madame Machin, le comble de, des histoires belges, des devinettes. C'est fou ce qu'il a en magasin !

Cet aprèm, je lui ai parlé de mon ras-le-bol des ordres, de cette envie de plus en plus fréquente de hurler sur mon frère ou sur ma mère, de claquer les portes, de partir courir dans les vignes pour me défouler.

On s'est fini le paquet de chips.

On a passé l'après-midi comme ça, à glander dans ma chambre en se faisant engueuler deux, trois fois par ma mère parce qu'il « est ridicule de rester enfermés avec un si beau soleil ». De toute façon, ici, le soleil, c'est trois cents jours par an, alors pas la peine d'en faire une histoire. Maman a toujours l'impression que ce soleil généreux ne va pas durer, qu'un jour ou l'autre quelqu'un va passer pour le lui reprendre. « Allez, madame Bole, il faut rendre ce soleil, la campagne, la maison avec vue sur les plateaux du Haut-Languedoc et retourner à Paris, sous la petite pluie fine qui entre par les yeux quand on sort du métro. »

Je me souviens bien de ces sensations de pluie, de ce ciel toujours bas. J'avais dix ans quand on a quitté Paris. Une idée de mon père. On a laissé la capitale pour s'installer à Margon, un petit village au milieu des vignes. Ça n'a pas été facile, surtout le jour de la rentrée. Tout le monde connaissait tout le monde dans le village et Tibou et moi, on était les NOUVEAUX ! La nouvelle attraction ! Heureusement, Martin est entré dans ma vie, il m'a tout de suite plu avec ses blagues débiles et ses énormes goûters à partager. Sa gentillesse, aussi. Il a été le premier à m'adresser la parole, à me mettre à l'aise en me faisant faire le tour de l'école (qui était rapide vu que c'était une classe unique).

Trois ans plus tard, il est toujours là, et son amitié compte plus que tout pour moi.

Il est comme un frère, je peux tout lui dire, on partage tout : chips, crises de rire et de rage, coups de gueule en attendant les coups de cœur. Il est en quatrième au même collège que moi, mais pas dans ma classe cette année.

C'est vrai que pour lui, le collège, ce n'est pas le délire. Il a pas mal de difficultés. J'ai plus de chance, même si je n'ai aucun mérite : j'apprends et je mémorise plus vite, c'est tout. La nature est injuste. À cause de sa mémoire passoire, Martin en bave, et ce n'est pas une question d'intelligence. Je ne comprends pas pourquoi les profs sont plus sympas avec moi. Il n'y peut rien, Martin, si sa mémoire est lente, c'est un truc génétique et, franchement, il doit bosser comme un malade pour obtenir des résultats plus que moyens. Bon, c'est vrai qu'il n'est pas vraiment du genre à bosser comme un malade, mais moi non plus. C'est sans doute notre point commun. En tout cas, Martin déteste aller au collège. Moi, ça va encore. Tant que les profs me foutent la paix ! Pas comme cette satanée prof de français, Desplats (Desplats-de-pâtes comme on l'appelle), qui veut toujours que je fasse profiter la classe de mes lectures.

– Xavier, vous qui lisez beaucoup, faites donc partager vos lectures de la semaine à la classe !

C'est toujours sur moi que ça tombe, elle fait une fixette depuis que ma mère s'est vantée à la dernière réunion de parents en lui avouant que je lisais au minimum un roman et cinq BD par semaine. Depuis, elle ne me lâche plus.

Mais moi, je n'ai aucune envie de partager mes lectures. C'est intime, un livre, je ne sais pas, ça ne se partage pas, j'aime ou j'aime pas, il n'y a rien à ajouter. Les profs veulent toujours qu'on ait des avis sur tout. J'en ai rien à battre, moi, des auteurs, de leur vie, de leur engagement et tout ça. Si j'avais envie d'en parler, j'en écrirais, des livres, au lieu d'en lire ! Moi, ce que je veux, c'est qu'on me foute la paix, et qu'on me laisse bouquiner tranquille sans avoir à rendre des comptes ni à Desplats-de-pâtes ni à ma mère qui veut toujours savoir ce que je lis.

– Franchement, à ton âge, je lisais autre chose que de l'*heroic fantasy* !

Comme si l'*heroic fantasy* existait quand maman était jeune ! Elle reste scotchée sur sa jeunesse à elle et me rapporte des Dickens, des Daudet ou, pire, des bouquins de la comtesse de Ségur ! La honte ! Je ne veux même pas savoir ce qu'elle a écrit, la mère Ségur, rien que son nom me fout les boules.

Non, ce que j'aimerais bien trouver, c'est un livre sur une première histoire d'amour. Un bouquin où je pourrais apprendre des trucs. Sur le premier baiser, par exemple.

Je ne sais pas si ça existe. Tchao.

Lundi 19 mars. 17:05

Journée naze, je déteste les courgettes farcies à l'eau !

Prof d'espagnol malade, du coup deux heures d'étude avec Perrac, le pire pion du collège.

Martin est sorti plus tôt que moi, donc pas de Martin dans le bus, mais une bande de gars de troisième tous plus débiles les uns que les autres.

Ce soir, je vais à l'école de musique.

J'attends Étienne (un copain du collège qui fait de la guitare), c'est sa mère qui m'y emmène.

Je n'ai pas vraiment bossé mon morceau de piano, je sens que je vais passer une soirée aussi pourrie que ma journée. Mon prof de musique n'a rien d'un mec cool.

Ma vie m'ennuie. Quand se passera-t-il quelque chose ? Rien trouvé à la bibliothèque du collège sur la première histoire d'amour, et pas eu le courage de demander à Mme Le Maille, la documentaliste, si par hasard, à la lettre A comme Amour, on pouvait trouver ses réponses.

Tchao (Étienne vient d'arriver).

Mardi 20 mars. 18:02

Ma mère devient franchement lourde avec les filles. Ça tourne à l'obsession. Elle n'a plus que ce mot à la bouche : les filles ! Tout à l'heure, par exemple, je lui montre la photo de classe. Eh bien, le seul truc qui l'intéressait, c'était de savoir quelle fille de la classe je trouvais mignonne.

AUCUNE, merci !

Si elle ne sait pas encore à son âge que les filles sont toujours moches quand elles sont dans la même classe que nous ! Les belles sont ailleurs, dans toutes les autres classes de la Terre sauf dans la nôtre. C'est mathématique : la probabilité de s'asseoir, dans une classe d'école, à côté d'une fille canon est extrêmement peu élevée.

Bref, comme ma mère a vu que je n'avais aucune envie de sortir avec une fille de ma classe, et que je les trouvais toutes moches, elle est passée aux garçons. Elle a voulu savoir qui était sympa ou non, qui travaillait bien et patati et patata… Mine de rien, elle m'interrogeait sur mes préférences sexuelles. Flippant !

J'ai l'impression de vivre avec un agent de la CIA. Est-ce que les mères sont toutes aussi collantes que la mienne quand leurs enfants deviennent ados ? C'est comme si elle voulait me pousser vers le monde des adultes tout en s'agrippant à ma chemise en criant : « Ne me prenez pas mon bébé ! »

Mon père est plus discret. Il est moins à la maison, aussi. Trois jours par semaine au grand max.

C'est vrai que maman travaille chez nous, elle est podologue. Elle a son cabinet dans le sous-sol de la maison. J'ai un peu honte du métier de ma mère, je ne sais pas comment elle peut passer huit heures par jour à grattouiller sous les pieds des gens, à leur râper la peau morte comme du gruyère. C'est franchement dégueulasse.

Faudrait que je lui demande un jour à quel moment de sa vie elle a décidé de devenir podologue. Il y a plein de métiers comme ceux-là pour lesquels il est impossible de se dire que les gens les font par vocation, comme vendeur d'aspirateurs, surveillant de musée ou de prison, trader, vendeur d'espaces publicitaires pour la radio, contrôleur de train, entrepreneur de pompes funèbres… Plus tard, je ne sais pas encore trop ce que je ferai comme métier…

Bon, demain, c'est mercredi. S'il fait beau, j'irais bien faire un tour à vélo avec Martin et Étienne. On pourrait aller jusqu'au barrage... Hâte de me baigner, j'en ai marre de l'hiver.

À+

Mercredi 21 mars. 14:00

Il flotte.

Tu parles d'un premier jour de printemps ! La *lose* totale.

J'ai horreur de la pluie le mercredi. Cela signifie pas de vélo, pas de balade dans le village avec Martin, et aujourd'hui pas de Martin à la maison pour faire le couillon avec moi dans ma chambre. Ma mère a invité une de ses amies qui a des enfants, donc il faut que la Boule et moi on s'occupe des enfants, histoire que les mères puissent papoter en paix.

C'est toujours pareil avec les marmots des amis des parents : sous prétexte qu'ils sont les fils et les filles des amis des parents, ils devraient être nos amis. Et la plupart du temps, comme je suis le plus âgé, je me retrouve à la tête d'une horde de nains sauvages que Tibou n'arrive jamais à gérer seul. Faut dire que mon frère est plutôt du genre bagarreur.

Bref, il flotte, et les sauvages vont débarquer dans ma chambre d'une minute à l'autre.

Tchao + les boules.

Mercredi 21 mars. 19:36

Mina. Mina. Mina. Mina. Mina. Mina. Mina. Mina. Mina. Mina. Mina. Mina. Mina. Mina. Mina. Mina. Mina. Mina. Mina. Mina.

19:42

C'est fou l'effet que ça fait.

Rien que de prononcer son prénom, j'ai la tête qui tourne.

Et dire que je m'attendais à un après-midi Toy Story ou La Reine des Neiges.

Maman aurait pu me dire que la fille de son amie avait mon âge !

Et qu'elle était… SUBLIME !

Pas envie de descendre dîner, c'est sûr que ma mère va me demander comment je l'ai trouvée, et je vais piquer un fard. J'aurais préféré que personne ne soit au courant pour elle et moi.

Pour elle et moi ?

Je parle comme s'il y avait quelque chose de possible entre nous. Je me fais des idées.

Cette fille est bien trop géniale. Elle doit déjà être sortie avec des tonnes de mecs super branchés et nettement plus en avance sur la chose que moi.

La cloche du dîner vient de sonner. Pas faim. Rien à leur dire.

À+

19:57

À table, j'ai fait semblant d'avoir un peu mal au cœur, et ma mère m'a autorisé à monter me coucher direct (sans me poser de questions). Sauvé !

Est-ce qu'il faut lui écrire tout de suite ?

Est-ce qu'il faut attendre un peu pour qu'elle ne puisse pas deviner que je suis totalement dingue d'elle ?

J'ai peur de dire des conneries, peur de me griller, surtout.

Merde, alors ! Je n'ai pas le mode d'emploi.

Mina.

J'adore tes yeux noirs, j'adore ton sourire.

Elle a les dents du bonheur. C'est comme une caresse, son sourire. Voilà que je parle comme un poète ! Comme une groupie hystérique dans son journal intime !

Pourquoi les hommes n'ont-ils pas le droit de parler d'amour ?

Avec qui peut-on parler de tout ça ?

Mon père : pas la peine, je le connais, ça va le mettre mal à l'aise, et il va courir à la librairie m'acheter tous les guides sur l'amour et l'adolescence.

Maman : absolument déconseillé (*because* agent de la CIA et que toutes ses copines seront au courant, y compris la mère de Mina).

Tibou : trop jeune, quoiqu'il se soit bien amusé lui aussi cet aprèm avec Chloé, de deux ans son aînée. Peut-être qu'il est amoureux, lui aussi !

Il ne reste que Martin mais, franchement, dès qu'il me parle de filles, c'est pour se moquer d'elles. On n'a jamais vraiment abordé LE sujet tous les deux. Enfin, je veux dire sérieusement, sans blaguer. D'ailleurs, j'ai l'impression que tous mes copains ne parlent jamais de filles sans blaguer.

Est-ce que les hommes sont capables d'exprimer leurs sentiments sans pisser de rire ?

Tchao.

20:10

J'adore cette fille ; et j'ai l'air super con dans ma chambre avec son adresse e-mail dans la poche. Son portable est HS, alors c'est tout ce qu'elle m'a donné pour la joindre, une adresse. Que lui écrire ?

À +

21:16

J'aime aussi sa voix.

Elle a quelque chose de cassé dans la voix, comme une chanteuse italienne. J'aurais voulu lui prendre la main. Je me demande si elle aussi a ressenti ce truc entre nous. Je n'ai pas envie de rester seul avec ce truc entre nous. C'est fou. Une chaleur. Quelque chose d'évident entre elle et moi, comme si on s'était toujours connus.

Bon, il va falloir que je trouve une cachette fiable pour ce cahier. Aucune envie que l'agent double ne mette désormais la main sur ces mots que je ne peux pourtant m'empêcher d'écrire. Est-ce normal de tenir un journal intime ? Je veux dire normal pour un mec ? N'est-ce pas réservé aux filles ? Faut que je trouve des réponses, j'ai besoin de savoir qui je suis. J'ai besoin de comprendre ce que je vis. Je veux l'aimer, mais je ne sais pas comment faire.

Mina, je te connais à peine, mais je crois que je t'aime depuis toujours.

Love.

Jeudi 22 mars. 19:10

Rien. Aucun e-mail. Je ne lui ai rien envoyé, elle non plus.

Est-ce que je me serais trompé ?

Mais peut-être qu'elle non plus n'ose pas écrire, de peur de trahir ses sentiments. C'est un truc de dingue, l'amour… Franchement, quelle prise de tête !

Pourtant, j'ai adoré être amoureux, aujourd'hui.

Je me sentais léger au collège, vraiment heureux de vivre. J'avais envie d'être sympa avec tout le monde, de rendre service. Je me suis même porté volontaire pour aider Virginie Mallet à monter et descendre les escaliers toute la journée (elle est plâtrée du pied gauche). Et accompagner Mallet toute la journée, je peux vous dire que ce n'est pas une partie de plaisir. Elle râle tout le temps, elle pue la sueur à fond, elle a une haleine de chacal. Bref, la Mallet – comme dit Martin –, c'est le pur boulet ! Pourtant, aujourd'hui, je n'ai pas trouvé qu'elle sentait mauvais, je l'ai même trouvée presque touchante quand elle m'a souri pour me remercier.

Étrange, l'amour... Ça change mon point de vue sur le monde. Je vis comme d'habitude, mais je ne vois plus les mêmes choses. Par exemple, je ne m'étais pas aperçu que l'amandier de la cour de récré était déjà en fleur. Il a fallu que ma route croise celle de Mina pour que je regarde vraiment cet amandier en fleur et que je le trouve magnifique.

Du coup, j'ai pensé à ma grand-mère et à sa passion du jardinage, et je me suis dit que je la comprenais un peu mieux, maintenant. Peut-être retrouve-t-elle des traces de son amour avec grand-père dans les fleurs qu'elle fait pousser !

Des bouts de son amour perdu éparpillés dans son verger...

On m'appelle pour dîner. Tchao.

20:15

Repas un peu silencieux.

Maman : « Elles sont sympas, Isa et ses filles, non ? »

Moi (faux jeton, avec le nez dans mon assiette) : « Ouais, super sympas. »

Tibou : « Faudra les réinviter ! »

J'adore Tibou quand il dit des trucs comme ça. Les réinviter ! *Yes !*

Maman n'a pas dit non, mais « bientôt, bientôt... ». Hâte de la revoir.

Elle est si belle.

Pas belle comme les filles des magazines avec des fringues super à la mode et leur quincaillerie sur les bras. C'est marrant, d'ailleurs, mais les filles, quand elles veulent se faire belles, je les trouve toujours moins jolies. Moi, j'aime bien le côté naturel de Mina. Juste un jean, un tee-shirt blanc, les cheveux détachés.

Pas de gloss, pas de piercing, pas de breloques, juste elle.

Quand on s'est retrouvés tous les deux dans ma chambre, on a commencé par se raconter nos vies. Elle, le collège privé, moi, le collège tout court. Elle, le skate, moi, les figures de BMX avec Martin. Elle, la natation, moi, les jeux vidéo. Elle, la peinture, moi, la lecture et le piano. Et puis le cinéma pour tous les deux. Cette passion du cinéma que nos parents respectifs nous ont transmise. Noir et blanc, action, humour, *love story*, comédies musicales, Mina et moi avons été bercés au cinéma sur grand écran.

Voilà, j'ai trouvé, c'est évident ! Il faut que je l'invite au cinéma. Quand ? Comment ? Quel film ?

Je ne sais pas si ça se fait… Le cinéma a un côté drague évident.

Comment ça marche, l'amour ?

On se sent si seul au monde, tout à coup. Si seul avec une masse d'incertitudes sur le dos, comme si on était obligé de parler une langue que personne ne nous avait apprise.

Do you speak love ?

¿ Hablas la lengua del amor, chico ? No, hablo rien du tout.

Martin, merde ! Tu aurais pu être amoureux avant moi, ça m'aurait aidé.

Martin, que je n'ai même pas encore mis au courant parce qu'il est rentré déjeuner chez lui aujourd'hui et qu'on s'est à peine croisés au collège.

Je suis débile ou quoi ? Je perds vraiment la tête !

Évidemment, qu'il faut que j'en parle à Martin ! Et tout de suite, même...

À +

21:11

Putain, la veine ! Te casse pas, on va trouver un plan. En attendant, invite-moi vendredi soir à dormir chez toi, on aura bien besoin d'une nuit pour analyser le truc.

T'inquiète, je suis avec toi. On va y arriver !

Martin est un vrai pote, je peux compter sur lui. J'ai vraiment bien fait de lui en parler. Quoique son « on va y arriver » me fasse un peu peur. Faudrait pas non plus qu'il s'investisse trop dans mon histoire d'amour !

À +

Vendredi 23 mars. 8:05

Deux jours sans nouvelles de Mina, c'est l'enfer !

J'espère qu'elle aussi pense ça, qu'elle attend mon mail avec impatience, mais plus je tarderai à lui donner de mes nouvelles, plus ça va me mettre la pression pour écrire quelque chose de percutant. Après trois jours de silence, je ne pourrai pas me contenter d'un « ça roule ? ».

Vivement ce soir que j'en discute avec Martin.

Bon, il faut que j'aille promener Laïka avant d'aller au collège. On dirait qu'elle sent que je me prends la tête, que je n'ai pas le cœur à jouer avec elle à la baballe ni à touche-pas-à-mes-papattes. Il paraît que les animaux ressentent ces choses-là. Tu vois, ma toutoute, comme je suis amoureux ? Jalouse, hein ?

Tchao.

Samedi 24 mars. 11:30

Salut Xavier,
Je suis contente d'avoir de tes news. OK pour le ciné.
Je demande à ma mère pour demain.
À +. Mina.

Fallait nous voir, Martin et moi, sauter de joie sur mon lit quand on a découvert son message en nous réveillant ce matin !

Elle était contente d'avoir de mes nouvelles ! Et surtout, elle était OK pour le ciné !

J'ai adoré qu'elle soit contente, j'ai adoré son message, j'avais l'impression d'entendre sa voix cassée entre chaque ligne.

Hier, on avait mis à peu près quatre heures à taper le mail avec Martin.

Après avoir effectué des heures de recherche sur le Net pour trouver un « modèle » de premier message amoureux, on avait fini par envoyer ceci, à 23 h 11 :

Bonjour, Mina, j'aimerais t'inviter à aller voir un film.
Tu es libre ce week-end ?
À +. Xav.

Simple, direct et efficace (d'après Martin). Nul et banal (d'après moi).

Mais elle avait répondu ce matin à la première heure (8 h 15).

Salut Xavier,
Je suis contente d'avoir de tes news. OK pour le ciné.
Je demande à ma mère pour demain.
À +. Mina.

J'aurais pu rester des heures devant l'ordi à lire et relire son message si Martin n'avait pas eu une faim de loup. Martin n'est pas du genre à sauter un repas, alors on est descendus déjeuner. Enfin, il a déjeuné, moi, j'ai pensé à elle et, mine de rien, j'ai demandé à mon père, la tête plongée dans son bol de café, si nous avions quelque chose de prévu ce dimanche.

– Non, je suis crevé, je pense qu'on ne va pas bouger ce week-end. Pourquoi ?

J'ai un peu noyé le poisson, lui répondant que j'avais peut-être un « truc » dimanche, mais rien de sûr. Ce qui a fait sourire Martin comme une banane, au-dessus de son bol de chocolat fumant.

En vérité, je commençais à avoir la trouille.

De la réaction de mes parents quand je leur demanderai de m'accompagner à Montpellier pour aller au ciné avec Mina.

De Mina. Et si elle me trouvait naze en me revoyant ?

De moi. Serais-je cap' de faire tout ça ? D'organiser un ciné à cinquante kilomètres de chez moi avec une fille que je n'avais vue qu'une seule fois ?

Quand on est remontés dans ma chambre, un second mail de Mina nous attendait.

Cette fois, je ne pouvais plus reculer et je commençais à me sentir fiévreux.

Ma mère est OK pour le ciné. Dis-moi à quelle heure et où. À +. Mina.

« À + », cela signifiait « à demain ». Quand et où ? Comment ? Quel film ?

J'avais envie de tout annuler. De prétexter une soudaine fièvre pour rester sous la couette, probablement jusqu'à mes dix-huit ans. Il fallait tout organiser, et Martin devait partir car il avait un déjeuner de famille.

J'allais rester seul avec ce truc d'enfer sur les bras, et je ne me sentais pas à la hauteur. Mais, une fois encore, Martin m'a remonté le moral. Et avant de rentrer chez lui, il m'a dressé une liste de tout ce que je devais faire.

1. Demander à mes parents s'ils pouvaient m'accompagner à Montpellier.

2. La jouer décontracté au maximum, en ne leur avouant SURTOUT PAS que j'étais *crazy* d'elle.
3. Choisir un bon film.
4. Renvoyer un message super précis à Mina quand tout serait « calé ».
5. Ne surtout pas paniquer et appeler Martin à tout moment chez sa tante en cas de problème.

Il m'a aussi fait profiter du code du bon dragueur de son cousin Kevin (un débile de seize ans qui passe son temps sur son scooter avec des guirlandes de filles accrochées à sa taille).

1. Ne jamais tenter de s'approcher des seins d'une fille dès le premier baiser.
2. Ne jamais lui avouer qu'on pense à elle H24.
3. Tenter de la faire rire en évitant les blagues lourdes.
4. L'embrasser le plus souvent possible quand on ne sait pas quoi lui dire.

Code débile. Situation débile.
Je n'y arriverai jamais tout seul.

Martin est parti depuis une demi-heure maintenant, et je n'ai toujours pas bougé de dessous ma couette.

Tchao.

12:30

La cloche du déjeuner a sonné. Je ne vais pas y arriver ! Je suis lâche, lâche, mégalâche et trouillard…

Mais c'est super dur, aussi !

Pourquoi est-ce qu'on ne nous apprend pas cela, au collège ?

Prenez vos cahiers : aujourd'hui, nous allons aborder le premier rendez-vous amoureux ! Organisation, préparatifs, vocabulaire... Tout, tout, tout, vous saurez tout sur ce grand moment de la vie des humains !

Voilà ce qu'on devrait nous enseigner au collège !

Ce serait certainement plus utile que les théorèmes de Thalès et de Pythagore.

Au secours !

13:12

Rien.

Plus envie de rien, juste de mon chien qui me colle son haleine puante sous le nez et m'écrase le ventre avec ses quarante kilos de graisse. Grosse panique, et même pas le courage de déranger Martin chez sa tante. De toute façon, ça ne changerait rien...

À+

15:05

J'adore ma mère ! Parfois.

Un peu.

Ça arrive.

Enfin, là, elle a été géniale.

Elle avait repéré au déjeuner que je n'étais pas dans mon assiette, alors elle est venue me voir dans ma chambre. J'étais encore affalé sur mon lit avec ma chienne. J'ai juste eu le temps de planquer mon carnet sous la couette. Pour une fois, elle n'a pas hurlé. Elle ne m'a pas demandé de faire mes devoirs ni de passer l'aspirateur. Elle est venue juste pour parler, comme ça, gentiment, tout en rangeant du linge propre dans mon armoire.

Et puis, avec une voix calme et paisible, elle m'a dit :

– Ça ne t'embête pas si j'invite Isa et ses filles à déjeuner demain ? Maintenant que ma vieille copine Isa s'est installée à Montpellier, on va se voir plus souvent.

Je crois qu'elle a deviné pour Mina et moi, mais j'ai aimé qu'elle n'en fasse pas des caisses et qu'elle m'offre sur un plateau ma sortie de secours.

22:32

J'avais envie de la prendre dans les bras, de sauter sur mon lit en l'embrassant ! Au lieu de cela, je me suis contenté d'esquisser un minuscule petit sourire, en confirmant que c'était une chouette idée (cela pour respecter à la lettre le point 2 du plan de Martin : la jouer décontracté et ne rien avouer de mes sentiments).

Une bonne idée. Une idée géniale, oui !

– Et si j'emmenais Mina au cinéma à Pézenas ?

C'est sorti tout seul, toujours dans la logique du plan de Martin. Point 3 : le film.

Ma mère m'a conseillé de regarder ce qui passait au ciné, et là je n'ai pas pu m'empêcher de me lever et de me précipiter devant mon écran d'ordi pour consulter la programmation.

Film d'animation ? Trop gamin.

Film d'horreur ? À éviter absolument pour un premier rendez-vous.

Film romantique ? Trop typé, trop lourdingue, c'est comme si je disais à Mina : « T'as vu comme ils s'embrassent bien, si nous en faisions autant, *baby* ? »

Comédie légère ? Parfait. Frank Capra, *La vie est belle.*

Un vieux film, elle va craquer !

Je n'ai même pas entendu ma mère sortir de ma chambre, tellement concentré que j'étais sur le choix du film. Il ne fallait pas se planter pour une première. Capra me semblait une valeur sûre, un cinéma à la papa, mais un grand classique qui me permettait de me placer d'entrée de jeu au-dessus du reste des mecs de mon âge. J'étais un cinéphile averti et, en principe, cela devrait l'impressionner, puisqu'elle aussi adore le cinéma.

Point 4 : Prévenir Mina.

Ce que j'ai fait au plus vite, avant que ma mère n'appelle Isa pour les inviter. Je tenais à être le premier à lui annoncer la nouvelle.

Mina,

Ma mère voulait proposer à ta mère de venir déjeuner demain. Nous pourrions si tu es OK aller au ciné près de chez moi. Il passe La vie est belle, *un vieux film de Capra avec James Stewart. Ça te dit ?*

À +. Xav.

Dix minutes plus tard, j'avais ma réponse.

Xav,

Formidable ! Ma mère est partante. Je ne connais pas ce film, mais je suis contente de le découvrir avec toi. On se voit demain.

À +. Mina.

22:32

On se voit demain, demain, demain...

Je n'arriverai pas à dormir ce soir. J'ai envie de tout annuler.

Tchao.

22:40

Je n'ai qu'une idée en tête : est-ce que, un jour, je vais sortir avec elle ou non ?

Ça tourne à l'obsessionnel. J'ai envie de l'embrasser et, en même temps, j'ai peur de ne pas savoir l'approcher. Comment arriver jusqu'à sa bouche avec son accord ? Je n'ai pas le mode d'emploi et personne pour en parler. Je sais qu'il faut tourner la langue, mais à part ça... Rien que de parler de cela, je ressens une excitation. C'est fou la puissance de l'imagination. Il me suffit de penser à elle pour avoir le cœur à l'envers.

Ma chambre est trop petite ce soir, je voudrais sortir et hurler son prénom dans les rues du village, courir à perdre le souffle et m'endormir en bas de chez elle avec son prénom sur les lèvres.

À +

22:45

J'ai le zizi au garde-à-vous, comme dit mon p'tit frère ! Que se passe-t-il pour les filles ? Que ressentent-elles dans leur ventre ? Est-ce que quelque chose gonfle en elles ?

À+

22:48

Horreur ! Tout à coup, je m'aperçois que je n'ai jamais vraiment fait attention à ce que font les garçons de leurs mains quand ils embrassent une fille. On ne peut quand même pas rester bouche contre bouche avec les bras ballants comme deux grands singes ! Peut-être lui toucher les cheveux, ou le visage ?

Ne pas lui toucher les fesses, en tout cas ! Je suis certain qu'elle le prendrait mal.

Et les seins ? Est-ce que j'ai le droit de lui toucher les seins ? Dans le code du bon dragueur du cousin de Martin, il est clairement recommandé de ne JAMAIS toucher les seins au premier rendez-vous. À défaut d'autres conseils, je vais m'en tenir au code du bon dragueur de ce débile de Kevin. Pas de seins, donc. Pas de baiser non plus, sans doute. Je délire sérieux.

23:00

Et si je me prenais un râteau ?

Si en fait Mina me trouvait seulement très sympa et qu'elle préférait qu'on reste amis, sans plus ? Je déteste ce « sans plus ». Je veux plus avec elle, je voudrais pouvoir toucher sa bouche, ses mains, ses cheveux chocolat. Je ne vois que son visage et, en même temps, je ne me souviens plus très bien de ses traits précisément.

Et si j'étais déçu ? Si je ne la trouvais pas si chouette en la revoyant ?

C'est impossible, je ne me serais pas trompé à ce point. C'est instinctif, je sais qu'elle me plaît au plus profond de moi.

Plus un bruit dans la maison, mes parents sont allés lire dans leur chambre. Tibou dort comme un loir. Je l'envie, parfois. J'aimerais avoir six ans et m'endormir en deux secondes, écrasé par la fatigue d'une journée de sauts, de rires, de câlins et d'histoires du soir. Plus personne pour me lire des histoires du soir, maintenant.

Tchao.

Dimanche 25 mars. 11:00

Nuit d'enfer. Yeux cernés. J'attends son arrivée d'une minute à l'autre.

J'ai la gorge complètement nouée et un bloc de béton dans l'estomac.

Faut que j'aille d'urgence aux toilettes !

19:03

Je t'aime.

19:30

Je t'aime pour toutes les femmes que je n'ai pas connues Je t'aime pour tous les temps où je n'ai pas vécu Pour l'odeur du grand large et l'odeur du pain chaud

Pour la neige qui fond pour les premières fleurs Pour les animaux purs que l'homme n'effraie pas Je t'aime pour aimer

Je t'aime pour toutes les femmes que je n'aime pas.

(Extrait de « Je t'aime », recueil *Le Phénix* de Paul Éluard, offert par grand-mère et complètement oublié. Retrouvé ce dimanche sur mon étagère, plein de poussière.)

C'est exactement ce que je ressens !

22:10

Je ne me suis pas lavé ce soir.

J'ai voulu garder ton odeur contre ma peau.

Je suis fou de cette odeur. Je pourrais la reconnaître entre mille.

Comme tu es belle ! Ce n'est pas possible d'être si jolie. Je comprends tout ce que tu me dis, même quand tu ne dis rien.

Mina, j'ai adoré tes lèvres. Je ne sais pas comment j'y suis parvenu, moi qui me sens si maladroit, mais j'y suis parvenu et tu m'as dit OUI. Je ne me souviens plus de ce film de Capra, je n'ai vu que tes cheveux, ton visage sur grand écran. Cette peau si douce. Comment font les filles pour avoir une peau si douce ? J'ai mélangé ma langue à la tienne. Tu as mélangé ta salive à la mienne et c'était si bon ! Je me souviens que je trouvais cette idée du baiser sur la bouche absolument dégueu quand j'étais petit. Berk ! Et pourtant, je n'ai jamais rien goûté de meilleur que tes lèvres, ta langue, ta salive.

Mina, j'ai l'impression d'avoir bu ton sourire.

Et tes yeux, comme deux immenses rochers au milieu de l'océan. Deux rives. Mon horizon, désormais.

Comment vais-je réussir à vivre sans ce regard ?

Tu me manques déjà. Je n'ai pas envie d'aller au collège. Pas envie de parler de toi à Martin. Étrange sentiment. On se dit pourtant tout d'habitude lui et moi, on est comme deux frères. Pourtant, il m'a envoyé un message tout à l'heure pour avoir des nouvelles, mais je n'ai pas répondu. C'est à moi, c'est mon histoire, pas envie de la partager. Je me sens en vrac, comme un radeau pris dans une tempête. Une tempête délicieuse et en même temps impressionnante. Angoissante.

Je dois dormir, il faut que je dorme. M'endormir avec cette odeur de toi sur mes bras, dans mes cheveux, sur mon tee-shirt. Je ne laverai plus jamais ce tee-shirt, je vais le mettre en boîte pour te retrouver chaque matin et chaque soir, enfermer ton odeur, un peu de toi, un peu de nous dans cette boîte à trésors.

Je voudrais ne parler qu'à toi maintenant. Tchao, *my love.*

Lundi 26 mars. 17:32

Je t'aime. Tu me manques. Impossible de parler sur MSN, ma mère a besoin de l'ordinateur toute la soirée. Je t'appelle demain. Kiss. Mina.

« Kiss. » Elle m'embrasse. Elle m'aime ! Mon cœur va éclater ! C'est pas possible de se sentir tellement heureux. Ouaouououh ! Aboyons ensemble, ma toutoute. Ouaff, ouaff, ouaaaaaaaff.

Je l'aime et elle m'aime. Tu réalises, Laïka ? À+

19:10

Comme je l'avais pressenti, Martin a voulu tout savoir au collège sur mon après-midi cinéma avec Mina. Alors j'ai raconté ce que j'ai pu, pendant la récré du déjeuner.

RÉCIT INTÉGRAL (OU PRESQUE) DE MON PREMIER BAISER

Chapitre I – L'arrivée

Mina est arrivée vers 11 h 30 (juste à ma sortie des toilettes, ça commençait mal). Ma mère a crié : « Les filles arrivent ! Les garçons, venez les accueillir ! » Et là, j'ai senti mes jambes se défiler. J'ai cru que j'allais crever d'une crise cardiaque. Je me sentais complètement tétanisé.

Je suis quand même descendu. J'ai joué au mec super décontracté, en embrassant d'abord sa petite sœur, sa mère, et en terminant par elle. Elle a baissé les yeux quand je me suis approché et puis, après, elle m'a souri. Ensuite, les parents sont allés boire l'apéro. Tibou et Chloé ont filé dans la piscine (gonflable et glacée). Mina et moi, on s'est éclipsés dans ma chambre (impeccablement rangée par moi).

C'était super bizarre, je m'écoutais parler. Et tout ce que je disais me semblait sans intérêt. Genre : « Qu'est-ce que tu aimes comme musique ? », « Tu connais cette vidéo de machin ? »

Bref, des banalités.

Chapitre II – Le ciné-baiser

D'abord, je lui ai proposé de nous mettre au dernier rang. Enfin, je ne lui ai pas vraiment proposé, j'étais tellement nerveux que je lui ai offert ma main comme un gamin à une copine de CP, comme si c'était un jeu d'aller vite nous asseoir au dernier rang. Heureusement, elle a tout accepté en riant. Elle aussi je crois était stressée. Ne me demande pas comment j'ai eu ce double bon réflexe du dernier rang et de lui tendre la main ! C'est venu tout seul. Pour une fois que je ne réfléchis pas mille ans avant de faire quelque chose, ça m'a plutôt réussi. On s'est donc retrouvés au dernier rang, l'un à côté de l'autre et main dans la main. Dès que la lumière s'est éteinte, je n'avais qu'un truc en tête : embrasser Mina. Une obsession ! Un truc de *ouf*. Je n'ai même pas vu le générique, ni le titre du film, rien.

Un truc de *ouf*, je te dis, le désir amoureux.

Le film a commencé, je l'ai regardée une première fois, et elle m'a souri. Un petit temps s'est écoulé. Puis, c'est elle qui a tourné la tête vers moi et je lui ai souri. Un petit temps s'est encore écoulé. Ensuite je l'ai regardée et j'ai glissé mon bras sur ses épaules, après... c'est flou. Elle a pris ma main, je crois, on s'est encore rapprochés et on s'est embrassés.

Après, je suis passé dans la 4e dimension, une autre réalité, le souffle de Mina, la douceur de ses lèvres, la douceur de nos baisers. Bref, le paradis. On n'a pas arrêté de s'embrasser pendant tout le film. Une heure cinquante de baisers.

Le plus difficile a été quand la lumière s'est rallumée. J'avais l'impression d'être tout rouge. Genre barbouillé de rouge à lèvres, alors qu'elle n'en portait pas. C'était comme si toute la salle avait été témoin de notre étreinte. Je me suis vraiment senti mal à l'aise avec cette lumière violente qui nous arrachait à notre cocon amoureux. Alors je lui ai pris la main et je lui ai proposé d'aller faire un tour au parc.

Chapitre III – L'après-baiser

On s'est posés au parc dans un coin tranquille et on a continué à s'embrasser.

On se souriait, on se dévorait des yeux, il n'y avait rien à ajouter.

Elle et moi, et le monde pouvait bien s'arrêter. Elle & moi et le temps suspendu. Un truc de malade, vraiment.

Épilogue

Après, la réalité a brisé notre bulle. Au quatrième appel de ma mère, je lui ai répondu. Elle m'a engueulé, je lui ai un peu menti pour expliquer mon silence et elle nous a donné rendez-vous devant le cinéma pour venir nous chercher en voiture.

Avant qu'elle arrive, j'ai promis à Mina de l'appeler tous les jours et de venir la voir à Montpellier le plus vite possible.

Fin.

À la fin de mon récit, Martin a absolument voulu voir la photo de Mina. Une photo que mon père avait prise d'elle dès son arrivée. Je suis certain que mon père a pris cette photo pour moi, il l'a fait très discrètement, et je lui en suis vraiment reconnaissant. Martin a été super impressionné par le style de Mina.

– Sacrée brunette ! a-t-il conclu.

Puis il a ajouté que j'avais du bol et que lui, avec son physique de petit gros, il n'était pas près d'embrasser une Mina.

J'aurais voulu lui dire qu'il se trompait, que l'amour n'a rien à voir avec le physique. J'avais envie de le rassurer, mais je n'ai pas su lui répondre, trouver les bons mots. Alors je n'ai rien dit, et on a regagné en silence la salle de cours.

La suite de la journée s'est déroulée bizarrement.

Comme si j'avais avalé un somnifère (enfin, l'idée que je me fais de cet état parce que je n'ai jamais pris ce genre de truc pour dormir). Je me suis senti dans le coton, l'esprit entièrement accaparé par Mina et avec une seule idée en tête : la revoir. Vivre avec elle. Tout quitter pour vivre avec elle.

Et le prof de maths ne me fit aucun cadeau à l'interrogation orale portant sur les leçons de la semaine dernière.

8/20 : ma première note en dessous de la moyenne.

Le prof ne m'a même pas jeté un regard. Rien, comme si c'était normal de passer de 19 à 8. En fait, je me dis que ce prof se moque de ses élèves. Nous sommes son job, ni plus ni moins, et je pourrais me teindre les cheveux en jaune qu'il ne chercherait pas à savoir ce qui me bouleverse ou me traverse. Certains profs nous prennent pour une masse compacte, informe ; nous sommes leur classe, un gros amas de chair et de cris, un monstre à trente têtes : leur classe. Ils oublient que nous sommes des individus, tous différents, tous en évolution, voire en révolution.

Maman vient de sonner la cloche du dîner, aucun appétit.

Je me sens heureux et triste à la fois. Tchao.

Mardi 27 mars. 07:31

Bonjour, Mina.

Je viens de l'appeler, juste pour lui dire que je l'embrassais.

Je l'ai réveillée. Elle avait sa jolie voix, douce et légèrement cassée. Je l'adore !

Il fait super beau, ce matin ! À+

18:33

Elle me manque à chaque instant.

Comme je n'ai pas le droit d'utiliser mon portable au collège, je l'ai appelée des toilettes à l'heure du déjeuner, comme le font tous les élèves. Au début, je n'osais pas lui dire que je l'appelais des toilettes, et puis un grand couillon de troisième s'est amusé à faire des bruits glauques. Mina a entendu et je lui ai donc avoué. Ça l'a fait rire. Cette fille est vraiment un soleil. Certaines filles de la classe passent leur temps à faire la gueule, pensant que ça leur offre une posture sexy et désinvolte. Mina n'est pas comme ça. Elle reste elle-même, elle éclate de rire et ne fait pas de chichis. Je l'aime pour ça.

À+

19:04

Coup de théâtre et rebondissements ! Ma vie commence à ressembler à quelque chose : je vais prendre le train tout seul jusqu'à Montpellier ! Sa mère vient d'appeler la mienne : samedi, je suis invité chez elle, et j'irai seul ! *Yes !*

Je vais voir sa chambre, son appartement, son quartier... Tout ce qui la touche me touche. Sa mère est un peu froide et distante, elle me met mal à l'aise, mais c'est un peu le cas de la mienne aussi quand elle veut se mêler de ma vie.

Tibou a un peu piqué une crise. Il était super jaloux que je prenne le train tout seul. Il voulait m'accompagner pour « zouer avec la petite sœur de Mina ». J'ai dû lui expliquer d'homme à homme que je n'allais pas voir Mina pour « zouer » mais pour « sortir » avec elle. Je l'ai checké pour souligner notre complicité et l'aspect sérieux de ce voyage. Sans vraiment bien capter ce que je lui racontais, il a cessé son caprice et m'a offert en échange un sourire édenté. J'adore Lucas quand il est comme ça, il me fait marrer avec son sourire édenté de vieux pépé. Trop chou, mon frère. Ma vie est belle.

Tchao.

Mercredi 28 mars. 17:01

Passé tout l'après-midi avec Martin à essayer de me relooker pour le rendez-vous de samedi, avec, en plus, Lucas dans les pattes, pas évident.

À la question : « Est-ce que les filles font attention aux fringues que porte leur petit ami ? » la réponse a été unanime : « Oui ! »

Même Lucas, du haut de ses six ans, n'a pas hésité :

« Les filles, elles z'aiment pas les gars qui puent des saussettes ! »

Je ne pue pas trop des chaussettes, mais je ne suis pas non plus le roi de la fringue.

Avant de sortir avec Mina, je me sentais parfaitement bien dans mon jean et mes baskets. Maintenant, j'ai l'impression que mon jean est mal coupé, que mes baskets sont ringardes, mes tee-shirts pas branchés.

Du coup, Martin a une fois de plus pris les choses en main : opération *total look* !

On a mis mon armoire à sac, plus celle de mon père où on est « discrètement » allés piocher quelques accessoires (cravate, chemise noire et vieux blouson des *sixties*).

Résultat : zéro, nul.

En deux heures, je suis passé du look cyber-punk à celui de pur *skater*, en passant par le rocker *sixties revival* ou le sportif chic. Pour se marrer un peu, on a même fait le 100 % ringard avec pipe et mocassins à pompons (comment mon père a-t-il pu un jour porter ces mocassins horribles ? La honte !).

Je pense qu'il va falloir que j'aille m'acheter un nouveau sweat avant samedi. Si ma mère refuse, Martin m'a dit qu'il m'en prêterait un.

Après le départ de Martin, j'ai appelé Mina. J'adore l'entendre !

Elle a passé son mercredi avec son père, qui est venu la voir de Nice. Ses parents sont divorcés. Les miens ne le sont pas mais, comme mon père passe son temps en déplacement, j'ai parfois l'impression de ne vivre qu'avec ma mère. Il me manque souvent. J'aimerais bien lui parler de Mina mais, au téléphone, ce n'est pas facile.

Peut-être ce week-end, enfin, dimanche, parce que samedi, c'est moi qui serai absent, pour une fois.

À+

Jeudi 29 mars. 19:05

Elle a lavé mon tee-shirt ! Celui que je portais le jour où je suis sorti avec Mina. LE « tee-shirt Mina » !

Je la déteste !

Je l'avais planqué sous mon oreiller, et elle n'a pas pu s'empêcher de fouiller et de le mettre au sale. Ça m'a rendu complètement dingue.

– Pourquoi tu as lavé ce tee-shirt ? Pourquoi tu as lavé ce tee-shirt ? Je ne veux plus que tu entres dans ma chambre sans me le demander, je n'ai plus dix ans ! J'en ai marre d'être traité comme un bébé dans cette baraque ! C'est mes affaires, mes affaires, pas les tiennes !

Je me suis mis à hurler. Je me suis fait peur. Je n'ai jamais été dans cet état de colère. J'aurais pu… je ne sais pas. J'aurais pu tout casser. Flippant.

Ma mère aussi a été surprise, je n'avais jamais crié comme ça. Elle m'a regardé bizarrement, comme si j'étais un autre. Comme si elle ne me reconnaissait plus. Elle n'a même pas réussi à dire un mot.

Après, je suis allé promener ma chienne.

Elle seule me comprend. On a d'abord couru. Un bon moment. Puis, au bord de l'asphyxie, je me suis arrêté. Laïka avait la langue qui traînait par terre. En rebroussant chemin, je me suis mis à lui parler, comme à une amie. C'est idiot, mais j'ai parfois l'impression qu'elle seule m'écoute et me comprend.

– Je sais que je lui ai fait de la peine de hurler comme ça, mais c'était plus fort que moi, tu vois ? Je ne supporte plus qu'elle ait accès à mon intimité ! Ma chambre est mon territoire, mon espace privé, j'aimerais bien qu'elle se le mette dans la tête. Ce tee-shirt au linge sale, c'est comme si elle avait passé mon amour à la machine, comme une vulgaire paire de chaussettes. Je lui en veux d'être si peu attentive à ce qui pourrait me blesser ou m'humilier, elle qui prétend tellement m'aimer. D'un autre côté, je déteste la voir souffrir et je sais que ma colère l'a blessée, comme va la blesser mon 8/20 en maths. Un vrai dilemme. Comment être plus indépendant sans faire de mal à ceux qui nous aiment ? Je n'ai pas le mode d'emploi, Laïka, mais je sens qu'il va falloir que je trouve un soutien quelque part, parce que tu es la plus belle chienne de l'univers, mais je ne comprends rien à ce que tu me réponds. Et j'ai besoin de réponses.

En revenant, j'ai filé dans la cuisine et je me suis excusé, vite fait. J'avais honte. Ma mère ne m'a fait aucune menace de privation de sortie. Rien. Elle a accepté mes excuses sans rien ajouter. Je l'ai sentie distante.

Une distance que je déteste. Hâte que mon père rentre de voyage. Peut-être que, pour une fois, on pourra parler sérieusement lui et moi.

Salut.

Vendredi 30 mars. 18:16

Martin m'a rassuré sur ma colère d'hier. Lui aussi s'est déjà mis dans un état pareil. Pour une histoire d'ours en peluche que son père avait refilé à un cousin, sans même demander l'autorisation à Martin. Il adorait cet ours, un truc de son enfance, et il avait vu rouge ! Il avait osé taper du poing sur son propre père, en hurlant « comme un porc qu'on égorge » (expression typique de Martin). Résultat pour lui : dix jours d'interdiction d'ordinateur.

Après cela, je me suis dit que, finalement, c'était peut-être pas plus mal que mon père ne soit là que le week-end. Maman n'a pas l'air de m'en vouloir, elle m'a aboyé dessus comme d'habitude quand je suis rentré du collège, parce que j'avais laissé mes baskets au milieu du couloir.

La routine, quoi.

Ce soir, on va dîner chez grand-mère.

Je sens que je vais être au centre des conversations. Maman et elle adorent parler de moi. « Il a fait ça, il a fait ci… » Parce que je suis l'aîné, je suis l'objet de toute leur attention, qui peut être énorme ! Même le jour où j'ai été propre, il paraît qu'elles en ont fait toute une fête. « Tu te rends compte, ça y est, Xavier est propre ! » Je sens que je vais y avoir droit. Ma première copine !

Elles vont s'en donner à cœur joie ! Comme d'habitude, je ferai semblant de ne pas les entendre.

Parfois, j'aimerais ne plus me sentir tant aimé, enfin je veux dire, ne plus être obligé de me comporter en héros pour plaire à ma mère et à ma grand-mère. J'ai l'impression que mon père met la barre moins haut, enfin, qu'il est un peu plus détaché de mon évolution que ma mère. Est-ce que c'est un truc féminin, cette volonté de perfection ? Je ne sais pas, mais je n'ai pas envie qu'elles me soûlent avec Mina. Je veux vivre ce que je veux, comme je le veux, et même si je me plante, je n'ai aucune envie de les voir pleurer à ma place. Parfois, j'aimerais vraiment qu'elles regardent ailleurs et passent plus de temps avec Lucas, par exemple. Lui, elles le laissent pousser tout seul. Moi, elles voudraient que je pousse plus vite que les autres.

À part Mina, plus rien ne me fait envie. Son odeur me manque.

Je comprends maintenant ce que veut dire « fou d'amour ».

Encore une nuit et je la vois, je la touche, je la respire.

I love you.

Samedi 31 mars. 11:15. TER Béziers-Montpellier

Ça y est, je suis dans le train qui m'emmène vers elle. J'ai opté pour le sweat à capuche bleu marine de Martin, qui me donne un air de… Enfin, c'est pas mal.

C'est la première fois que je prends le train tout seul. C'est super agréable de voyager léger, sans famille ni bagage (ça me fait penser à papa qui vit cela toute l'année, le chanceux). J'ai préféré embarquer mon Notebook au cas où ma mère aurait encore la bonne idée d'aller « ranger » ma chambre, comme elle dit. On n'a pas reparlé de l'épisode « tee-shirt », mais cela a jeté un froid entre nous et, visiblement, ni elle ni moi ne savons bien comment y remédier.

Bref, je profite de ce voyage pour écrire, parce que j'ai la trouille, et qu'écrire va m'empêcher de penser à ce que je vais dire en arrivant.

La soirée d'hier a été géniale, contrairement à ce que j'avais imaginé.

Ma grand-mère m'a parlé avec beaucoup de franchise des rapports hommes/femmes, et j'ai vraiment apprécié parce que, dans ma famille, c'est bien la seule à s'être dit que son expérience pouvait m'aider. Pendant que maman était sortie promener Laïka avec Tibou, elle m'a emmené dans sa bibliothèque, m'a offert un de ses sublimes chocolats aux noisettes, puis elle s'est assise à côté de moi sur le canapé et m'a tendu un vieux livre, aux pages jaunies.

Et puis elle m'a dit à peu près ça :

– C'est une vieille édition du début du XXe siècle, un livre de poèmes que j'ai lu et relu bien avant de connaître ton grand-père. Baudelaire m'a toujours aidée à sublimer l'amour, c'est pourquoi je veux t'offrir ce recueil. Sublimer, c'est voir toujours plus beau, plus grand, c'est se donner la chance d'aimer large, à la folie.

Ma grand-mère avait changé de tête en me racontant ça, elle avait une tête plus jeune, comme si ses yeux brillaient d'un nouvel éclat. Elle était heureuse de me savoir amoureux, et je ne l'ai pas contredite. J'étais amoureux, c'était vrai, même si je n'avais pas tellement envie de parler de Mina avec elle. Mais, évidemment, maman n'avait pas su tenir sa langue.

Je lui ai quand même demandé pourquoi on se sent si seul quand on est amoureux, et pourquoi ni l'école ni les parents ne nous apprennent rien sur ce sujet.

– Parce que l'amour ne s'apprend pas vraiment. Si l'amour avait un mode d'emploi, on s'ennuierait à mourir. Mais tu as raison, notre société parle plus de fesses et de pornographie que de la relation amoureuse.

Même elle, qui a passé quarante ans de sa vie avec grand-père, semblait n'être sûre de rien.

– L'essentiel, vois-tu, est que tu te sentes bien, que tu restes toi-même avec la personne aimée. Pour aimer, il faut d'abord apprendre à s'aimer, et ce n'est pas toujours facile. L'amour est à la fois une descente en soi-même et une randonnée dans le cœur de l'autre. C'est un étonnant voyage mais, chaque fois que tu te sentiras perdu, je serai là pour toi.

J'ai vraiment découvert une autre grand-mère. Une vieille femme vivante, belle, intelligente et tout à fait cool !

Je me suis senti tellement en confiance avec elle dans la bibliothèque, avec ce volume des *Fleurs du mal* dans les mains que je lui ai posé une question super directe :

– Tu crois que je peux lui toucher les seins ?

Je n'en reviens pas : j'ai osé demander ça à ma grand-mère ! Et en plus ça l'a fait marrer.

– Tu peux lui toucher les seins, délicatement, si tu sens qu'elle est d'accord. Il faut esquisser cette caresse avant même de la tenter. Tu peux d'abord essayer de frôler ses seins sur son pull, histoire de voir sa réaction. Si tu sens qu'elle se braque, tu laisses tomber tout de suite ! Une relation, ça se vit à deux. Il faut vous accorder, vous écouter. Mais à treize ans, il n'y a rien de mal à toucher les seins d'une jeune fille qu'on embrasse, si elle est d'accord. Ton grand-père disait qu'il n'y a rien de plus doux au monde qu'une poitrine de femme. Tu ne l'as jamais connu mais vous vous seriez très bien entendus tous les deux, j'en suis certaine. C'était un vrai romantique, un homme gentil, tendre, attentif, le genre de personne qui respectait les autres et se respectait.

Sur ce, ma chienne est venue se vautrer à mes pieds. Alors j'ai su que maman et Lucas étaient rentrés. Fin de la géniale conversation avec grand-mère.

Montpellier est annoncé. Dans quelques minutes, je serai devant elle. Flip total !

Toucher ou ne pas toucher les seins de Mina ?

Telle est cette satanée et sans doute stupide question qui ne sort pas de ma tête. Depuis qu'on s'est embrassés, je pense à nos corps. Le mien, le sien. Est-ce qu'on a le droit de se caresser ? Est-ce qu'elle en a envie ?

Est-ce qu'on en a le droit à nos âges ? Les épaules, la poitrine, le ventre ? C'est vertigineux.

J'en ai envie et, en même temps, j'ai super peur.

J'ai hâte de retrouver son odeur. Il faut absolument que je lui demande un de ses vêtements pour conserver son odeur avec moi. Je suis complètement dingue d'elle. Mina ma drogue, mon air, ma vie.

Montpellier en vue, j'ai les mains moites.

Tchao.

17:40. TER Montpellier-Béziers

Grand-père avait raison.

Rien n'est plus doux au monde.

Les seins de Mina sont la tendresse de toute l'humanité.

Je voudrais passer le reste de ma vie sur ses seins.

– Dites-moi, mon petit Xavier, que voulez-vous faire plus tard ?

– Euh, passer ma vie sur les seins de Mina Debernis ! Debernis, un joli nom, non ? Et ses seins…

– Mais que dites-vous, petit sot ! Les seins d'une fille ne sont pas un avenir ! À la porte !

Je déraille. Plus envie d'écrire. Juste envie de rêver. À+

Dimanche 1er avril. 11:00

Papa est fatigué, donc pas dispo pour me parler ni m'écouter. Tibou, depuis 7 h ce matin, n'arrête pas de découper des poissons et de nous les scotcher dans le dos.

Envie de reprendre le train dans l'autre sens.

Elle m'a donné un de ses foulards, j'ai dormi avec, et je le garde dans la poche.

Maintenant, elle ne me quittera plus jamais. Tchao.

Lundi 2 avril. 20:16

Martin est resté sous le choc à la pause de ce matin ! C'était super dur de lui raconter mon après-midi chez Mina.

Tellement intime. Mais comme il est mon meilleur ami, je lui ai tout dit.

La première fois que j'ai touché les seins de Mina

Chapitre I – L'arrivée à la gare

Elle était vraiment très, très belle. J'avais envie de la prendre dans les bras, mais il y avait sa mère et sa sœur. On s'est quand même donné la main dans la voiture. Sa mère n'arrêtait pas de parler, comme pour nous mettre à l'aise. Mais ça me stressait un peu.

Chapitre II – L'arrivée à la maison

Mina habite le quartier Saint-Roch à Montpellier, un quartier calme et assez résidentiel. Sa maison donne sur un petit jardin touffu et sa chambre sur le ciel. Dès notre arrivée, sa mère nous a laissés, prétextant avoir un déjeuner avec une amie. Elle nous avait préparé des sandwichs et du jus de fruits. C'était chouette de n'être que tous les deux, je me sentais plus à l'aise.

Dès que Chloé et sa mère sont parties, on a filé au deuxième étage, dans sa chambre sous les toits.

Chapitre III – Dans la chambre : le paradis

On a passé l'après-midi collés l'un à l'autre. Je ne me souviens même plus du décor de sa chambre. Juste de son visage sur le mien, de ses cheveux dans mes yeux.

Mes lèvres accrochées aux siennes, nos mains enlacées, nos pieds liés.

Nous n'avons rien fait d'autre que de nous embrasser, nous serrer, nous caresser tendrement.

J'ai suivi les conseils de ma grand-mère, et Mina m'a laissé glisser la main sous son pull. J'ai adoré sentir la douceur de sa peau, celle de son ventre tendre, ses frissons et puis ses seins enfin comme deux cadeaux entre mes mains. Ils sont petits, et pourtant si fiers. C'est fou comme j'ai aimé la caresser. Et j'ai adoré qu'elle le fasse aussi. Me toucher le ventre, les épaules. Wahoo ! Vertigineux d'émotions.

C'était un peu comme si nous ne formions plus qu'un, Mina et moi, dans cette chambre sous les toits. Un pur moment de bonheur et plus rien d'autre autour.

Chapitre IV – Le retour

À 16 h 30, la mère de Mina est rentrée. On a goûté tous ensemble. Pain, chocolat et verre de lait. Dans la cuisine, on a ri parce que Chloé voulait qu'on s'embrasse devant elle, pour voir si « on faisait joli ensemble ».

Après, elles m'ont raccompagné à la gare, et Chloé m'a murmuré en m'embrassant que Mina et moi, « on était vraiment jolis ensemble, même quand on s'embrassait pas ». Je n'arrivais plus à quitter la main de Mina. J'aurais voulu l'emporter dans ce train, partir avec elle faire le tour du monde et revenir au collège dans deux ou trois mois avec le sentiment d'avoir appris quelque chose. Au lieu de cela, il me fallait être raisonnable, lâcher sa main jusqu'à la prochaine fois, au risque de la perdre pour toujours. Je l'ai embrassée (sur la joue à cause de sa mère), j'ai lâché sa main et je suis monté dans ce foutu train pour retourner à ma vie de bon élève, poli, sans problème.

Fin.

Martin n'a pas su quoi répondre. Juste : « T'as vraiment du bol, mon Bole ! »

Après ça, on a passé un petit moment sans trop rien se dire, puis il m'a fait écouter une musique, en cachette, sur son portable, comme pour passer à autre chose. C'était un groupe de metal local qu'il avait écouté en concert samedi soir avec son cousin Kevin. Il l'avait enregistré en *live*, ce qui fait qu'on n'entendait pas grand-chose à part les hurlements du chanteur. C'était l'horreur, mais je lui ai dit que c'était chouette. Martin n'était pas dupe parce qu'il s'est cru obligé d'ajouter que l'enregistrement sur le portable ne donnait rien, qu'on ne pouvait pas se rendre compte mais que les Killers 009 étaient vraiment un groupe de malades ! J'ai approuvé et puis, à nouveau, on n'a plus trop su quoi se dire. C'était la première fois qu'on n'était pas sur la même planète tous les deux. Et ça faisait mal.

J'ai détesté ça. Tchao.

Mardi 3 avril. 17:44

Eu un 9 en histoire, encore rien dit à ma mère.

C'est la deuxième fois que je n'apprends pas une leçon et qu'en plus je ne m'en souviens même pas. Deux notes en dessous de 10 en moins d'une semaine, ça va barder, je le sais mais je m'en fiche.

Je dois aller chercher le pain.

Ce n'est pas le moment d'énerver ma mère ! À vite.

Mercredi 4 avril. 16:00

Après-demain, c'est les vacances. Ça s'annonce nul.

Je ne pars pas, et Mina m'a dit qu'elle ne pourrait pas venir cette semaine à la maison comme on se l'était promis car son père vient la prendre et l'emmène à Marseille visiter les calanques en bateau. Je ne le connais pas, mais je déteste par avance ce père qui « vient la prendre » comme s'il débarquait de nulle part et faisait ce qu'il voulait quand il le voulait avec ses enfants, sans même tenir compte de leur vie. Il va falloir que je me renseigne sur ce père divorcé. Maman doit être au courant, puisqu'elle a connu Isa avant son mariage.

Il m'a bousillé mon plan, cet idiot !

J'avais prévu de camper deux jours sur le terrain de mon pote Étienne. Il va falloir repousser au prochain week-end.

Tchao.

Jeudi 5 avril. 19:02

L'idée est de passer deux jours et deux nuits avec Mina. Dormir avec elle, manger près d'elle, me blottir contre elle. Le rêve ! Martin et Étienne sont OK pour me « couvrir » en plantant leur tente à côté de la mienne sur le même terrain. Nous ferons donc croire à mes parents qu'il s'agit avant tout d'un camp entre copains. Étienne est même prêt à tenter de proposer à sa cousine de venir, s'il faut justifier de la présence d'autres filles pour rassurer mes parents.

On en est là, j'ai treize ans, je viens à peine de découvrir l'amour et j'en suis à élaborer de savants stratagèmes pour rassurer mes parents sur mes intentions avec Mina ! Rassurer en quoi ? Qu'y a-t-il de mal à dormir auprès de celle qu'on aime ? Je sais très bien qu'elle et moi ne sommes pas prêts pour aller plus loin. Ce sont eux qui devraient tout faire pour que je me sente bien avec ma petite amie, pour que je profite de ces beaux instants avec elle.

Le monde est mal foutu, parfois.

Bref, difficile d'assumer mon 9 en histoire et de demander en même temps un week-end *love* avec Mina. Il va falloir agir en deux temps.

Mon père rentre dimanche de Tokyo, je pense que je vais essayer de discuter avec lui du camp et de gérer le 9 en histoire avec maman.

Tchao.

Dimanche 8 avril. 17:05

Ma mère m'a privé de sortie pendant toutes les vacances !

Génial !

Je n'ai jamais eu une note en dessous de la moyenne, et voilà qu'elle fait toute une histoire pour un 9 et un 8. Deux notes minables en treize ans de bons et loyaux services, à la gloire de l'école de la République !

– C'est bien d'être amoureux, je suis heureuse pour toi, Xavier, mais n'oublie pas que tu es collégien et que tu es loin d'en avoir fini avec les études. Il va donc falloir que tu apprennes à gérer les deux en même temps. Je ne peux pas te laisser dériver, tu comprends ? Je ne fais pas cela contre toi, mais pour ton bien.

Et patati et patata... Tu parles, Charles !

Je déteste maman quand elle part dans ce genre d'explications un peu « psychose ». J'aurais voulu lui dire combien c'était compliqué de « gérer » quand tout cela était nouveau. Que je ne demandais rien d'autre qu'un petit temps d'adaptation. Que je n'avais aucune intention d'arrêter les études en classe de quatrième pour m'installer dans un appart avec Mina. Qu'il me fallait juste du temps pour rêvasser un peu plus que d'habitude et que, avec mes leçons du collège, mes cours d'anglais, mes cours de piano, cela devenait mission impossible.

Mais je n'ai rien dit ! Comme toujours, j'ai souri à maman, en bon petit garçon, et j'ai accepté la punition. Alors que : ÇA ME DÉCHIRE LE CŒUR DE NE PAS LA VOIR PENDANT QUINZE JOURS ! ET QU'EN PLUS JE N'AI AUCUNE NOUVELLE D'ELLE DEPUIS QU'ELLE EST PARTIE EN MER AVEC SON PÈRE !

Papa vient de me proposer une balade dans les vignes avec Laïka. C'est l'occasion d'aborder mon plan « camp »... Il faut que je trouve le courage de lui en parler !

J'y vais. Tchao.

19:36

Dans cette maison, chaque fois qu'on a envie d'avoir une discussion intime, on va promener le chien. Laïka est la gardienne de tous les secrets de famille, et je le sens lorsque je la regarde dans les yeux et que je vois en elle un vieux sage amérindien. Hug, ma toutoute !

Cette fois, papa et moi étions seuls, sans Tibou ni maman. Mon père avait l'air triste. Je pensais que c'était à cause de moi, de mon comportement colérique, de mes notes... Bref, je commençais à abandonner sérieusement l'idée du camp.

J'avais envie de parler et, en même temps, les mots se coinçaient dans ma gorge.

Ce début de balade m'a semblé durer des heures.

Enfin, mon père a ouvert la conversation. Mais, à ma grande surprise, il a commencé par parler de lui.

Il avait passé une mauvaise semaine au Japon. Il en avait assez de partir si longtemps.

Il voulait être plus présent pour sa famille qui lui manquait horriblement.

Je ne savais pas trop quoi lui dire. Ça faisait bizarre de devenir d'un coup le confident de son père. En même temps, j'étais vraiment content qu'il me parle si franchement.

Et puis, tout à coup, sans prévenir, il est passé du « je » au « tu ».

– Et toi, tu es heureux en ce moment, je crois ?

La question me laissa sans voix. Je me contentai de sourire béatement, et papa vint à mon secours, en se remettant à parler de lui.

Il avait eu des échos par maman de mon super périple en solo à Montpellier.

Il était fier et heureux pour moi.

Mais (car évidemment il y avait un mais) il ne comprenait pas mon attitude à l'égard de maman. Surtout pour une histoire de tee-shirt sale.

C'est à ce moment-là que j'ai sorti les pagaies pour ramer et tenter d'expliquer ma réaction au tee-shirt lavé ! J'en avais assez que maman fouille dans mes affaires.

Je voulais un peu plus d'intimité.

Je m'étais excusé d'avoir crié sur elle. Je m'en voulais un max.

Et c'est là que je me suis fait piéger ! Clac ! le piège paternel s'est refermé sur moi d'un coup !

Puisque je ne voulais plus que maman mette les pieds dans ma chambre, papa m'a proposé de la ranger moi-même, comme si c'était mon propre appartement.

J'étais bon pour le ménage à vie ! C'était cher payé pour conserver mon intimité. Mais je n'ai pas eu franchement le choix, alors j'ai accepté le ménage et l'obligation d'excuses renouvelées à maman.

Heureusement, j'ai eu plus de chance au sujet de mon plan « camping ».

Je lui ai présenté le truc comme un rendez-vous entre copains et totalement sans risque, puisque nous allions camper à deux kilomètres de la maison, sur le terrain privé et clôturé des parents d'Étienne. Mon père a accepté sans sourciller. Il a trouvé que c'était une chouette idée de camper à mon âge et m'a même avoué qu'il m'enviait. Il m'a promis de faire son maximum pour convaincre ma mère de réduire ma punition et me laisser y aller.

Résultat, en une balade, j'avais perdu sur le terrain du ménage, mais gagné l'autorisation de camper avec Mina et les copains. Il ne restait plus qu'à trouver le bon moment.

À la fin de la balade, papa avait l'air plus détendu.

Moi aussi.

Alors il me proposa un sprint.

– Le premier arrivé annonce à l'autre une bonne nouvelle !

Papa était expert dans ce genre de challenge où personne d'autre que lui n'avait envie de gagner. Annoncer une bonne nouvelle, tu parles d'un trophée ! J'ai quand même joué le jeu et couru comme un dératé entre mon père et mon chien.

Et, à ce moment, j'ai trouvé que la vie avait vraiment fière allure. Juste mon père, mon chien et moi au milieu des vignes, baignées d'une lumière orangée très douce et harmonieuse.

Je me suis senti heureux, à ma place.

Évidemment, j'ai laissé papa gagner.

Sa bonne nouvelle : il va changer de job.

Il ne sait pas encore bien quand ni comment, mais fini les allers-retours Margon-le bout du monde. J'espère que ce sera vraiment une bonne nouvelle, on verra bien…

Ma bonne nouvelle : maman a accepté de lever la punition. Si le père de Mina est d'accord, on pourrait camper la deuxième semaine des vacances.

À+++

Lundi 9 avril. 10:43

Portable sur messagerie. Toujours pas de nouvelles. J'espère que cet idiot de divorcé ne m'a pas noyé ma Mina au milieu des calanques. Je me fais un souci monstre.

Et puis elle me manque horriblement. Tchao.

Mardi 10 avril. 16:54

Envie de cogner dans un arbre !

Envie de tout casser dans ma chambre. Je viens de raccrocher.

Je crois que tout est fini entre nous. FIN DE MON PREMIER AMOUR.

18:00

Elle a éteint son portable.

J'ai laissé dix messages. Aucune réponse. Elle ne veut plus me parler, c'est clair.

Je crois que j'ai fait une connerie.

18:15

Je viens d'appeler Martin qui passe quelques jours chez sa tante à Béziers. Ça m'a fait du bien de vider mon sac. Il pense que j'ai déconné, mais que rien n'est encore complètement foutu.

RÉSUMÉ DE MA PREMIÈRE ENGUEULADE AVEC MINA (ET SANS DOUTE LA DERNIÈRE)

Cet aprèm, j'ai enfin eu un coup de fil. Mina s'excusait parce que son père ne lui avait pas laissé prendre le portable sur le bateau. J'étais vraiment heureux de l'entendre et en même temps impressionné, mal à l'aise, je ne sais pas pourquoi. Du coup, j'étais super speed. J'avais trop envie de lui dire que mes parents étaient OK pour le camp, que tout était possible, qu'elle n'avait plus qu'à choisir le moment, que ça allait être génial. Le camp. Je n'avais que ce mot à la bouche et je lui ai mis une pression du tonnerre. Est-ce qu'elle en avait parlé à son père ? Est-ce que ça serait possible pendant les vacances ? Bref, je ne la laissais pas en placer une.

Et quand je me suis aperçu que je parlais depuis un bon moment sans qu'elle me réponde, il était déjà sûrement trop tard.

Je l'avais blessée.

Il y a eu un blanc, horrible.

Puis elle m'a dit sèchement que ce camp ne serait certainement pas possible, que ce n'était pas une bonne idée. Elle avait soudain une voix de petite fille effacée, et j'ai tout de suite pensé à son père. Cet homme lui faisait peur, et je le détestais sans même le connaître.

C'est à ce moment-là que j'ai fait la plus grosse connerie de ma vie : j'ai tout balancé sur le dos de son paternel ! J'étais fou de rage, j'étais vexé qu'elle ne soit pas dingue de mon idée d'aller camper en amoureux.

On s'est engueulés. La discussion donnait à peu près ça :

Moi : C'est ton père ! Il ne veut pas que tu me voies, c'est ça ? Il t'empêche de me voir...

Elle : Mon père ne sait même pas que tu existes ! Comment pourrait-il m'empêcher de te voir ?

Moi (super vexé qu'elle n'ait pas parlé de moi à son père) : Alors dis-moi pourquoi tu ne pourrais pas venir camper ?

Elle : Parce que c'est pas si simple.

Moi : Mina, il faut que tu t'imposes plus, ton père doit savoir que tu as un petit ami, que... Mina, ne baisse pas les bras si vite ! J'ai besoin de ce week-end avec toi.

Elle : T'es vraiment un enfant gâté, Xav ! Tu sais, tout le monde n'a pas la chance d'avoir des parents « géniaux » comblant tous ses petits caprices !

Moi (au bord de l'implosion) : Je ne suis pas un enfant gâté ! Et je me bats pour obtenir ce que je veux ! Et si tu n'as pas le courage de prendre ta vie en main, tu risques bien de passer à côté.

Elle : Ah oui ? Eh bien, je vais la prendre en main, ma vie, monsieur le grand philosophe. Salut !

Et elle a raccroché.
Fin.

Personnellement, je pense que tout est fini. Je ne vois pas comment elle pourrait me pardonner. J'ai déconné.

Martin, lui, est comme toujours plus positif. Il m'a conseillé de laisser passer du temps.

Envie de me pendre. Tchao.

Jeudi 12 avril. 11:00

Le temps ne passe pas sans elle. Chaque minute est un supplice.

Ces vacances sont les pires de ma vie.

Envie de reprendre les cours pour noyer mon chagrin dans le travail. Je vais lire le bouquin de grand-mère, peut-être même l'apprendre par cœur pour arrêter de penser.

À+

Vendredi 13 avril. 23:15

Ces serments, ces parfums, ces baisers infinis Renaîtront-ils d'un gouffre interdit à nos sondes, Comme montent au ciel les soleils rajeunis, Après s'être lavés au fond des mers profondes ? Ô serments ! ô parfums ! ô baisers infinis !

« Le Balcon », *Les Fleurs du mal*, Baudelaire

Je lis et relis ce poème à voix haute. Il me déchire le cœur.

Tu me déchires le cœur. Je t'aime.

Samedi 14 avril. 14:32

Quatorze ans aujourd'hui, et j'ai envie de chialer. Aucune nouvelle de Mina. Aucune réponse à mes messages. J'ai même essayé de l'appeler sur le fixe, et sa mère s'est contentée de s'excuser, me disant que, pour le moment, Mina ne souhaitait pas me parler, qu'elle ne savait pas ce qui s'était passé entre nous mais qu'il lui semblait préférable de ne pas s'en mêler… et de laisser faire le temps.

Ils me gonflent tous avec cette histoire de temps !

Comme si l'amour à quatorze ans avait le temps de regarder pousser les pâquerettes !

Dans quelques minutes, Martin et Étienne vont débarquer. Les seuls copains que j'aie bien voulu inviter chez moi pour « fêter » mes quatorze ans. De vrais copains pour accepter de passer une soirée chez un dépressif, un malade sentimental !

Depuis l'engueulade avec Mina, j'ai l'impression que je vis dans une vieille carte postale usée. Plus de couleur, plus de relief, aucune émotion. Je vis mécaniquement. Manger, dormir, regarder des séries débiles dans le salon avec Laïka (qui, elle, adore ça).

J'ai blessé celle que j'aime, et elle m'en veut à mort. Mais comment peut-elle être aussi dure avec moi ? Je ne sais pas ce qu'elle attend car je me suis excusé.

J'ai su par ma mère que le père de Mina était avocat et pas vraiment du style marrant. Qu'il était plus âgé qu'Isabelle qui s'était séparée de lui après la naissance de Chloé. Bref, le portrait type du père qui n'est pas du genre à recevoir les confidences amoureuses de sa fille avant qu'elle ne soit en âge de se marier.

Mina n'avait donc aucune possibilité de lui parler de moi sans se faire punir ou envoyer balader.

J'ai été nul, elle a raison : je suis un enfant gâté, un égoïste.

Qui sait de quoi j'aurais été capable, moi, devant un père super sévère ?

Il faut absolument que je réussisse à l'avoir au téléphone. Tout ce que je pourrai entendre sera mieux de toute façon que cet horrible silence.

Étienne et Martin viennent de sonner à la porte, il faut que je trouve assez d'énergie pour penser à autre chose.

À +

Dimanche 15 avril. 12:00

Martin est mon meilleur ami !

Plus que cela, un type d'exception, l'ami que tout le monde devrait avoir à ses côtés !

Quand il est arrivé hier, il a tout de suite vu que j'étais au trente-sixième dessous. Et il a eu le courage de me secouer un peu.

D'après lui, Mina pouvait encore me pardonner si elle m'aimait. Mais il fallait aussi accepter le fait que, peut-être, elle ne m'aimait plus. Il me demanda d'abord si je préférais ou non en avoir le cœur net. Si j'étais prêt éventuellement à me prendre un râteau le jour de mes quatorze ans.

J'étais prêt.

De toute façon, je voulais sortir de cette situation, le doute me semblait pire que le pire.

Alors Martin proposa une action « tout pour le tout », à la manière des joueurs de poker : le grand chelem ! Et sa capacité de mettre des plans en place de façon si précise m'étonna une fois de plus. Martin n'était peut-être pas calé à l'école, mais il était fin stratège et super habile avec les choses de la vie.

1. Il allait appeler Mina avec son téléphone pour lui dire aussitôt qu'il était mon meilleur ami.
2. Il lui rappellerait que c'était le jour de mon anniversaire (ce qui d'après lui devrait l'émouvoir).
3. Elle devait accepter de me parler (c'était le point le plus incertain du plan).
4. Je devais lui parler calmement, doucement, et m'excuser à 1 500 %.

J'acceptai le plan, et Martin appela aussitôt Mina. J'avais le cœur qui battait à m'en défoncer la poitrine.

J'ai cru que j'allais crever d'émotion le jour de mes quatorze ans.

– Allô, Mina ?

– ...

– Je m'appelle Martin, je suis le meilleur ami de Xavier et je te supplie de ne pas raccrocher !

– …

– Voilà, Xavier m'a raconté ce qui s'était passé entre vous, il est vraiment malheureux, je crois que tu devrais au moins l'écouter… C'est son anniversaire…

À ce moment-là, je crois que je suis passé dans une dimension parallèle parce que je ne me souviens plus très bien comment je suis arrivé jusqu'au téléphone de Martin ni comment j'ai réussi à aligner trois mots.

– Mina, c'est toi ? Je… je…

Martin me faisait signe de ne pas me laisser aller, et il a proposé à Étienne d'aller faire un tour dans le jardin, histoire de me laisser seul, pour parler librement.

Après, j'étais tellement ému que je ne sais plus trop ce qu'on s'est dit. Des choses comme : « Tu m'as tellement manqué », « J'ai cru que tout était fini entre nous, que ma colère serait plus forte que mon amour pour toi », « Pardonne-moi », « Je t'aime ».

J'ai compris que son père lui faisait effectivement peur et qu'il fallait lui laisser du temps. J'ai compris combien je l'aimais, combien cette fille à la voix cassée me rendait raide dingue.

Ce coup de fil fut le plus beau cadeau d'anniversaire de toute ma vie.

Étienne et Martin sont revenus quelques minutes plus tard. Je n'ai pas eu besoin de leur raconter la conversation, car ces bâtards avaient tout écouté derrière la porte.

J'étais super heureux de les avoir comme copains.

On a passé le reste de la soirée à rigoler, sans plus reparler d'amour ni des filles. Juste nous, les blagues et un bon paquet de chips.

Sur le coup de 3 h du matin, comme je ne dormais pas, j'en ai profité pour dire à Martin (qui ne dormait pas non plus) qu'il était le plus sympa des mecs de la planète. Je lui ai juré de faire la même chose pour lui si un jour il se trouvait dans la même situation que moi. Mais Martin, avec son humour au vitriol, me précisa que pour se faire larguer, il fallait déjà qu'il y ait eu un début d'histoire avec une fille, et que son petit doigt lui disait que, pour lui, ce premier début pourrait prendre un sacré bout de temps.

Je ne sais pas comment, mais Martin doit absolument connaître l'amour !

Je ferai tout pour l'aider.

À++++

Lundi 16 avril. 10:30

Encore une semaine de vacances.

Je ne verrai pas Mina car elle est repartie chez sa grand-mère. Mais depuis que je sais que je compte pour elle, depuis que j'ai entendu sa voix cassée me murmurer qu'elle tenait vraiment à moi, le temps passe plus vite.

Les vacances de Pâques, pour certains, cela signifie voyage en Tunisie dans un hôtel de rêve ou stage de surf. Pour d'autres, c'est le *big* croûtage, comme on dit avec Martin. Rien à faire de la journée avec en plus les parents sur le dos (comme ma mère, celle de Martin travaille à la maison).

Cette année, pas de voyage pour nous. Papa préfère mettre l'argent dans un gros périple surprise qu'il nous prépare pour les prochaines grandes vacances. Je ne me plains pas parce que Martin, lui, ne part ni pour les petites vacances ni pour les grandes, sauf parfois chez sa tante à Béziers ou chez son oncle en Bretagne. Son père est viticulteur, alors pas facile de laisser sa terre. Étienne, lui, est parti pour quatre jours chez de la famille à Paris. Finalement, je suis assez content de me retrouver seul avec Martin, comme au bon vieux temps, celui où on jouait à lancer des olives sur les voitures de la place du village et que ça nous occupait toute une journée.

J'adore Martin, j'aime Mina ! La vie est belle !

Tchaooooooooooooooo.

Mardi 17 avril. 18:40

On a volé une couille de mammouth !

On a chouré une couille de mammouth chez le Vieux gris. C'est nul, je sais, mais on l'a fait.

Ça s'est passé cet après-midi. Ma mère nous avait demandé d'aller acheter du lait, un prétexte pour nous faire sortir de ma chambre et nous déscotcher de la console.

On est donc partis à vélo en direction de l'épicerie. Tout en pédalant, Martin s'est mis à me parler de son copain Nico qui avait volé une tablette de chocolat à l'épicerie et qui, deux jours après, s'était senti tellement minable qu'il s'était fait pincer par le vendeur en voulant rapporter la plaquette et la remettre en rayon. Cette histoire nous a fait rire une bonne partie du chemin, et puis Martin a lancé l'idée comme cela de tenter l'expérience pour « ne pas mourir idiot ». J'avais beau lui dire que je n'oserais jamais voler quoi que ce soit à l'épicière, parce que je la trouvais super sympa, Martin, lui, n'en démordait pas, il voulait tenter le coup.

– On essaie, on verra bien, juste pour voir.

On a attaché nos vélos devant la fontaine sur la place, puis on s'est dirigés vers l'épicerie. C'est là que j'ai eu l'idée du bureau de tabac. Le type était vraiment peu aimable et, quitte à voler quelqu'un, il valait quand même mieux s'en prendre à un vieil abruti plutôt qu'à une épicière adorable. Martin a approuvé et on a opté pour chouraver un truc chez le « Vieux gris », comme on l'appelle ici parce que le marchand de tabac a une tête de vieux mégot.

Comme toujours, Martin avait un super plan.

Dès que le Vieux gris aurait tourné le dos, il mettrait quelque chose dans sa poche, mais le plan ne pouvait marcher que s'il n'y avait pas d'autres clients dans le bureau de tabac.

On a donc fait le guet devant la boutique, assez discrètement pour choisir le moment opportun.

Ce vol dans le bureau de tabac m'a donné un sacré coup d'adrénaline ! C'était à peu près aussi fort que lorsque j'avais embrassé Mina au ciné. Plusieurs fois, j'ai voulu décourager Martin, en essayant de lui faire comprendre que, si on se faisait pincer, on risquait de rentrer chez nous en boîte de *nuggets* (en fourgonnette de flics, quoi). Mais Martin ne voulait rien entendre. Alors on est restés bien dix minutes devant chez le Vieux gris, et puis on est entrés dans la boutique.

On a lancé un « Bonjour, m'sieur ! » qui, comme toujours, est resté sans réponse : le Vieux gris était plongé dans son journal. Moi, j'ai commencé à faire tourner le présentoir à journaux et Martin à faire semblant de s'intéresser aux revues. J'ai saisi le journal, je l'ai déposé sur le comptoir avec les sous, et le vieux a tout fourré dans sa caisse sans même relever les yeux. J'ai rejoint Martin devant les revues, en lui lançant des regards de carpe frite. Qu'est-ce qu'il attendait pour chourer un truc ? Le vieux n'avait pas levé la tête, Martin aurait largement eu le temps de piquer un magazine. J'allais lui faire signe de sortir quand il se dirigea d'un coup vers le vieux et lui demanda d'une voix claire s'il avait reçu le colis de sa mère.

Le Martin nous faisait une impro totale ! *Free style !*

– C'est qui, ta mère ? a demandé le Vieux gris, en levant l'œil, cette fois.

Il nous avait parfaitement visualisés et, si Martin balançait son nom, le Vieux gris pourrait nous identifier et donc porter plainte. J'avais les jambes en compote. Mais Martin ne s'est pas démonté et il lui a refilé le nom de notre prof d'anglais.

– Ma mère, c'est Mme Roquette !

Sur ce, le Vieux gris nous a lentement tourné le dos pour aller vérifier dans sa remise de derrière s'il avait reçu le colis de Mme Roquette.

Un plan de génie ! En un tour de main, une grosse boule de sucre, la fameuse couille de mammouth, était dans sa poche, bien dissimulée sous son tee-shirt. Le Vieux gris est revenu quelques secondes plus tard, en traînant des pieds. Il n'avait rien à ce nom, il fallait repasser.

– Pas grave, m'sieur, merci et au revoir, a su ajouter Martin en parfait gentleman cambrioleur, avant de se retourner et de sortir super calmement de la boutique.

À l'extérieur, je me suis mis à presser le pas, comme si les flics allaient nous cerner d'une minute à l'autre, mais Martin m'a rappelé que personne ne nous avait vus, pas même le Vieux gris. On a pas mal rigolé nerveusement. Martin m'a avoué qu'il n'arrivait pas à piquer un truc tant que le vieux était dans la boutique, c'est comme ça qu'il avait eu l'idée de l'envoyer dans la réserve. Il y avait vraiment du génie en lui ! Pourtant, sur le chemin du retour, après être passés acheter le lait chez l'épicière, on s'est quand même sentis un peu minables pour des génies. On est rentrés sans se parler, chacun dans ses pensées, en pédalant comme des dingues.

Un quart d'heure plus tard, on était de nouveau dans ma chambre, la couille de mammouth posée sur le bureau. Martin a fini par lâcher le morceau en disant qu'il ferait bien comme son copain Nico : aller rapporter le bonbon au vieux. Et puis, à force de tout imaginer, on n'a finalement rien tenté. Le mal étant fait, on est ressortis faire du cross.

Quand je suis rentré, Laïka était en train de terminer de manger la couille de mammouth et ça m'a soulagé.

Fin définitive de ma période pickpocket. J'ai horreur de voler.

Tchao.

Mercredi 18 avril. 10:02

J'ai eu Mina au téléphone, mais sa voix ne me suffit plus.

Je veux la voir !

J'envie ces garçons dans les séries américaines qui ont toujours un bon jeu de mots à proposer à la fille qu'ils aiment pour la faire rire. Moi je ne sais pas, parfois je n'ai rien à lui dire. Je n'ai pas envie de lui parler de ma journée (surtout de celle d'hier), ni de mes parents, ni de mon frère ou de mon chien, encore moins du temps qu'il fait. Une fois qu'on s'est dit qu'on se manquait, on devrait presque raccrocher. Il n'y a rien d'autre à ajouter. On est loin l'un de l'autre et, comme on a quatorze ans et qu'on ne fait pas ce qu'on veut, c'est pas simple.

Tchao.

11:07

Ce matin, Lucas m'a scotché.

– Tu n'es pas rigolo depuis que tu ne vois plus Mina. Vivement qu'elle revienne, parce que je m'ennuie !

C'est vrai, je ne réussis plus à jouer avec lui, à rire, à faire l'idiot. Je ne sais pas si c'est à cause de Mina, mais je me sens triste. Je suis un ado, comme dit ma mère. Drôle de mot qu'« adolescence », une période entre l'enfance et l'âge adulte, un état entre la naïveté et la maturité. Je suis coincé entre deux portes et ne suis pas toujours certain de vouloir avancer. Parfois, je me sens paniqué dans ce couloir et j'ai des envies de fuir pour ne pas me voir, fuir pour ne pas avoir à agir, fuir pour ne pas grandir.

Avec Martin, on passe notre temps à jouer aux jeux vidéo, à surfer sur le Net, à réaliser de petits films maison, sans oser les publier sur les réseaux. On s'amuse comme ça, mais parfois ça ne suffit pas, on ne sait plus trop quoi faire.

L'avantage d'habiter dans le sud de la France, c'est qu'on a un été de quatre mois et que la mer et la plage, pour nous, c'est la routine. L'inconvénient, c'est qu'on habite un village et que, niveau activités, c'est un peu réduit, surtout hors saison.

Pas de club de sport, pas de MJC, pas de cinéma, pas de salle de jeux vidéo, pas de *skate park*. Rien que nos chambres, la place du village et notre imagination. Quand on était plus petits, on passait notre temps à construire des cabanes au bord du cours d'eau, à s'inventer des vies d'aventuriers, mais maintenant, ça ne nous dit plus rien, le côté Robinson Crusoé. De temps en temps, on aide Tibou et ses copains, mais c'est plus pareil, ça nous gonfle vite.

Bon, cet aprèm, on a quand même la chance d'aller à la piscine à Pézenas. La mère d'un copain du village nous y emmène en voiture.

À+

18:31

Catastrophe ! Vu une fille sublime à la piscine. Grande, blonde, yeux bleu marine. Une copine de Chiara Green (une fille du village).

Double cata ! J'ai l'impression que Martin a flashé sur elle. Il n'a pas arrêté de me parler de Lavande. En plus, elle s'appelle Lavande ! Une fille qui vient d'arriver dans la région et qui ira au collège dès la rentrée.

Cette fille m'a fait de l'effet, je ne peux pas me mentir. Mais je me suis interdit de la regarder. *Primo :* parce que j'ai déjà une copine. *Secundo :* parce que Martin est mon meilleur ami, et que je ferai tout pour qu'elle sorte avec lui.

Je me sens un peu perdu : peur de trahir ma petite amie + mon meilleur ami.

Peur d'être un salaud. Tchao.

Jeudi 19 avril. 10:02

Je pense encore à cette fille !

Et je me déteste de penser à une autre.

Il faut que je voie Mina au plus vite. Ce week-end.

Depuis notre super engueulade, j'ai quand même l'impression que quelque chose s'est cassé entre elle et moi. C'est surtout que cela fait dix-neuf jours que je ne l'ai pas embrassée ! Pas touchée. Une éternité. Je dois la voir ce week-end !

C'est compliqué, l'amour, la vache ! Ce temps à partager ensemble lorsqu'on est amoureux, il faudra que j'en parle avec grand-mère. Je pense que je vais passer la voir.

À+

19:55

Il pleure dans mon cœur Comme il pleut sur la ville Quelle est cette langueur Qui pénètre mon cœur ?

Romances sans paroles, Verlaine

Grand-mère m'a encore refilé un recueil de poèmes. Verlaine. J'adore.

J'adore aussi grand-mère. Elle a été géniale. Je l'ai appelée au secours ce matin, à cause de mes doutes sur mon amour, et une heure plus tard elle passait me chercher dans sa vieille 2CV pour m'emmener déjeuner au bord de la mer.

– L'amour, c'est un travail de tous les jours, Xavier, ça prend un temps fou. Ça m'a pris cinquante ans et, encore aujourd'hui, il n'y a pas un jour sans que je pense à ton grand-père. Plus tu restes fidèle à ce que tu es profondément, à ta propre personnalité, plus celle ou celui que tu aimes t'aimera. C'est difficile de te faire comprendre cela, parce que tu es à l'aube de ta vie amoureuse mais, plus tard, quand tu vivras avec une femme, tu comprendras.

Je lui ai dit pour l'engueulade, pour le camp repoussé, pour les trois semaines passées sans la voir. Je lui ai expliqué que je sentais mon amour s'évaporer et que cela me faisait souffrir.

– Tu as passé le premier acte, le deuxième est à inventer avec elle ! Mais pour cela, il faudrait que vous vous voyiez plus souvent ! L'amour virtuel, c'est invivable, même au XXIe siècle !

Grand-mère est d'accord avec moi, il faut que je la voie au plus vite. Seulement, la balle n'est pas dans mon camp, mais dans celui de Mina. Elle ne rentre à Montpellier que samedi. Et sa mère n'a pas l'air de se donner beaucoup de mal pour qu'on puisse se voir.

Grand-mère est vraiment attentive et perspicace, plus que mes parents.

Elle m'a demandé si j'avais une autre fille en vue, et je n'ai pas vraiment su lui répondre.

Est-ce que Lavande est une fille en vue ?

Ou juste une façon de réaliser combien Mina me manque ?

– Si une autre fille doit entrer dans ton cœur, elle entrera dans ton cœur. Ces choses-là ne se prévoient pas, je te l'ai dit, il n'y a pas de mode d'emploi. Laisse faire le Xavier en toi, celui qui laisse parler son cœur. Si tu as envie d'embrasser une autre fille, c'est que ta relation avec Mina est chancelante. Mais si tu es un vrai gentleman, ne commence jamais une relation amoureuse avant d'avoir mis le mot « fin » sur la précédente.

J'ai adoré ce déjeuner face à la mer avec grand-mère. Je crois que j'y vois plus clair.

Plus de doute : il faut que je voie Mina avant la rentrée. En attendant, pas de nouvelles de sa part.

À +

Vendredi 20 avril. 17:13

Martin m'a confirmé qu'il était raide de Lavande.

Il s'est renseigné « discrètement » et a pu apprendre qu'elle serait à la boum de Chiara samedi. Du coup, il a persuadé Chiara de nous embaucher comme DJ pour la soirée ! J'envie vraiment Martin pour son culot. Quand il veut quelque chose, il l'obtient ! Et cet enthousiasme pourrait bien le mener tout droit dans les bras de Lavande.

C'est ce que je dois lui souhaiter !

Et je dois tout faire pour que son rêve se réalise. Même si cette fille ne m'a pas laissé insensible.

D'après Martin, le plan DJ impressionne toujours les filles, et il n'a rien trouvé de mieux pour impressionner Lavande.

Le (léger) problème que Martin avait un peu oublié est qu'on n'a jamais fait les DJ !

Il est dingue ! Ce n'est pas parce qu'on a des tonnes de *playlists* en tout genre qu'on saura faire danser les gens.

Il va falloir improviser. Mais ce n'est pas ce qui me fait le plus peur.

J'ai surtout peur de moi, en vérité. Peur de flasher sur Lavande. Peur de devoir mentir à Martin.

Je déteste que Mina ne réponde à aucun de mes messages depuis deux jours !

Mauvais signe, mauvais signe.

Tout m'échappe et je n'ai pas d'autre choix que me laisser guider.

Tchao.

Samedi 21 avril. 11:04

Mina vient d'appeler, enfin !

Elle ne pourra pas me voir ce week-end. Sa mère ne veut pas l'emmener jusque chez moi et refuse de la laisser prendre le train toute seule. J'ai proposé à Mina de venir la chercher mais elle ne veut pas déranger. Je vais quand même demander à mes parents.

À +

11:30

Mes parents ne peuvent rien pour moi ni aujourd'hui ni demain, *because* super barbecue à la maison prévu avec leurs amis. Merci les parents de m'avoir prévenu !

Ils me proposent de remettre ça au week-end prochain.

Ils veulent me faire mourir du manque de Mina, c'est pas possible !

À +

11:52

J'ai eu ma grand-mère qui n'a pas trop su me dire si c'était sa 2CV ou elle qui était trop vieille pour faire l'aller-retour Margon-Montpellier en une journée.

Elle m'a quand même proposé de payer le taxi à Mina.

Elle est vraiment adorable !

À +

12:07

Mina refuse que ma grand-mère lui paie le taxi !

Elle dit que c'est trop compliqué. Qu'on se verra le week-end prochain.

Elle me rend dingue !

J'en ai assez de tous ces gens raisonnables qui ne laissent pas leur passion éclater au grand jour. Je serais bien allé vers elle à Montpellier, mais je suis obligé d'être à la soirée de Chiara pour faire le DJ. Impossible de laisser tomber Martin.

J'ai quitté Mina un peu sèchement. Tant pis.

J'en ai marre de faire semblant de ne pas souffrir. Tchao.

17:00

Martin doit passer me prendre dans dix minutes pour aller installer notre « matos » à la salle des fêtes. J'ai un trac fou. Je préférerais ne pas être là. La journée a très mal commencé et, étant donné mon état d'énervement, je ne sais pas du tout ce qui peut se passer à cette soirée. Tant pis pour Mina si je sors avec une autre fille. J'ai été assez froid au téléphone, mais elle semble si RAISONNABLE !

Je ne veux pas être RAISONNABLE ! (Re)tchao.

Dimanche 22 avril. 14:11

Gueule de bois.

Je n'ai pas bu, mais impossible de fermer l'œil après la soirée de Chiara. J'ai dû m'endormir vers 3 h du mat'.

Du coup, je suis vraiment crevé. Et je suis obligé de faire semblant d'être en forme devant les amis de mes parents. L'odeur du barbecue me donne envie de vomir. Alors je suis remonté un peu dans ma chambre.

Drôle de soirée hier, je n'arrive pas à savoir si c'était génial ou pas. Comme si tout ce qui s'y était passé n'était pas vrai. Comme si j'avais rêvé. Je ne sais pas pourquoi j'ai cette impression de flou.

Ce qui est sûr, c'est que, côté musique, on a vraiment assuré, avec Martin.

À 19 h, on était en place au fond de la salle des fêtes.

Très vite, les copains ont commencé à débarquer et on a super fonctionné aux platines (enfin, aux ordis, parce qu'on n'avait pas de platines). En moins d'une demi-heure, les filles ne quittaient plus la piste. Je dis les filles parce qu'à part le clan des danseurs de hip-hop, les garçons de mon âge n'aiment pas trop se lâcher sur les pistes de danse. La danse, c'est un truc de filles, je ne sais pas pourquoi. Nous, les mecs, on est super coincés avec ça, c'est comme si on en avait envie, mais qu'on n'osait pas. Comme si on se sentait mal dans notre corps.

Après, on a mis des gros rocks, des pogos, et les garçons se sont un peu lâchés mais, du coup, les filles ne dansaient plus. Pas facile pour se croiser !

De toute façon, rien n'est facile quand on a quatorze ans, pas même l'amour. Bref, côté musique, tout s'est plutôt bien passé, à tel point qu'on a déjà une commande pour une autre soirée le mois prochain (de quoi se faire un peu d'argent de poche, si mes parents sont d'accord).

J'avais décidé d'oublier Mina. En allant à cette fête, je me suis dit que si je craquais pour une fille, je ne m'interdirais rien.

Et elle est arrivée à 19 h 45. Dans une tunique blanche, les cheveux blonds lâchés et du rose brillant sur les pommettes. Lavande « était dans la place ». Pas de doute, cette fille me faisait un effet dingue. Pas de doute non plus, Martin était complètement sous le choc. On s'est regardés lui et moi, puis on a réalisé qu'elle n'était pas seule. Derrière elle se trouvait un type. Un sale type. Le genre de type… pas mal du tout. Grand, beau gosse et looké, en plus.

Martin m'a tout de suite hurlé dans les oreilles pour me demander mon avis sur le grand brun. Était-il son copain ou non ?

On en était là quand Lavande s'est pointée droit sur nous pour nous faire la bise. Elle était contente de NOUS voir. C'était super cool qu'ON fasse les DJ. Elle nous a demandé si ON avait soif. Bref, Martin et moi, on était comme un tout à ses yeux, deux frangins indissociables. Ce qu'on était en vérité, deux copains inséparables. Sauf quand il s'agissait de filles. Martin la voulait pour lui tout seul. Et le pire, dans l'histoire, c'est que je n'avais pas le choix. Je devais l'aider à sortir avec elle.

Après, Monsieur Pas-mal-du-tout s'est mis à danser le hip-hop (pas mal du tout). Ça a vraiment énervé Martin, qui a plus ou moins saccagé le morceau pour passer brusquement à une musique espagnole endiablée. Olé !

Ça nous a fait marrer. Le mec s'est retrouvé comme un idiot au milieu des filles faisant tourner leur jupe.

On a beaucoup moins ri quand Pas-mal-du-tout a pris Lavande par la taille et lui a roulé une pelle interminable, presque sous nos yeux.

J'ai cru que Martin allait s'évanouir. Je l'ai vu blêmir et tomber net sur sa chaise. Comme si on l'avait débranché tout d'un coup. Vlan ! sur le cul, mon Martin.

J'ai vraiment tout fait pour le consoler. Après tout, leur histoire n'allait peut-être pas durer. Lavande allait arriver au collège, ce qui voulait dire qu'on la verrait tous les jours, contrairement à Pas-mal-du-tout (qu'on n'avait jamais vu).

J'étais sûr que rien n'était joué et que cette fille NOUS aimait bien. Mais Martin avait raison, il s'en moquait, qu'elle nous aime bien. Ce qu'il voulait, c'est qu'elle l'aime lui, au singulier, et tout court.

Dans le fond (je ne devrais pas le dire parce que c'est dégueulasse), ça m'a soulagé que Lavande sorte avec Pas-mal-du-tout. J'aurais détesté que cette fille embrasse Martin devant moi. Pas maintenant, pas elle, je ne me sentais pas prêt.

Martin a fait un peu la gueule sur le coup, mais très vite sa vraie nature a pris le dessus. Il a recommencé à vanner, à blaguer, à danser derrière les ordis.

Et on a finalement pas mal rigolé tous les deux, laissant la belle Lavande embrasser l'autre beau mec.

À 1 h du matin, tout était fini.

Chiara et ses parents nous ont aidés à ranger, et à 2 h j'étais au lit.

Au lit, mais excité comme une puce.

L'ambiance de fête battait encore dans mes tempes.

J'ai vraiment aimé mettre la musique. C'est comme si on menait la soirée.

On a eu pas mal de succès derrière nos ordis.

Vraiment hâte de recommencer.

Tchao (on m'appelle au barbecue des parents).

19:08

Demain, je reprends le collège sans avoir vu Mina une seule fois pendant les vacances. Du gâchis. J'aurais adoré qu'elle soit à cette soirée, elle aurait été fière de moi, j'en suis sûr.

Demain, je verrai Lavande. Et tous les jours, maintenant, je verrai Lavande.

Je doute de moi, de ma capacité de ne pas trahir, ni Mina ni Martin.

Cette fille me rend fragile, si peu sûr de moi. Est-ce dangereux ? Est-ce une épreuve ? Grand-mère dit que lorsqu'on aime, on se sent davantage soi-même. Moi, j'ai l'impression que je ne me reconnais plus. Je me sens en morceaux.

Mina, je voudrais être à tes côtés ce soir ! Je voudrais te voir. Ton visage, ta peau, ton regard. Tu es si loin, Mina, que d'autres filles apparaissent derrière ton image. Reviens-moi vite. Il faut que je sache si je t'aime encore.

Tchao.

Mardi 24 avril. 18:10

Papa vient de lâcher le morceau. Il veut laisser le journal à Paris pour monter un « canard d'économie solidaire et alternative ».

J'ai adoré la tête de Lucas quand mon père a lâché cela à table. C'est le mot « canard » qui l'a intrigué, et on a tous éclaté de rire quand Tibou a demandé où on allait mettre les canards, étant donné que Laïka allait les croquer tout cru.

Mon père a pas mal insisté sur le fait que monter un magazine était une entreprise délicate et pas forcément rentable tout de suite, et qu'il faudrait certainement qu'on diminue nos dépenses. Cela induisait moins de jeux, moins de sorties, moins de fringues (ça, c'était surtout destiné à maman). Mais, d'après lui, cela valait vraiment le coup car ce projet lui tenait à cœur.

Papa a quand même précisé qu'il ne quitterait son job qu'après les vacances d'été et dans de très bonnes conditions financières, et que le voyage surprise qu'il nous avait préparé pour cet été était donc toujours d'actualité. Mais il a absolument refusé de nous révéler la destination estivale.

Mon père va monter son magazine à Montpellier. Peut-être que ce sera plus facile d'aller voir Mina, s'il y va tous les jours.

Enfin, je l'ai senti super heureux de nous annoncer cette nouvelle. Champion de la nouvelle, mon père ! Maman aussi a l'air heureuse. Je les ai trouvés mignons tous les deux, et ça m'a fait drôle de regarder mes parents comme ça, enfin, je veux dire comme un vrai couple.

Bon, j'ai promis à Lucas de faire une balade à vélo. Chose promise, chose due, comme dit grand-mère (qui m'a appelé hier pour savoir si j'avais pu voir Mina ce week-end).

Non, grand-mère.

Pas vu Mina (à qui j'ai demandé de ne plus m'appeler tant qu'elle ne pourrait pas me fixer un rendez-vous précis. C'était pas facile à imposer, mais je l'ai fait. C'est mieux comme ça. Marre de lui parler sans la voir).

Pas vu Lavande (bizarre, quand même, en deux jours de collège, même pas croisée une fois. Martin s'inquiète. Si on n'a pas de nouvelles jeudi, on a prévu d'aller en parler à Chiara).

Rien à l'horizon. Sauf les cours. Snif !

À+

Mercredi 25 avril. 17:12

On est retournés chez le Vieux gris avec Martin à vélo. C'était la première fois depuis le plan « couille de mammouth ». Bizarre, mais on a trouvé qu'il était super sympa avec nous. Plus qu'avant le vol. Il nous a appelés « les p'tits gars » et nous a refilé deux chewing-gums ! C'est à n'y rien comprendre. Un truc à inquiéter les services de police : si les commerçants sont plus sympas avec les clients quand ils les volent !

J'ai promis à Martin que si demain Lavande n'est pas au collège, j'irai en parler à Chiara.

Peut-être qu'elle a fugué avec *Mister* Pas-mal-du-tout ! Non, c'est pas le genre de gars prêt à l'aventure, il pourrait salir ses baskets blanches !

Toujours pas de nouvelles de Mina. J'ai les boules. Mais ça va, je souffre moins du manque qu'avant. D'ailleurs, le foulard qu'elle m'avait donné n'a presque plus d'odeur, et je tiens très bien le coup.

En sevrage, comme on dit.

Tchao (faut que j'aille chercher Lucas au terrain de cross).

Jeudi 26 avril. 18:21

Coup de fil de Mina tout à l'heure ! Je n'y croyais plus ! Sa mère est d'accord pour qu'elle vienne camper ce week-end avec moi !

Après l'euphorie a tout de suite suivi la panique ! Il fallait tout organiser en une soirée.

Branle-bas de combat !

J'ai appelé Martin et, depuis, on n'a pas arrêté une seconde.

Ma mère : OK.
La mère de Martin : OK.
Étienne : OK.
Les parents d'Étienne : *checkés*.
Ma toile de tente, matériel : ça ira.

Reste un problème de taille : qui inviter d'autre pour passer une nuit sous la tente avec nous sur le terrain des parents d'Étienne ?

Étienne, Martin, Mina, moi, ça ne suffit pas. Mina ne peut pas se retrouver la seule fille au milieu de nous trois.

Il faut d'autres filles.

Problème : inviter des filles à dormir, ça fait super lourdingue.

Étienne, de son côté, a pensé à sa cousine Charlotte qui habite Béziers.

Martin et moi avons opté pour Chiara et Marie, nos deux nouvelles bonnes copines du village depuis la dernière boum. Surtout depuis le moment où on est allés leur demander au collège où était passée leur copine Lavande. Elles nous ont appris que Lavande terminait l'année dans son collège de Béziers et qu'elle ne viendrait à Magalas qu'à la rentrée suivante. Après avoir encaissé, Martin a tout compte fait plutôt bien pris la chose et entrepris un mégarégime pour perdre au moins cinq kilos avant la prochaine rentrée.

On s'est donné rendez-vous demain vers 17 h chez Chiara, pour l'inviter, le plus naturellement possible, à passer un week-end avec nous.

Pourvu que ça marche !

À+

Tchao.

Vendredi 27 avril. 18:39

Chiara, quatorze ans, est d'origine anglaise. Ses parents ont quitté Londres il y a quatre ans pour se faire une nouvelle vie en France. Son père est écrivain, il paraît qu'il a du succès en Angleterre, mais il n'est pas encore traduit en France ; alors ici personne ne sait vraiment ce qu'il écrit.

Marie a treize ans, elle est en cinquième car elle a redoublé. C'est une fille d'ici ; sa mère est née au village et son père à Béziers. Ses parents sont maraîchers et fermiers. Ils vendent des melons, des tomates l'été, du fromage de chèvre et du miel toute l'année. C'est chez eux que maman « se fournit », comme elle dit.

Tout à l'heure, on avait pas mal la pression en sonnant chez Chiara. Sa mère nous a reçus comme toujours avec beaucoup de chaleur. J'adore son petit accent, on dirait qu'elle chante quand elle parle. Chiara, elle, fut un peu plus surprise de notre visite, elle nous fit quand même monter dans sa chambre.

– Vous aviez un truc à me demander, les gars ?

Comme convenu entre nous, c'est Martin, plus à l'aise avec ce genre de négociation, qui prit la parole. On venait les inviter, Marie et elle, à un super camp entre copains à Roujan.

– Si je comprends bien, vous manquez de filles, et c'est pour ça que vous voulez nous inviter, Marie et moi ? C'est pas vraiment pour nous, juste pour qu'on tienne compagnie à la petite amie de Xavier, vrai ou faux ? Peut-être aussi pour la rassurer et se couvrir par rapport aux parents, *isn't it* ?

Chiara est loin d'être stupide, en tout cas moins que Martin et moi devant elle à ce moment-là. Elle nous avait cloué le bec, la petite Anglaise. Martin a bien tenté un truc du genre : « Mais alors là, pas du tout ! Vous êtes super sympas, c'est pour ça qu'on vous invite ! » Ça sonnait faux, et Chiara savourait notre malaise, puis elle a eu pitié de nous et nous a dit : « OK ! »

Si on avait besoin d'elle, elle avait aussi besoin de se « couvrir » pour voir son nouveau *boyfriend*. Un super beau mec de Pézenas, qui s'appelait Laurent et qui viendrait avec nous. Elle promit aussi de convaincre Marie et peut-être une autre copine de venir camper. Quand elle a parlé de cette « autre copine », mon regard a tout de suite croisé celui de Martin. Un dixième de seconde a suffi à nous faire penser à la même personne (Lavande !). Martin, emballé, a demandé à Chiara si nous connaissions cette copine, si nous l'avions déjà vue…

Heureusement (pour moi), il ne s'agissait pas de Lavande mais d'Anne-So, une de ses copines de cheval.

Tout se déroula aux petits oignons ! La mère de Chiara dans la foulée accepta notre plan. Et le rendez-vous fut fixé au samedi matin : départ 11 h sur la place du village.

Yes !
À +

21:16

Demain, je vais enfin passer deux jours avec Mina.

Tout s'est déroulé si vite que je n'ai pas eu le temps de me demander si ce camp, après tout ce temps passé sans elle, était une bonne idée.

J'ai vraiment le trac de la revoir, surtout au milieu d'autres copains.

J'ai tellement rêvé à cet instant. Sans doute trop idéalisé. À des moments, je me sens loin d'elle. À d'autres, j'ai l'impression de l'avoir toujours connue et aimée, comme tout à l'heure au téléphone quand je lui ai dit que tout était organisé.

Je pense que je vais avoir l'air stupide en caleçon devant elle !

Je ne sais pas pourquoi j'ai cette image idiote de moi en caleçon avec mes jambes maigrelettes, devant Mina éclatant de rire sous la tente. Il est hors de question que j'enlève mon pantalon ! Nous dormirons tout habillés, l'un contre l'autre. Voilà !

La vache ! J'ai vraiment la trouille d'elle, de son corps, de sa voix.

Peur de moi, aussi, et de mes sentiments. Peur de tout gâcher, quoi que je fasse.

Tchao, tchao.

Dimanche 29 avril. 17:35

Voilà, c'est fini. Le camp est terminé. Le retour est difficile.

Pas envie de parler aux parents, qui voudraient des détails.

ALORS ?

Alors je suis fou d'amour. Mina aussi.

Martin aussi. Étienne aussi. Anne-So aussi. Charlotte aussi. Chiara aussi.

Laurent, faut voir.

Et Marie… pas encore, mais elle a plein de copains, maintenant.

À+ (faut que je descende ranger les tentes).

(Suite, mon réveil est déréglé)

J'ai vécu deux jours de douceur. Deux jours que je vais essayer de retranscrire dans ce cahier. Pour ne pas oublier, pour les graver en moi.

Mon camp, mon amour, ma liberté

Premier jour

Elle était toute timide lorsqu'elle est arrivée. Comme le premier jour quand elle avait atterri dans ma chambre. Toute jolie, toute bronzée. Dès que les parents sont partis, on s'est éclipsés pour se retrouver un peu. S'embrasser. Se respirer. C'est en retrouvant son odeur sucrée que j'ai réalisé combien elle m'avait manqué.

J'étais heureux dans ses bras. J'adore quand elle pose sa tête tout contre moi et qu'elle s'abandonne. Comme si j'avais toutes les solutions… J'adore quand elle me caresse le visage comme pour me dire que c'est pas grave si je ne sais rien de la vie. Tant qu'on s'adore, c'est pas grave.

Après cette balade en amoureux, on est allés retrouver les autres qui étaient en train de commencer à monter les tentes.

On s'est fait accueillir par Charlotte, la cousine d'Étienne, une fille de seize ans, hyper rigolote.

– Alors, qu'est-ce que vous fabriquiez ? On a failli appeler les flics ! Restons groupés, les gars, surtout quand on monte les tentes et qu'on prépare la bouffe !

La répartition du campement donnait à peu près ceci :

Une tente pour Mina et moi.

Une pour Étienne et Martin.

Une pour Chiara et son *boyfriend* Laurent.

Une pour Anne-So (la copine de cheval de Chiara) et Marie.

Et Charlotte toute seule sous sa grande tente canadienne deux places. (Car, d'après elle, on ne sait jamais ce qui peut sortir des bois. Parfois, le yéti a de beaux yeux… Et sur ce coup-là, elle a eu raison.

À côté de nos tentes, la petite roulotte en bois, équipée de toilettes, nous servait de remise pour la nourriture.

À 13 h, on a commencé à préparer le déjeuner tous ensemble, et Étienne a sorti sa gratte. Les filles ont tout de suite voulu s'occuper du repas, et il a fallu batailler sec pour nous imposer et éviter le sexisme de base en cuisine.

Martin adore cuisiner ! Il tenait absolument à s'occuper de la marinade pour la viande et de la sauce pour la salade.

Très vite, Charlotte a su nous faire marrer. Elle connaît pas mal de blagues, surtout des histoires de cul, ce qui est assez peu commun chez les filles de notre âge. Mais Charlotte n'a absolument aucun complexe, elle parle de sexe comme du beau temps, et finalement c'est assez agréable.

En tout cas, tout le monde l'a très vite adoptée, particulièrement le terrible yéti-Martin (mais j'y reviendrai).

Laurent, le copain de Chiara, est un peu plus réservé, du genre grand philosophe en manque de livres, mais là je ne peux pas trop me moquer, car moi aussi j'adore les bouquins.

Anne-So a une voix à tomber dingue amoureux. Ce qui est arrivé à Étienne. Lui qui gratte depuis six ans a joué faux pendant au moins trente secondes, le temps de se remettre de la voix qu'il entendait. Pureté absolue, mais avec une énergie rock. Elle n'est pas super souriante, Anne-So, mais quand elle se met à chanter, quelque chose éclaire son visage et elle devient magnifique. Bref, Étienne n'a plus quitté Anne-So du week-end.

Après le déjeuner, on est allés se mouiller les pieds dans la rivière qui était vraiment glaciale. La baignade a vite dégénéré en bataille d'eau, et on s'est tous retrouvés trempés. Charlotte a même réussi à faire tomber Martin entièrement habillé dans la rivière. C'est là que le yéti-Martin a commencé à repousser Charlotte qui est à son tour tombée à l'eau et puis, je ne sais pas trop comment c'est venu, mais ils se sont mis à se battre comme deux chiffonniers. Et Charlotte mettait de sacrés coups de tatane ! J'ai voulu les séparer, mais Martin m'a demandé de me mêler de ce qui me regardait… Et en m'approchant, j'ai eu l'étrange sentiment que ce corps-à-corps sauvage entre eux n'était pas que de la haine ou de la colère. On avait beau leur hurler d'arrêter, en criant que c'était stupide, ces deux-là continuaient. Et puis Charlotte a finalement eu le dessus, fièrement assise sur le ventre de Martin, lui retenant les deux mains au-dessus de la tête.

Ils ont fini par éclater de rire et nous aussi.

C'était bizarre mais, au début du camp, je n'arrivais pas à être complètement naturel avec Mina.

Comme si tout était un peu rouillé entre nous. J'avais envie de lui parler de mes vacances avec Martin, de la boum (sans aller jusqu'à lui parler de Lavande), de notre vol de bonbec chez le Vieux gris, mais cela ne sortait pas. Je trouvais ma vie ridicule et insipide, pas à la hauteur des yeux de Mina. Alors je faisais semblant de m'intéresser à ce qui se passait autour de moi, je participais aux conneries, comme remplir la tente de Marie et Anne-So de cailloux ou tremper la saucisse de Laurent dans la moutarde forte avant de la faire cuire ; mais finalement je ne profitais pas complètement de ces instants.

La journée est passée très vite, entre jeux, histoires, baignades et chansons avec Anne-So et Étienne. En regardant Étienne, d'habitude si crâneur quand il parlait des filles, en l'observant sourire à Anne-So, j'ai repensé à toutes ces grandes gueules dans la cour du collège. Tous ces idiots que nous sommes, nous, les mecs, quand nous voulons nous protéger de nos sentiments. Comme si nous passions notre temps à rire de l'amour, pour éviter d'en parler. Comme si aimer était une honte, un truc trop féminin pour être vécu avec fierté.

Il faudrait que les garçons osent hurler leur amour. Ça, ce serait vraiment du courage ! Et puis ça m'aiderait à être plus à l'aise, je me sentirais moins seul avec mes émotions. Qu'est-ce qu'on est cons !

Avant de préparer le dîner tous ensemble, chacun s'est accordé un peu de temps sous sa tente, pour vérifier que tout était en place pour la nuit. Je me suis enfin retrouvé seul avec Mina.

On s'est embrassés langoureusement. Elle m'a laissé glisser la main sous son tee-shirt et moi j'ai dit oui à ses caresses sur le torse, les épaules. C'est si doux !

J'aime être dans ses bras, la sentir respirer contre ma peau. J'aime la proximité de nos corps et nos langues qui n'en finissent pas de se rencontrer.

Je t'aime, Xavier, je t'aime…

Comme ces mots sont doux ! Des mots comme des baisers de l'âme. On les entend au cinéma, on passe son temps à s'en moquer et pourtant je mets au défi n'importe quel garçon de ne pas avouer qu'il fond littéralement quand une fille lui dit qu'elle n'aime que lui. Et c'est si bon aussi de le dire.

Je t'aime, Mina, je t'adore !

Quelques instants plus tard, on a retrouvé Anne-So et Étienne, Chiara, Marie et Laurent en train de préparer le feu et le dîner. Merguez, chips, gâteau au chocolat et bière… Étienne avait apporté de la bière ! Une bouteille pour chacun !

– C'est Woodstock, ici ! lança Charlotte en sortant de sa tente, les cheveux en pétard.

Aucun d'entre nous ne savait ce qu'était ce Woodstock, mais le retour tonitruant de Charlotte au moment où Étienne sortait les bières nous fit l'effet d'un feu d'artifice. Les festivités avaient commencé ! Et je ressentis en moi un grand souffle de liberté !

J'étais seul à la nuit tombante avec une bande de copains, la main dans celle d'une fille incroyable, et j'allais bouffer des merguez devant le feu en buvant une bière ! C'est stupide à raconter, j'en ai bien conscience (et si ma mère tombe sur ce cahier, je suis définitivement cuit avec cette histoire de bière, et encore plus avec la suite de l'histoire) mais, à ce moment-là, je me suis senti pousser des ailes. J'étais libre. Un mec sans parents, et cela faisait nettement moins peur que ce que j'avais pu imaginer. C'était bon de se sentir ensemble et libres.

Étienne a sorti les bières et Charlotte, le paquet de clopes. Chiara, Anne-So et Marie ont refusé ; Mina, Étienne, Laurent et moi, on a fumé une clope ensemble, enfin, deux taffes parce que j'ai détesté le goût. Je me suis même fait incendier par Charlotte, qui m'a dit qu'au prix où c'était, j'aurais pu éviter d'écraser la cigarette (cette fois, si ma mère tombe sur le cahier, je suis définitivement foutu, bon pour l'internat).

Après deux ou trois conneries et quelques blagues, je me suis quand même et enfin rendu compte de la disparition de mon meilleur ami.

– Quelqu'un sait où est Martin ?

Charlotte minauda un peu, dit qu'elle l'avait mangé tout cru, puis finit par nous emmener à pas de loup vers sa tente, qu'elle ouvrit doucement : le yéti dormait à poings fermés.

Étienne n'en revenait pas : connaissant sa cousine et son fort caractère, il n'aurait jamais imaginé qu'elle flashe sur un plus jeune qu'elle, encore moins un gars comme Martin, complètement inexpérimenté.

C'est grand-mère qui avait raison : il n'y a pas de mode d'emploi et l'amour est une aventure qu'il faut aborder sans aucun *a priori*.

J'étais super heureux pour Martin qui avait l'air tout à fait à l'aise avec sa Charlotte.

Et puis la nuit est tombée et on a fait un feu. Notre camp avait vraiment de la gueule ! On se serait crus dans un film de Sergio Leone, ce genre de western-spaghetti qu'adore mon père. D'ailleurs, Charlotte a sorti son harmonica, et Martin et Étienne ont joué aux cow-boys, en parodiant les scènes de duel, yeux dans les yeux, gun contre gun.

C'est à ce moment que j'ai un peu discuté avec Laurent qui avait l'air absent, toujours légèrement en retrait. Il m'a appris que son père était mort quelques mois plus tôt et que, depuis, sa vie n'était plus… pareille. La lecture lui permettait d'oublier. Il s'en voulait de ne pas être de très bonne compagnie, surtout pour Chiara. Je tentai de le rassurer en lui faisant remarquer que toutes les filles ne souhaitent pas forcément sortir avec un comique et que, moi aussi, j'avais du mal à faire le pitre quand j'étais amoureux. Ensuite, je lui ai parlé de mon goût pour la lecture.

Du coup, je suis allé chercher mon Verlaine et Laurent a commencé à le bouquiner…

Quelques minutes plus tard, Anne-So chantait Verlaine, et j'avais vraiment l'impression de vivre dans un film. L'impression que la vie était trop belle pour être vraie.

Voici des fruits, des fleurs, des feuilles et des branches Et puis voici mon cœur qui ne bat que pour vous.

Ne le déchirez pas avec vos deux mains blanches
Et qu'à vos yeux si beaux l'humble présent soit doux.
« Green », *Romances sans paroles,* Paul Verlaine

J'ai peur d'un baiser Comme d'une abeille. Je souffre et je veille Sans me reposer :
J'ai peur d'un baiser !
« A poor young shepherd », *Romances sans paroles*, Verlaine

Et puis on s'est tous mis à chanter, nous sentant moins coincés que pendant la journée ! On a chanté, dansé, rigolé, on s'est embrassés une bonne partie de la nuit. Charlotte nous a raconté encore quelques bonnes histoires drôles avant de se réchauffer dans les bras de Martin. J'étais vraiment heureux de voir Martin amoureux. Lui-même semblait ne pas y croire, tout s'était passé si vite avec Charlotte, mais c'est vrai que, en les voyant rire ensemble comme deux fous, on aurait juré que ces deux-là se connaissaient depuis toujours.

La nuit fut longue et douce et, finalement, personne ne rejoignit sa tente avant le début du jour.

Notre première nuit blanche à tous.

Deuxième jour

Je fus réveillé par le vent.

Ou plutôt par les cheveux de Mina balayant mon visage. La tramontane s'était levée, un vent de nord-ouest, froid et sec, qui faisait claquer les toiles de tente comme des voiles de bateau. J'accueillis Mina dans ce nouveau jour en l'embrassant. C'était mon premier matin dans les bras d'une fille. Un matin froid, sec, mais avec un ciel bleu azur, parfaitement dégagé. Je la trouvais magnifique, même au petit matin. Je l'aimais plus que tout.

On prit le petit déj dans la roulotte parce qu'il ne faisait pas chaud. Chocolat, thé, café, il faisait bon dans cette roulotte qui donna à Martin des idées de voyages. Il voulut nous convaincre de préparer un vrai camp pour l'été prochain, de partir en Angleterre tous ensemble. Mais Mina l'interrompit tout de suite pour lui dire que, de son côté, cette aventure ne serait pas possible, à cause de son père.

À part Charlotte, franchement dingue de l'idée de Martin, il fallut bien admettre que notre liberté avait la limite de notre âge. À quatorze ans, on ne pouvait pas dépasser l'autorisation de deux jours à trois kilomètres de la maison, et encore, sur le terrain privé et clôturé des parents d'Étienne. Pourtant, Laurent, qui avait très peu pris la parole depuis le début du week-end, admit que ce camp était déjà formidable et il lança l'idée plus réaliste d'un second week-end au camping du coin, tous ensemble, avant l'été.

Idée acceptée à l'unanimité.

Le retour

Quand les parents sont venus nous chercher vers 14 h, on avait déjà défait nos tentes, rangé nos affaires et échangé nos contacts. On était assis autour des cendres du feu de la veille comme une tribu d'Indiens attendant patiemment un changement de lune. Nous seuls avions vu brûler ce feu en pleine nuit. On était comme liés les uns aux autres, avec ce souvenir d'un grand feu de joie et d'amitié en nous. Charlotte tenta encore de blaguer en nous racontant une ultime histoire marrante, mais le cœur n'y était plus. Elle allait retourner à Béziers,

Mina à Montpellier, Laurent à Alignan-du-Vent, Martin, Chiara, Marie et moi à Margon, Anne-Sophie à Espondeilhan et Étienne à Roujan.

Nous n'étions pas forcément très éloignés les uns des autres et pourrions facilement nous revoir, mais nous avions quand même le cœur déchiré.

Étienne a joué le premier morceau qu'il avait joué la veille, « Creep » des Radiohead, guitare acoustique et sublime voix d'Anne-So.

Une musique que je ne connaissais pas mais que j'ai ajoutée à mes coups de cœur dès mon retour dans ma chambre.

Une musique qui me donne des frissons.

J'ai toutes ces images dans la tête, maintenant : Mina dans la tente contre mon visage, le feu, la bière, les rires, les blagues de Charlotte, le regard de Martin sur Charlotte, Anne-So chantant, Laurent lisant Verlaine, Marie sous sa grosse couette « cheval », le vent dans les toiles et la roulotte avec la buée de notre souffle sur les vitres… Je ne sais pas si cette musique me rend heureux ou malheureux, je sais juste que désormais je ne peux plus m'en passer. Cette musique est comme une drogue douce, nécessaire à mes oreilles, à mes yeux, à la paix de mon cœur.

Tchao.

Mercredi 2 mai. 15:36

Atterrissage violent.

Reprise du collège. Horrible.

Tout me semble vain et sans saveur. J'ai un boulot du diable pour demain. Une rédaction.

Vous découvrez une île déserte, décrivez vos émotions, vos sensations...

Introduction, développement, conclusion.

Que pourrais-je raconter ? Que les seins de Mina sont mes îles désertes, deux îlots de bonheur que je suis le seul à connaître et à pouvoir toucher. Mme Desplats-de-pâtes n'apprécierait pas, surtout que je l'ai habituée à des rédactions prétendument exemplaires, qu'elle adore lire à toute la classe. Pas envie de ce sujet.

Avec Martin et Étienne, lundi matin dans le bus, fallait voir nos têtes !

On n'arrivait même pas à en rire, tellement on était encore sous le choc de notre week-end.

Mina, Charlotte, Anne-So.

Trois prénoms, trois histoires, trois gorges sèches et six paires d'yeux brillants. On n'a pas trop su quoi se dire en réalité, sauf que c'était super. Étrange comme il est plus facile de parler du malheur que du bonheur. On était heureux tous les trois, il n'y avait rien à ajouter.

Mina me manque plus qu'au début, et je comprends un peu mieux qu'on puisse passer sa vie avec la même personne. Une vie à se découvrir.

Une île déserte.

Introduction.

Mes parents et Lucas vont se balader en bord de mer aujourd'hui (ils ont pris leur journée), et moi je vais rester à plancher tout l'après-midi sur cette foutue île. Pourtant, je serais bien allé avec eux à la plage. Ça m'aurait fait du bien de creuser dans le sable pour rien avec Tibou, juste pour le plaisir de creuser. Mes parents ont été super discrets pour une fois et, à mon retour du week-end, ils ne m'ont pas mitraillé de questions. Maman s'est contentée de sourire et de me faire couler un bain chaud. Parfois, je m'en veux vachement de les critiquer.

Je me sens tranquille aujourd'hui, paisible. Cela faisait longtemps que je ne m'étais pas senti aussi bien dans ma peau. J'aime Mina et je suis de plus en plus à l'aise avec elle. J'aime mes parents, j'aime mon petit frère, j'aime ma grand-mère, j'aime mes copains, mon chien.

Ma vie me plaît bien. Xavier Bole me plaît pas mal aussi, pour une fois. Bonne tête dans le miroir. Une gueule de mec assez sympa. Faudrait que j'apprenne à danser. Quand je me regarde dans la glace en train de danser, je me trouve nul. Mais à part ça, je m'aime bien, aujourd'hui.

Une île, la mer, le bout du monde, ailleurs.

– On y va ! Tu viens ou pas ? me (re)demande mon père depuis le jardin.

Si j'étais raisonnable, je refuserais cette balade en famille avec ceux que j'aime. C'est vrai, décrire une île déserte sur deux feuilles doubles petit format, grands carreaux, perforées vaut mieux que marcher le long du littoral les pieds dans le sable, les yeux à l'horizon ! Mme Desplats-de-pâtes n'apprécierait certainement pas que je sorte de ma chambre avant d'avoir pondu sa foutue rédaction. Devoir obligatoire et noté, comptant pour la moyenne du trimestre !

– Xavier, on t'attend ! Tu viens avec nous ?

Cette fois, c'est maman qui demande. Je sens qu'eux aussi ont envie que je vienne avec eux.

L'île attendra.

Je saurai bien la découvrir ce soir après la balade en bord de mer.

Je suis trop heureux de vivre aujourd'hui pour rester enfermé dans cette chambre. Mon imagination a besoin de prendre l'air.

Juste rire avec ceux que j'aime et ne plus penser à rien d'autre qu'à cet instant présent. Adieu, l'île, mes notes du trimestre, Mme Desplats et mon avenir. Bonjour, plaisir de vivre en sautant les vagues qui viennent s'échouer sur le sable mouillé !

J'ai quatorze ans, je ne suis plus un enfant et pas encore un homme. Laissez-moi nager encore un peu et naviguer librement vers des rivages inconnus, traverser de terribles tempêtes, affronter les hauts et les bas, les déferlantes et les bourrasques ou encore savourer les fugaces instants de calme bleu comme aujourd'hui.

À force d'exploration, de curiosité, ma petite embarcation de fortune finira bien par me porter quelque part, vers une direction que j'aurai choisie librement, celle de ma vie, celle de mon île… Mais le temps joue en ma faveur, rien ne presse. Je n'ai que quatorze ans. « Il faut du temps et de l'amour pour que cela pousse bien ! », dit souvent ma grand-mère. Je sais qu'elle a raison, la nature lui donne raison. Il faut du temps et de l'amour.

– J'arrive, papa. Je viens avec vous !

Tchao journal.

Récit intégral (ou presque) d'une coupe de cheveux ratée

Lundi 3 septembre. 20:22

Je pense que je vais me tuer d'une minute à l'autre ! Me faire hara-kiri avec mon nouveau stylo plume Paper Mate à corps translucide acheté ce matin même à la papeterie du centre commercial. À moins que je ne me défigure à coups de crayon à papier HB 100 % biodégradable. J'ai des envies de meurtre quand je me regarde dans la glace. Une pure tête de geek. Même pas. Une tête de ringard total ! Exactement le genre de look qui t'assure une réputation de niais d'entrée de jeu au lycée. Je suis dégoûté ! Je le savais, pourtant. Tous les copains et les grands frères des copains me l'avaient dit : une entrée au lycée se joue à la PREMIÈRE IMPRESSION. Et voilà le résultat : je serai celui qui ne ressemble à rien ou le mec à la tête de vieux. J'ai foiré ma rentrée avant même d'avoir mis un pied dans l'établissement. Tout ça à cause d'une coupe de cheveux ratée.

Qu'est-ce qui m'a pris ? Aller se faire couper les cheveux la veille d'un jour important est une erreur de débutant. Après douze ans d'école, je devrais savoir qu'en matière de look branché il ne faut jamais écouter sa mère. Il suffit de regarder les photos de classe pour s'en rendre compte. Maternelle : coupe brosse tendance pinceau desséché. Primaire : style moine qui fait une pub pour le camembert. Collège : effet gel mouillé digne de mon chien après une baignade. Je déteste les coiffeurs, et encore plus ma mère quand elle veut que tout soit IMPEC avant de reprendre les cours.

« Xavier, Lucas, je vous emmène faire un shopping de rentrée, on en profitera pour passer chez le coiffeur ! »

C'est l'éternel refrain de ma mère, qui ne supporte pas que ses petits chéris reprennent le chemin de l'école avec une paire de baskets usées ou un jean de l'année précédente. Il faut qu'on soit « tout beaux, tout neufs comme des sous neufs ! », selon l'expression d'usage de ma grand-mère. Dans ma famille, les femmes veulent toujours que tout soit propre, bien rangé. Il faut avouer que nous, les hommes, en tout cas ceux de la famille, on est franchement moins à cheval sur ce genre de détails, et c'est fâcheux. Si pour une fois mon père s'était mêlé des préparatifs de rentrée (ce qu'il évite habilement de faire depuis mes premiers pas en crèche), je n'en serais pas là. J'aurais encore ma coupe de surfeur ébouriffé, mon jean troué super bien délavé, mes baskets avachies, et demain j'aurais pu franchir les grilles du lycée les mains dans les poches avec au minimum cinq minutes de retard. Ça aurait été vraiment cool. Mais c'est de ma faute aussi : je suis trop réservé, trop poli. Surtout avec les filles. Elles m'impressionnent toutes, depuis quelque temps. Ma mère, ma grand-mère, cette coiffeuse, et surtout les autres… Je n'arrive plus à leur tenir tête. Si c'était mon père qui m'avait emmené chez le coiffeur, j'aurais su lui dire : « Papa, je le sens pas trop, une veille de rentrée ! On verra ça à la fin du mois, OK ? »

Et mon père, je le connais, n'aurait pas insisté. Il est beaucoup plus cool depuis qu'il a viré écolo, qu'il porte des sabots en cuir pour travailler et qu'il se laisse pousser la barbe pour renouer avec la nature. *Idem* pour la coiffeuse. Si elle avait été un homme, je me serais senti plus à l'aise pour intervenir avant qu'il ne soit trop tard :

« Excusez-moi, mais vous ne coupez pas un peu trop, là, m'sieur ? On avait parlé d'un petit rafraîchissement, pas d'une création capillaire surréaliste. »

Au lieu de cela, je l'ai laissée faire, les yeux exorbités face au miroir, retenant ma respiration à chaque coup de ciseaux. J'en aurais chialé ! Elle s'est littéralement acharnée sur moi ! Lucas, lui, a eu droit à une coupe parfaite, enfin je veux dire idéale pour une rentrée en CE2. Moi, j'ai la même en plus court : une coupe de gamin de CP, bien dégagée autour de mes grandes oreilles décollées. Le pire, c'est que je n'ai même pas osé lui dire que j'étais déçu, à la coiffeuse. J'ai souri poliment – le genre de sourire qu'on affiche quand un prof nous demande de rester à la fin du cours pour préparer un exposé, alors qu'on a une super-envie d'aller aux toilettes. Un vrai supplice ! À la fin, elle ne s'est pas contentée de l'inévitable question « Ça vous plaît ? », elle a attrapé un miroir à main pour que je puisse apprécier l'ampleur des dégâts à trois cent soixante degrés :

– Alors, c'est moderne, non ?

Je ne sais plus ce que j'ai répondu. Merci, sans doute. Mais en réalité, je n'avais qu'une envie : courir le plus loin possible de toutes ces femmes ; m'enfoncer dans la jungle profonde et attendre patiemment que ça repousse, auprès des primates et des éléphants. *Moderne ?* Tu parles !

Dès qu'un adulte qualifie une fringue ou quoi que ce soit de moderne, on peut être sûr que c'est en réalité hyper ringard. Que c'est un moderne d'un autre temps, et certainement pas de notre génération.

J'ai vraiment honte.

Déjà que j'ai une puberté lente, que je suis imberbe et que je viens à peine de finir de muer, c'est pas avec ce look de gamin que je vais me sentir mieux dans ma peau. J'ai beau tirer comme un malade sur ce qu'il me reste de poil sur le crâne, rien à faire. Je ressemble à rien, et puis je pète de trouille. C'est idiot, il s'agit juste de passer d'un établissement scolaire à un autre. Pas de quoi paniquer. Pourtant, je flippe, c'est clair. En plus, mes deux meilleurs amis ne seront plus avec moi cette année. Étienne a déménagé en Allemagne et Martin s'est inscrit en seconde bac pro restauration. Il faut absolument que je parle à Martin. Lui saura me conseiller, me rassurer et me remonter le moral.

Bon, c'est officiel : après plus d'un an d'abstinence, je viens de recommencer à tenir mon journal intime. J'ai rechuté. La dernière fois, c'était parce que j'étais fou amoureux de Mina. Cette fois, c'est parce que je me sens totalement… déprimé. Faut croire qu'on écrit uniquement quand on se sent dépassé par ses sentiments, qu'ils soient positifs ou négatifs. Dans tous les cas, ça fait toujours autant de bien de coucher ses pensées sur le papier. L'envie de chialer a diminué. Enfin, un peu.

Bon, je vais appeler Martin. Il aura peut-être une idée pour me rendre mon physique d'origine en douze heures chrono.

À+

22:31

– Ah, ouais, quand même !

Voilà ce qu'en a conclu Martin quand il a découvert ma nouvelle coupe à l'écran. Sa réaction m'a donné envie de disparaître définitivement de la planète. D'un côté, je lui en veux de ne pas avoir pris plus de pincettes pour me dire que c'était un désastre. D'un autre, il a quand même été le seul à se montrer franc avec moi. Il est sincère, lui, au moins. Pas comme ma mère, qui a passé le dîner à m'assurer que j'étais vraiment mieux comme ça, que la coupe me dégageait mon *beau* visage, mes *beaux* yeux… (et mes *belles* oreilles d'éléphant, maman ?). Pas comme mon père, qui m'a affirmé sans rire que cette coupe me vieillissait et que j'avais vraiment l'air d'un jeune homme, maintenant. Tu parles ! Un jeune homme du XXe siècle, voire du XIXe siècle, mais certainement pas d'aujourd'hui ! Pas comme Lucas non plus : lui s'est réfugié derrière son manque de maturité pour éviter de donner son point de vue sur la chose :

– J'en sais rien, moi. Tu m'embêtes avec ça ! T'as la même tête qu'avant, mais en plus court et pis c'est tout !

Quelle bande de dégonflés, cette famille ! Heureusement que j'ai Martin. Ce que j'apprécie le plus chez lui, c'est son sens inné de l'organisation. Il a un sang-froid du diable et sait toujours réagir en cas d'urgence.

Martin a tout de suite classé mon ratage capillaire dans les « situations de crise maximale » et on s'est précipités sur Internet pour chercher des solutions. En tapant « pousse du cheveu » dans le moteur de recherche, on a eu accès à quantité d'informations sur les poils en tout genre. C'est fou ce que les gens peuvent écrire sur le sujet. Le poil est vraiment *la* préoccupation du siècle. Trop. Pas assez. Épilation, teinture, défrisage, lissage, implant : en gros, les gens ne sont jamais contents de leurs cheveux ni de leurs poils. En tout cas, je sais désormais qu'une coupe de cheveux ratée est moins dramatique pour un Asiatique que pour un Occidental. J'adore ce genre d'infos courtes qu'on trouve en ligne. Ça me rappelle les charades des Carambar.

Le saviez-vous ?

Le cheveu au pays du Soleil-Levant pousse deux fois plus vite que le cheveu des Européens et quatre fois plus vite que celui des Africains.

Ah, ben non, je ne le savais pas. C'est dingue, non ? C'est sans doute pour ça que les héros des mangas ont tous une mèche hyper longue sur leur œil et des coiffures fantaisistes. Facile pour eux d'oser des coupes originales puisqu'en deux mois ils gagnent quatre centimètres de longueur ! La nature est injuste, quand même. Bref… après une rapide étude des tarifs des nombreuses potions magiques censées booster la repousse des cheveux, on en est arrivés à une unique conclusion : il fallait attendre ! Pas d'argent pour la perruque, ni les lotions, ni l'implant capillaire, donc pas le choix. À raison d'un ou deux centimètres par mois, on en a déduit que je pourrai retrouver un aspect physique à peu près normal d'ici au début du deuxième trimestre. Soit après trois mois de honte à longer les couloirs du lycée la tête basse, solitaire et certainement banni pour toujours de l'espèce des mecs géniaux.

– Désolé, man, mais là, il va falloir te la jouer cool et assumer ta coupe, a conclu Martin. Après tout, t'es plutôt beau gosse. Qui sait ? Tu vas peut-être lancer une mode !

Je le connais par cœur, Martin. Dès qu'il se sent mal à l'aise, il blague à fond et se vautre dans un humour plutôt lourd. En temps normal, ça me fait mourir de rire, mais cette fois, ça m'a vraiment foutu les boules. Alors, je lui ai dit que je devais aller me coucher et j'ai interrompu notre conversation.

– Salut, man, à demain dans le bus. T'inquiète, ça va le faire !

J'ai mis mon téléphone sur mode avion et c'est le moment qu'a choisi ma mère pour débarquer dans ma chambre (encore une fois sans frapper !). Elle venait me dire bonsoir et s'assurer que je me sentais prêt à affronter ce qu'elle a appelé « une rentrée importante ». Elle m'a bassiné pendant un bon quart d'heure sur l'autonomie, le travail, l'exigence, l'apprentissage de la vie sociale... Je pense qu'elle avait envie de m'encourager, mais elle n'a réussi qu'à faire monter la pression d'un cran. J'ai cru me retrouver à la veille de mon premier entretien d'embauche ! Ou pire : à la veille de mon mariage ! Ça m'a gonflé. C'est comme si j'avais pris dix ans pendant les vacances d'été. En troisième, elle me laissait mener tranquillement ma vie de bon élève qui se balade en cours sans trop se fouler. Deux mois plus tard, elle voulait faire de moi THE CHAMPION des études, THE

BEST STUDENT OF THE LYCÉE JEAN-MOULIN FOR THREE YEARS.

– Il faudra travailler, Xavier, la concurrence va devenir très rude. Tu ne pourras plus te contenter de lire tes leçons, ni de les réciter par cœur. Il va falloir travailler beaucoup plus, élargir tes connaissances, dévorer des romans classiques, regarder les films en VO et même lire la presse !

Et patati et patata…

Un vrai programme d'opération commando ! Ma mère, qui, l'année dernière encore, passait son temps à épier mes coups de foudre sentimentaux tel un agent de la CIA (Central Intelligence Agency), s'est soudain métamorphosée en sergent instructeur d'une armée d'élite. Fini l'apprentissage des émois amoureux. Maintenant, elle veut que je réussisse, et c'est tout ce qui l'intéresse. Faire de son fils le premier, le meilleur, le plus fort, le coup de sifflet aux lèvres ! Tel est son plan d'action : « opération BAC AVEC MENTION ». Je ne l'ai jamais vue aussi motivée et je sens que cette année va être un enfer. Résultat : je suis complètement déprimé. Je me demande même si la coupe de cheveux super courte ne faisait pas partie de son opération commando. La coiffeuse était peut-être un de ces agents infiltrés qui d'un coup de ciseaux ruinent l'année sentimentale des lycéens pour qu'ils se concentrent sur leurs devoirs. Couic ! Bienvenue au lycée, monsieur Bole !

– Chaque soir il faudra relire tes cours. Chaque week-end revoir toutes tes leçons de la semaine. Chaque trimestre…

Chaque minute du discours de ma mère m'a donné envie de fuguer et de retourner m'asseoir en CE2. Avec ma coupe de gamin et face à l'avenir de winner que me réservaient mes parents, j'ai eu la nostalgie des rentrées scolaires de primaire. Les cahiers qui sentent bon le papier, les protège-cahiers de plastique, les chaussures qui font mal, le cartable tout neuf avec son nom et son prénom écrits en gros. Tout est simple en primaire, à sa place, évident. Les classes sont bien rangées avec des casiers propres où l'on glisse ses affaires et ses souvenirs de plage pour une année entière. À la récré de 10 h, on dévore son goûter sans réfléchir au travail, ni à sa coupe de cheveux. On est bien, on mange, on joue et on se moque de son look d'enfant « tout beau tout neuf comme un sou neuf ». J'ai dû prétexter une grosse fatigue pour qu'elle quitte enfin mon lit, ma chambre, mes pensées, et me laisse gamberger tout seul sur mon avenir. Elle s'est levée, m'a embrassé les cheveux comme quand j'avais cinq ans, avant de m'achever par une phrase ultime dont seules les mères ont le secret :

– Demain je t'accompagne au lycée en voiture. Ça sera plus sympa !

Sympa ? J'ai carrément halluciné ! Je ne sais pas si toutes les mères sont comme la mienne, mais je suis sûr qu'un psychologue condamnerait ce genre d'éducation en montagnes russes. D'un côté elle me prend la tête pour que je devienne un jeune homme responsable, et de l'autre elle veut me tenir la main jusqu'à la porte du lycée. Complètement incohérent ! Et même assez flippant !

Alors, je me suis défendu du mieux que j'ai pu :

– Maman, on a tout prévu avec Martin. On prendra le bus.

– Je peux aussi emmener Martin et…

– C'est bon, maman ! On prendra le bus !

J'ai été un peu sec. Je m'en veux, mais je ne sais pas m'opposer à elle sans m'énerver. Je sais que je l'ai blessée parce que, deux minutes plus tard, c'est mon père qui est venu me parler en se grattant la barbichette. Papa se gratte toujours la barbichette quand maman lui demande de prendre le relais pour tenter de me convaincre.

– Alors, Xavier, un peu tendu ?

J'ai même pas eu le temps de répliquer qu'il s'est lancé à son tour dans un long monologue, mais dans un tout autre registre que maman. Lui a choisi le couplet *remember* les années 90. J'ai eu droit à ses souvenirs de lycée : les bons moments, le stress du bac, les CD de Nirvana, son look gothique à la The Cure et même sa première histoire d'amour avec une certaine Céline Martin. Je n'étais vraiment pas d'humeur à entendre le récit des exploits amoureux de mon père avec cette fille. Alors, pour en finir au plus vite, j'ai bâillé. La bouche grande ouverte et super longtemps. Message bien reçu : mon père s'est arrêté net. C'était pas très sympa, je l'avoue, et j'ai bien senti que je l'avais vexé, mais sur le coup je n'ai rien trouvé de mieux. C'est vachement dur de faire comprendre à ses parents ce qu'on ressent en toute sincérité sans les blesser. Parfois, j'ai l'impression qu'on ne se comprend pas. Que, quoi que je fasse, ils ne vont pas l'approuver, et vice versa. Ça doit être ça qu'on appelle le conflit de générations. Enfin, j'ai quand même essayé d'adoucir mon ras-le-bol avec un « Désolé, papa, mais je commence tôt demain. Tu me raconteras ta rencontre avec Céline Martin une autre fois, ça a l'air cool ». Il m'a souri avant de m'embrasser les cheveux – lui aussi comme quand j'avais cinq ans

– et de revenir malgré tout sur la dernière fixette de ma mère.

– Ça lui fait plaisir, Xavier, de t'accompagner en voiture. Il faut la comprendre. Tu sais, pour les parents, chaque changement dans la vie de leurs enfants est aussi une épreuve. Vous grandissez si vite…

– OK, papa, mais je préfère prendre le bus demain matin.

Et mon père, comme d'habitude, a tout fait pour défendre l'idée de ma mère et tenter de me faire changer d'avis. Je l'ai écouté sagement, mais à l'intérieur ça bouillonnait. J'avais envie de leur hurler à tous les deux :

« Foutez-moi la paix ! C'est *ma* rentrée de seconde. C'est *mon* problème ! C'est *ma* vie ! Alors vous devriez tout faire pour me faciliter la tâche au lieu de m'imposer vos idées et vos souvenirs adolescents. »

Mais je n'ai pas hurlé. Non, j'ai préféré parler d'écologie et de réchauffement climatique : les parents nous poussent parfois à inventer d'étonnants stratagèmes pour arriver à nos fins.

– Papa, la voiture, c'est pas écolo. C'est toi qui dis toujours qu'il faut prendre les transports en commun parce que, avec un plein d'essence on transporte trente fois plus de personnes. Vrai ou faux ?

Mon père était pris au piège. Nier une telle évidence lui aurait fait perdre toute crédibilité en tant que rédacteur en chef d'un magazine dédié aux nouvelles énergies et à la préservation de l'environnement. Je dois avouer que depuis qu'il s'est engagé dans la défense de la nature j'ai souvent moins de mal à trouver des arguments pour contrer les idées fixes et pas toujours très bio de maman.

– Tu as raison. Je n'y avais pas pensé. Le bus passe à quelle heure ?

– 7 h 20.

– Alors, repose-toi, mon grand, demain sera une journée importante.

C'était gagné. Il a éteint la lumière et il est sorti en se grattant la barbe. J'ai rallumé et j'ai attrapé mon carnet. Il est maintenant 23 h. Je suis excité comme si j'avais avalé des litres de café. Pourtant, je n'en bois jamais, du café. Il faut que je dorme. Il faut que je dorme. Il faut que j'assure. Que je réussisse à me faire une place.

Et si je mettais une casquette, demain ? À+

23:33

Casquette : à oublier, ça me fait une tête de bébé.

Béret rasta ? Ce serait abuser vu les trente degrés annoncés à la météo. En plus ça fait baba cool, genre fan de Bob Marley et fumeur de pétards.

Chapeau noir ? Trop chelou.

De toute façon, si je mets un truc sur mes cheveux, je serai obligé de l'enlever en cours, au risque d'attirer encore plus l'attention sur ma coupe.

Et si je me rasais carrément la tête ?

Allez, faut que je dorme et que j'arrête d'y penser. Ça va le faire, c'est Martin qui a raison. Ça va le faire…

Mardi 4 septembre. 18:04

Je me sens tout petit et sans intérêt.

Il y a trois mois, dans la cour du collège, je me considérais comme un mec cool, détendu, bien dans sa peau, drôle et hyper cultivé pour son âge. Il y a trois mois, moi et ma bande de copains, on se pavanait devant les filles. On était respectés, aimés, entourés. J'avais même été classé en sixième position du top 10 des beaux gosses du collège.

Il y a trois mois j'étais quelqu'un, mais aujourd'hui je ne suis plus personne. Rien. Inexistant. Je suis un « petit de seconde » parmi tant d'autres. Un gamin ridicule aux grandes oreilles décollées qui, quoi qu'il fasse pour se donner de grands airs, ressemblera toujours à un oiseau sorti du nid. Si Martin avait été là, on aurait pu partager ce grand moment de solitude, mais Martin, en sortant du bus, a pris la direction du lycée pro. Nos chemins ont « divergé », comme on dit, et il m'a vraiment manqué, aujourd'hui.

C'est fou ce qu'ils sont grands, carrés et barbus, les lycéens !

C'est fou ce qu'elles sont grandes et stylées, les lycéennes ! Et les poitrines qu'elles ont !

Je ne veux pas faire de fixette *chelou* et dérangeante mais quand même. Personne ne m'avait dit que *ça* poussait autant entre le collège et le lycée. Ou alors elles se sont toutes fait refaire les seins pendant les vacances d'été (vérifier sur Internet les nouvelles tendances lycéennes). Même les filles de mon ancien collège avaient des décolletés hyper plongeants ce matin. Je n'avais jamais remarqué qu'elles avaient autant de poitrine. Ça va pas être facile de se concentrer ! Je ne voudrais pas passer pour un pervers, mais résoudre des équations de troisième degré à côté de toutes ces filles en décolleté, short ou jupe courte, c'est une épreuve qui devrait compter pour l'obtention du bac. Coefficient 4 au minimum.

Est-ce que les filles sont autant perturbées par nos changements physiques ? En tout cas, heureusement qu'elles ne regardent pas nos zizis comme nous leurs seins. Imaginez que pour leur plaire on soit tous obligés d'exhiber nos machins en portant des pantalons hyper moulants ? Le cauchemar ! Pas mal de garçons devraient remplir leur caleçon de chaussettes en attendant que ça pousse. Si ça pousse un jour...

Faut vraiment que j'arrête de penser aux filles (et à la taille de mon machin), ça devient une obsession. Quand je pense à elles, je pense à lui. Quand je pense à lui, je pense à elles. Un cercle infernal. D'un autre côté, je me demande quel garçon de mon âge ne compare pas la taille de son sexe avec celui des copains. C'est bête, mais c'est comme ça. Est-ce que les filles comparent leurs poitrines ? J'ai l'impression de ne rien savoir.

Ce matin, en marchant vers le lycée, j'avais vraiment l'impression d'être un gamin avec un cartable Spider-Man sur le dos. Ils ont tous l'air tellement mûrs, les autres ! Tellement cools ! Hyper habitués. La plupart des élèves se sont approprié leur territoire. Ils sont chez eux, et moi je me sens comme un étranger. Un mec qui débarque dans une ville qu'il ne connaît pas et qui n'arrête pas de demander son chemin. La salle 102, s'il te plaît ? Les toilettes ? La cantine ? Heureusement que je parle la même langue qu'eux ! Quoique je n'aie pas arrêté de peser chacun de mes mots, aujourd'hui. C'était comme si j'avais oublié comment parler et marcher normalement. J'ai dosé mon comportement toute la journée. Dosé mes regards, mes questions, mes sourires pour faire taire mon malaise et oublier cette impression d'être épié en permanence. Certains ont dû redoubler trois fois pour être si grands ! Impossible que j'atteigne cette taille en trois ans ! Je dois en être à un mètre soixante-cinq et je n'ai pas un poil sur les jambes, ni sur les joues. J'ai décidément un sérieux problème de poil cette année. Et tous ces barbus m'ont vraiment impressionné avec leurs voix d'homme.

– Les toilettes ? Tout droit après le CDI. Tu verras, c'est dégueu, mais on s'y fait. Tu viens de débarquer ?

Oui, je venais de débarquer, tel un réfugié au petit matin sur les côtes de la liberté, et je me faisais repérer comme un bleu avec mon air perdu. Bon, c'est vrai que sur cette terre étrangère je n'étais pas complètement seul. J'avais quelques connaissances du collège qui comme moi essayaient d'avoir l'air détaché.

– Salut, Xav. T'es allé chez le coiffeur ?

– Salut, Xav. T'as changé de look !

– Salut, Xav. Qu'est-ce que t'as fait de tes cheveux ?

– Salut, Xav. Qu'est-ce qui t'est arrivé ? Ah, oui, je sais ! Tu t'es fait couper les cheveux. Dommage.

Voilà à peu près les seules paroles que j'ai pu échanger avec mes anciennes connaissances avant de me retrouver enfermé en seconde 7, option cinéma.

Une bonne rentrée, quoi. Ma classe ?

Virginie Malet, le boulet du collège. Thomas Ragiadas, une tronche qui passe ses récrés à bouquiner au CDI. Les autres : tous inconnus.

Des rencontres sympas ? Aucune.

Conclusion de cette première journée ? Ça va être dur.

Ma mère m'appelle pour aller à mon cours de piano. Salut.

Jeudi 6 septembre. 17:36

Martin s'est fait un nouveau copain. Martin va avoir un scooter.

Martin s'éclate au lycée pro.

Je me demande si je n'ai pas raté mon orientation. Le lycée pro restauration a l'air beaucoup plus décontracté que mon bahut. Martin m'a présenté Jack à la sortie des cours. Grand, frisé, les yeux verts, The Strokes à fond dans les oreillettes, les baskets trouées, drôle, hyper regardé par des filles de première, voire de terminale : ce Jack est le pote idéal. Je suis foutu. J'ai peur que Martin ne s'éloigne de moi. D'autant que les amitiés à trois ne fonctionnent pas.

3, c'est un chiffre bancal qui n'existe que pour faire peur aux enfants. Mes parents l'utilisaient beaucoup quand j'étais petit : « Si tu n'arrêtes pas, je compte jusqu'à trois. Un, deux… » Et à trois, le gamin stoppe tout de suite sa bêtise, parce que, après trois, c'est le déluge. C'est vrai, quand on y pense, qu'est-ce qu'on fait à trois dans la vie ? En couple, on est deux. Au tennis, deux ou quatre. Au piano, deux pour un quatre-mains. Au foot, onze. En scooter, deux. Au baby-foot, deux ou quatre. Même pour un exposé, trois c'est nul, il y en a toujours un qui ne fait rien.

3, c'est instable, minable, étouffant. Dans la vie, on est toujours seul, à deux, en groupe, mais jamais trois. À trois, on ne peut faire qu'une seule chose : se mettre à courir à toute vitesse. C'est mathématique. Je me sens abandonné. Je crois même que je suis jaloux. Oui, je me sens jaloux de Jack comme dans une histoire d'amour. Ça craint. Faut vraiment que je tchate avec Martin.

À+

18:00

Martin vient de recevoir un scooter GTR noir 50 cm^3 pour son anniversaire. Il m'a posté la photo de l'engin avec ce commentaire :

– Alors, c'est qui le roi du monde ? J'ai répondu :

– C'est toi man, c'est cool.

Ensuite, il a proposé de passer me prendre en scooter, samedi, pour aller fêter son anniversaire avec quelques potes à l'étang des Olivettes. J'ai immédiatement demandé si Jack serait de la fête. La bonne nouvelle, c'est qu'il ne sera pas là parce qu'il a un concert. La mauvaise, c'est que Jack est guitariste dans un groupe de rock garage et que Martin est complètement envoûté par ce type. Il n'a pas arrêté de me parler de lui. Le groupe de Jack « déchire », la moto-cross de Jack « est une tuerie », le père de Jack est chef de cuisine dans un restaurant en bord de mer, la petite amie de Jack a gagné le prix Mannequin d'Argelès-Plage. Jack, Jack, Jack : il n'a plus que ce prénom sur les lèvres. Ça fait mal, la jalousie. J'ai toujours pensé que ce sentiment était réservé aux amoureux. Je découvre qu'on peut en vouloir à mort à son pote uniquement parce qu'il se met à passer du bon temps avec un autre copain. C'est un drôle de sentiment. Moche, tout petit, qui tord le ventre. Il faut absolument que je me débarrasse de cette jalousie ridicule.

21:16

Ma mère craint.

– Il est hors de question que tu montes sur le scooter de Martin ! Tu sais combien de jeunes se tuent chaque année sur ce genre de machine ? En plus, ça pollue encore plus que les voitures. Demande à ton père… C'est NON, Xavier. Si tu veux, je t'accompagne jusqu'aux Olivettes et je viendrai te rechercher à 23 h. Pas plus ! C'est fini les vacances. Je dis OK pour cette fête parce que c'est Martin, ton meilleur ami, mais ne compte pas sur moi pour te laisser sortir tous les week-ends. Tu es en seconde ! Tu réalises ça ?

J'ai failli répondre : « Oui, cheffe ! », mais étant donné le degré d'énervement de ma mère, j'ai préféré accepter mon sort. J'irai à la fête de Martin en break Volvo déglingué : super cool ! J'ai baissé la tête et j'ai mis la table. Comme d'hab, j'ai cassé un verre, mais maman n'a même pas râlé (sans doute parce que c'était un verre à moutarde). Après, on s'est plantés devant *Les Simpson* avec Lucas. Je ne joue plus trop avec mon petit frère (ça me barbe !), mais j'adore regarder *Les Simpson* avec lui. On peut revoir les épisodes cinquante fois et piquer les mêmes crises de fou rire aux mêmes moments. Lucas, quand il se marre, il se met en boule et bascule en arrière. C'est comme si tout son corps éclatait de rire, j'adore. Heureusement qu'il est là. Surtout à table quand mes parents font le point sur la journée de chacun :

– Alors les garçons, cette rentrée ? Vous êtes contents de votre classe ?

Comment répondre à ce genre de question sans bousiller l'ambiance ?

C'est nul, je me sens moche, mioche et mal dans ma peau. Les profs ont l'air hyper sévères et, en trois jours de cours, je ne me suis pas fait un seul nouveau copain. Les groupes ont commencé à se former sans moi. Je me sens largué. Pas à la hauteur. Voilà la réponse qui me trottait dans la tête pendant que Tibou vantait la gentillesse de sa maîtresse et les nouveautés de l'école.

– C'est super, on a des tablettes, maintenant, dans la classe ! La maîtresse, elle a dit qu'on s'en servirait pour les maths. Pour apprendre les tableaux multiplicateurs…

– On dit les tables de multiplication, Lucas !

Ma mère l'a repris gentiment en cachant son sourire, car Tibou déteste qu'on se moque de lui quand il se trompe de mot ou se remet à zozoter. Je le comprends, en même temps : c'est vexant. Et puis il y a tellement de mots à apprendre dans cette foutue langue française ! Mon père, évidemment, n'a pas pu s'empêcher de se marrer, mais pour rattraper le coup, il s'est mis à expliquer à mon frère la différence entre une multiplication et une addition à l'aide de morceaux de mie de pain. Un exposé hyper sérieux, auquel j'avais eu droit moi aussi quelques années plus tôt.

– Regarde, Lucas ! Tu as deux boules de mie de pain et tu veux les multiplier par trois…

TROIS. Le chiffre maudit. Ça m'a ramené direct à mon problème avec Jack. Alors je suis allé chercher le fromage pour accélérer le repas et éviter de parler de ma rentrée. Les dîners sont toujours trop longs chez nous. Surtout depuis que mon père a quitté son emploi de journaliste à Paris pour créer à Montpellier son magazine *Vivre naturellement*. Maintenant il est là tous les soirs.

Parfois même il travaille toute la journée à la maison. Alors, entre ma mère qui a son cabinet de podologie au sous-sol et mon père son bureau au premier, pas moyen d'avoir la paix. À 19 h, ils arrêtent tous les deux de travailler et on les a sur le dos toute la soirée. J'aimais bien, finalement, quand papa était journaliste reporter et qu'il partait en déplacement chaque semaine aux quatre coins du monde. On restait seuls avec maman. On se faisait des plateaux télé, parfois même on dînait uniquement de chocolat chaud et de tartines beurrées. Mais c'est fini, tout ça. En plus, mon père est devenu un défenseur du *slow-food*. Autrement dit, de la bouffe équilibrée qu'on doit apprécier lentement, en savourant les parfums des aliments dans la bouche et en mâchant longtemps comme des ruminants… MEUHHHHHH ! En gros, c'est l'inverse des fast-foods. D'ailleurs, ce genre de restauration grasse et cool est désormais INTERDITE à la maison.

Bref, papa en était à 3 + 3 = 6 et 3 × 3 = 9, Tibou fronçait un maximum les sourcils et commençait à zozoter, ma chienne Laïka gobait les boules de mie de pain qui roulaient sous la table, quand maman a reposé la question qui tue :

– Et toi, Xav ? Tu ne nous as rien dit sur le lycée. Tu as retrouvé des copains ?

– Bof. Étienne et Martin ne sont plus là, alors…

J'ai failli chialer en prononçant leurs prénoms. Je me suis senti hyper triste, le cœur lourd, exactement comme quand je me suis fait larguer par Mina le 24 décembre dernier à 15 h 46. « Joyeux Noël, Xav : tu es de nouveau célib ! » Bien sûr, elle ne me l'a pas annoncé comme ça, mais c'est ce que j'ai ressenti. Pourquoi je pense à elle ?

Il ne faut pas que je repense à Mina. Pas maintenant. C'est peut-être ça, la nostalgie du bon vieux temps dont me parle grand-mère. L'impression que le présent est plus moche que le passé. Que rien ne sera plus jamais pareil. Qu'on ne rigolera plus d'un prof en plein cours avec son meilleur pote. Ou qu'on n'embrassera plus jamais son ex-petite amie sous la pluie.

Ma mère s'est rendu compte que j'avais les boules, alors elle a essayé de me remonter le moral, et, comme toujours avec maman, ça a été pire que tout. Plus elle tentait de m'aider, plus j'avais l'impression de m'enfoncer dans des sables mouvants.

– Tu te feras d'autres copains, Xav. Et puis Martin habite à côté. Vous vous verrez souvent. Essaie de faire de nouvelles connaissances. Et tes profs ?

– Ça va.

– Et la cantine ?

– Ouais, ça va.

– Et le cours de cinéma ? Je suis sûre que cette option va te permettre de rencontrer des copains et des copines. Tu vas certainement retrouver des ados comme toi, très cinéphiles.

– J'ai pas encore eu cours de ciné. C'est le lundi matin.

– Et le CDI ? Il est spacieux ? Agréable ?

Ça tournait à l'interrogatoire de police et chaque question me ramenait à une réalité que je voulais fuir. Moi, le lycée sans mes potes, Martin et Jack qui s'éclataient en filière pro, et tous ces mecs et ces filles super à l'aise qui se baladaient en bandes dans les couloirs du lycée l'air heureux et détaché. Heureusement, ma chienne est venue à mon secours. J'adore ma chienne Laïka. C'est une fine psychologue. On dirait qu'elle ressent mes sentiments. Quand je suis triste, elle vient se coucher sur moi. Quand j'éclate de joie, elle veut jouer. Là, elle a simplement aboyé pour réclamer sa sortie nocturne au moment où j'allais me mettre à pleurer.

– Ah ! On dirait que Princesse Laïka veut sortir plus tôt, ce soir, a lancé mon père en la caressant.

Et j'ai profité de l'occasion pour me lever.

– Je m'en charge, j'ai plus faim. Je peux y aller maintenant ?

Mon père a accepté et j'ai mis les voiles avec ma toutoute, direction les vignes. Ça nous a fait du bien. Elle s'est mise à courir dans tous les sens et moi à marcher sous le soleil couchant, en pleine campagne tel un héros solitaire. J'en ai profité pour envoyer un message à Martin.

– Suis dans les vignes avec Laïka. Tu peux sortir ?

Aucune réponse.

Demain, dernier jour de lycée avant le week-end. OUF ! Faut que je pense à un cadeau pour l'anniversaire de Martin. Un truc qui lui ferait vraiment plaisir. Ce genre de cadeau que seul un *vrai* ami peut offrir.

Tchao.

Vendredi 7 septembre. 16:07

Pas de devoirs. Pas de nouveaux potes. Pas de nouvelles de Martin.

J'ai passé ma journée avec Virginie Malet et Thomas Ragiadas : c'est dire mon niveau de désespoir. Il faut être tombé bien bas pour traîner avec les ex-BOULETS du collège. J'ai même passé l'heure du déjeuner avec eux au CDI. Thomas est un fou de littérature de science-fiction, et Virginie d'ouvrages documentaires en tout genre. À eux deux, en quatre années de collège, ils ont dû lire plus de bouquins que la plupart des gens dans une vie. J'ai vérifié sur Internet : les Français lisent en moyenne un livre par an, pas plus. Soit soixante bouquins en soixante ans. Eux lisent en moyenne cinq ouvrages par mois, soit soixante par an ! Moi aussi, j'étais un gros lecteur jusqu'en début de troisième, mais après j'ai décroché. Ça m'a fait bizarre de me retrouver au CDI avec eux. Thomas a filé vers le rayon SF, qu'il n'a pas quitté jusqu'à la sonnerie. Virginie, elle, s'est plongée dans un gros livre sur le droit des femmes dans le monde. Ils avaient l'air comme des poissons dans l'eau au milieu de tous ces bouquins. Moi, je me suis senti perdu, étranger une fois de plus. Pas plus à l'aise au milieu des livres que dans les couloirs du lycée parmi les géants poilus et les filles aux jambes sans fin. La documentaliste a eu pitié de moi et m'a proposé de m'aider. Elle m'a parlé avec une voix douce – une voix d'infirmière. Je crois qu'elle se rend compte que certains élèves ont mal partout quand ils voient autant de livres. Les symptômes de cette phobie sont toujours les mêmes : ventre noué, hyper-transpiration, suffocation, envie de courir. Bref, la documentaliste-infirmière m'a considéré d'entrée de jeu comme un « stressé de la lecture ». Elle a posé sa main sur mon épaule et m'a proposé de m'asseoir.

– Tu recherches quel genre de livre ?

– J'en sais rien.

– Qu'est-ce que tu aimes lire ?

– Je ne lis plus que les livres des cours de français, depuis la troisième.

– Et avant la troisième ?

– Tout. Heroic fantasy, policier, poésie, BD.

– Pourquoi tu ne lis plus ?

– Plus envie.

– Quand tout va mal, la littérature est un refuge, tu sais. Il y a sûrement un livre pour toi ici…

J'avais honte. Je ne me sentais pas à ma place au milieu de tous ces élèves « modèles ». Elle est gentille, la dame du CDI, mais elle oublie que dans le monde impitoyable des ados, passer son temps libre au CDI est *la* preuve suprême d'une vie sociale ratée. Pour les adultes, les élèves comme Virginie et Thomas sont l'avenir de l'humanité. Pour nous, ce sont des boulets, des losers incapables de se mêler aux autres et de faire leur place dans la vie. Martin, dans la cour du collège, était le roi du monde (même si, à l'époque, il n'avait pas encore de scooter). Il faisait rire toutes les filles, suscitait l'admiration des garçons, parce qu'il connaissait des tonnes de blagues et nous faisait partager les expériences sexuelles de son cousin Kevin. Pourtant, Martin a toujours détesté lire.

De quel côté je me place maintenant ? Mec cool ?

Boulet ?

C'est vrai que j'ai longtemps adoré les bouquins, mais on est seul quand on lit. À quinze ans, je n'ai pas envie de passer mes récrés ni mes soirées enfermé dans des histoires imaginaires comme un rat de laboratoire dans une cage. Alors j'ai remercié la dame du CDI et j'ai pris la fuite. J'ai terminé l'heure du déjeuner assis dans l'herbe, la musique sur les oreilles, tentant de jouer au mec qui assume sa solitude. En fait, j'ai entendu le rire perché de plusieurs filles qui sont passées devant moi. Je sais très bien ce qu'elles devaient se dire : « Regarde le petit nouveau comme il est mignon avec sa coupe de cheveux d'oiseau. Tout perdu dans le monde des grands. Tu crois qu'il écoute encore la chanson de *La Reine des Neiges* ? »

Bon, c'est décidé : je passe voir Martin avant ma leçon de piano du vendredi. Il faut que je sache pourquoi il ne répond pas à mes messages.

Bye.

P.-S. : j'ai pas du tout travaillé mon morceau de piano, je pense que mon cours va être un calvaire. *Viva la vida !*

17:50

Martin était en panne de WIFI.

Martin ne prendra plus le bus de l'année parce que ses parents ont accepté qu'il aille au lycée à scooter.

Martin a prétexté ne pas avoir reçu mon SMS hier soir.

Martin était en train d'écouter Jack jouer de la guitare électrique quand j'ai débarqué dans sa chambre.

Martin veut se mettre à chanter pour rentrer dans le groupe de Jack.

Résultat : Martin s'éclate sans moi et m'a déjà oublié.

Je file à mon cours de piano avant que les hurlements de ma mère n'alertent la police locale.

23:17

Mes parents sont sortis au ciné. Tibou dort chez un copain. Je suis tranquille. SEUL, mais tranquille. Je me suis mis à fond *Satisfaction* des Stones, en boucle. Ça défoule !

M. Bras, mon prof de piano, m'a littéralement chassé de son cours, ce soir.

– Xavier, tu es en train de gâcher ton talent. Pourquoi tu ne travailles plus ?

– J'aime pas Bach.

– Que veux-tu travailler alors ?

– Un morceau de Muse.

– Qu'est-ce que c'est que ça ?

– Du rock, monsieur.

Je n'ai pas insisté. M. Bras vit dans un monde hors du temps. Pas de télé, pas de téléphone portable, ni d'ordinateur. Son appartement sombre au parquet qui craque regorge de reliques du XXe siècle : vinyles en 45 et 33 tours, enregistrements de concerts de musique classique du monde entier sur cassettes audio, affiches de grands pianistes comme Arthur Rubinstein, Glenn Gould, Vladimir Horowitz sur tous les murs de son salon de musique. Oui, M. Bras doit être le seul homme de notre époque à posséder encore un salon de musique. C'est une pièce entièrement dédiée à un piano à queue noir et à des centaines de partitions, classées par ordre alphabétique d'Albinoni à Zöllner. Je ne sais pas quel âge il peut avoir. Entre soixante-quinze et cent ans. Il porte toujours une chemise blanche impeccable et un pantalon de costume noir. Même l'été, même le matin à 8 h, même le soir après 20 h, et jamais en chaussons ! M. Bras a été un grand soliste. Quand j'y pense, avec un nom comme le sien, il ne pouvait pas se lancer dans le football ! Alors, grâce à ses doigts agiles, il a passé sa vie à faire le tour du monde, les fesses bien calées sur un tabouret de piano. Je crois qu'il ne s'est jamais marié. Il a fini par revenir vivre à Pézenas dans l'appartement de ses parents.

Prendre des cours chez M. Bras est un honneur, m'avait dit ma mère avant de me faire travailler d'arrache-pied mon audition. Il ne prend que dix élèves par an, les meilleurs.

M. Bras m'a accepté. Je ne sais pas trop pourquoi ; j'ai toujours été paresseux.

– Tu es doué, Xavier. Tu as en toi le potentiel d'un grand interprète. Rapidité, dextérité, sensibilité et un certain goût de la perfection. Le problème est que tu ne travailles pas assez, mais ça viendra, ça viendra…

Ça n'est jamais venu, mais il m'a quand même gardé dans son cours. Peut-être par amitié pour ma grand-mère, qu'il connaît depuis l'enfance ? J'aurais pu devenir un grand soliste, mais je ne le suis pas devenu et je ne le serai jamais. C'est un peu comme la lecture : ça m'a lassé. J'ai été un gamin solitaire qui adorait passer son temps enfermé à bouquiner ou à étudier son piano. Ça, c'était ma vie à Paris entre six ans et dix ans. Et puis on a quitté la ville pour venir vivre à la campagne, et tout a changé. Mon caractère, mes envies, mon mode de vie. J'ai découvert le plaisir de faire du vélo avec Martin, de construire des cabanes, de faire griller des Chamallows sur le barbecue des parents ; la liberté de faire le tour du village avec mes copains, même à dix ans, même à 10 h du soir. Peu à peu, le piano est passé au second plan – voire au dixième. Mais maman s'est acharnée et a refusé que j'arrête ce qu'elle appelle « la plus noble des disciplines artistiques ».

« Je ne peux pas te laisser abandonner le piano, Xavier ! Plus tard, tu me remercieras. » Voilà ce qu'elle me répète en boucle depuis deux ans, chaque fois que je lui demande d'« arrêter M. Bras ». Mais cette fois, j'ai abusé. Parler de musique rock à mon professeur de classique a été un affront suprême. Une provocation ! Un sacrilège ! C'est comme si j'avais demandé à Mozart de jouer *La Danse des canards*. Il m'a regardé avec tristesse puis il a simplement refermé le couvercle du piano.

– Je crois que c'était notre dernier cours, Xavier. J'ai été heureux de t'enseigner la musique que j'aime. Je crois qu'il est temps pour toi de trouver la tienne. Ta musique, celle qui te fera aimer la vie.

– Si j'arrête les cours, ma mère va me tuer, monsieur.

– Oui, mais tu survivras.

Franchement, il va me manquer…

Ne reste plus qu'à annoncer le drame à ma mère. Certainement pas avant la fête de Martin, elle me priverait de sortie. Non, genre dimanche soir, à table, ça mettra de l'animation. C'est toujours barbant les dimanches soir… Je me sens plus léger finalement. Je ne sais pas si c'est d'avoir dansé comme un hystérique sur *Satisfaction* des Stones ou si c'est l'idée d'avoir raccroché le piano, mais je me dis qu'à partir de maintenant ma vie ne peut plus être pire. J'ai touché le fond.

1. Coupe de cheveux naze pour trois mois minimum (et chaque matin devant le miroir de la salle de bains est un supplice).
2. Martin s'éloigne de moi parce qu'il a rencontré un mec génial.
3. Je traîne avec les anciens BOULETS du collège.
4. Ma mère va me détester jusqu'à ma majorité BECAUSE arrêt de M. Bras.
5. Aucune histoire d'amour possible dans mon état physique et moral (les filles détestent les losers un peu timides et aux cheveux trop courts).

Selon le principe d'Archimède, je devrais remonter à la surface très bientôt. C'est une loi de la physique : tout corps plongé dans un fluide est poussé de bas en haut avec une force égale à celle du poids du volume de fluide qu'il déplace. Et, en effet, j'ai déplacé pas mal de fluide négatif depuis la rentrée, donc je devrais remonter rapidement.

Ça fait du bien d'être seul pour réfléchir. Les parents nous reprochent toujours de faire trop de bruit, avec Tibou. N'empêche que, quand ils ne sont pas là, la maison est hyper silencieuse et zen, très feng shui, comme dit mon père.

Je vais me regarder une série débile pour me détendre encore un peu avant leur retour.

Salut.

Dimanche 9 septembre. 21:11

Je commence par le meilleur ou par le pire ? Allez, le pire peut attendre !

La fête de Martin à l'étang des Olivettes était absolument géniale. J'ai retrouvé *ma* place de meilleur copain. Martin a adoré mon cadeau. Il faut dire que je me suis ruiné pour lui acheter un micro et un ampli d'occasion. J'ai dû demander à mes parents un crédit d'un an sur mon argent de poche, mais l'effet a été à la hauteur de mes espérances. Quand on aime, on ne compte pas.

– Tu es vraiment ma couille préférée ! m'a lancé Martin en me serrant dans ses bras (ce qui signifie en bon français : tu es mon meilleur copain, merci).

Martin voulait se mettre à chanter du rock ; je l'encourageai. Un réflexe de super-pote qui, quoi qu'il advienne, soutient les envies de son ami. Ça a toujours fonctionné comme ça entre nous.

Quand j'ai gambergé pour mon premier RDV amoureux avec Mina, il était là.

Quand il a fumé une cigarette dans le collège et s'est fait renvoyer pour un jour, j'étais là.

Quand j'ai voulu draguer ma prof de français de troisième, il était là.

Quand elle m'a avoué qu'elle préférait les femmes, il était encore là.

Nous sommes liés par un pacte d'amitié. On ne se juge pas, on fonce tête baissée, même si, pour cela, on doit accepter de se faire renvoyer une journée du collège en risquant de se faire renier par ses parents (N.B. : j'avais affirmé avoir fumé, moi aussi, pour que Martin ne se retrouve pas seul dans le bureau du principal. Un sens de l'héroïsme qui m'avait valu le respect des pires caïds du collège). C'est notre conception de l'amitié. Main dans la main et prêts à plonger ensemble. Et dire que j'ai pu croire que Martin avait brisé ce lien en une semaine. Quel idiot ! Il m'a même proposé de commencer la batterie, car il a dans l'idée de monter un nouveau groupe de metal avec Jack.

– Ce serait top ! Toi, moi et Jack sur scène. T'imagines l'effet sur les filles ?

Ce « toi + moi + Jack » m'a ramené au chiffre trois, mais comme j'étais de bonne humeur, sûr de son amitié, et que j'imaginais super bien l'effet du trio sur les filles, j'ai finalement trouvé l'idée géniale. Après ça, on est tous allés nous baquer, comme dit Martin – autrement dit, nous baigner.

Habiter à la cambrousse n'est pas toujours un avantage quand on a quinze ans. On n'a pas de métro, ni aucun ciné à moins de dix kilomètres. En revanche, pour nous, les baignades de nuit ou en plein soleil, c'est quatre mois dans l'année minimum. Le top, c'est d'aller se baigner les week-ends de rentrée, quand tous les touristes sont retournés vivre sous la pluie. C'est notre été indien à nous, notre petite revanche sur la prétention de certains citadins. Et dans le genre endroit idyllique, l'étang des Olivettes est au top pour se retrouver entre copains. On y va depuis qu'on a onze ans, avec Martin, et on s'amuse toujours avec les mêmes jeux débiles. Je suis certain que si on revenait dans dix ans, Martin, Laurent, Marie, Chiara, Charlotte et moi, on referait un concours de « sauts pourris ».

Règle du jeu

Le concours de sauts pourris est un jeu simple et réalisable dans toutes les zones d'eau surplombées d'un promontoire. Le principe est de sauter chacun à son tour dans l'étang en annonçant aux autres la figure qu'on va réaliser. Le gagnant est celui qui aura inventé les figures les plus ridicules.

Martin est un peu le roi du saut pourri. Saut du pigeon blessé à l'aile droite !

Saut de Spider-Man devenu aveugle à la suite d'un choc frontal avec un semi-remorque.

Saut d'un éléphant qui ferait un plat sur le dos (Martin, grâce à son embonpoint, est carrément champion du monde de cette figure de style).

Le talent du joueur tient aussi à l'originalité de l'intitulé de son saut.

On a passé des heures dans l'eau, avec des crampes à l'estomac tellement on riait ! Franchement, je regrette qu'aucun de ces amis n'ait atterri dans mon lycée. Ça m'aurait changé la vie. Mais Chiara est dans un lycée privé bilingue puisqu'elle est anglaise, Marie est toujours au collège, Charlotte est au lycée de Béziers, et Laurent en internat à Montpellier. J'ai réalisé combien ils me manquaient et ça m'a mis un petit coup au moral. Je me suis assis pour reprendre mon souffle, et je les ai regardés, en espérant ne pas les perdre de vue les prochaines années. En observant Martin et Charlotte se chamailler amoureusement dans l'eau comme au premier jour de leur histoire, ça m'a redonné confiance. Je me suis dit que Martin était un type fidèle, en amour comme en amitié. Et qu'il n'y avait vraiment pas de quoi flipper. J'ai repris du poil de la bête et tenté un dernier saut. En remontant mon maillot de bain jusqu'au ventre, j'ai hurlé :

– LE SAUT DU MEC QUI VEUT SE SUICIDER À CAUSE D'UNE COUPE DE CHEVEUX POURRIE, MAIS QUI AU DERNIER MOMENT FAIT MARCHE ARRIÈRE.

Et j'ai plongé.

Résultat : j'ai failli me prendre un rocher, mais j'ai obtenu le titre de grand champion de sauts pourris de la soirée. Et c'est dans un fou rire général que Kevin a fait une arrivée tonitruante sur le bord des Olivettes avec son Opel Corsa bleu turquoise, tunée par ses soins.

– Jantes 17 pouces. Kit carrosserie GTO. Échappement en duplex tout Inox. Optique avant Angel Eye. Optique arrière Cristal, volant tulipe et kit de services connectés haute technologie.

Kevin ne peut s'empêcher d'expliquer en détail tout l'équipement qu'il a ajouté à sa bagnole, qu'il chouchoute beaucoup plus que ses copines. Kevin, c'est le ringard dans toute sa splendeur. Le genre de type avec gourmette et chaîne autour du cou qui fait le tour des stations balnéaires en voiture, toutes vitres ouvertes et musique à fond. Kevin, c'est aussi le cousin germain de Martin, et, pour cette raison, je le respecte. Et puis il en connaît un rayon sur les filles. C'est pas toujours très fin, ce qu'il raconte, mais ses blagues salaces et son côté macho nous font bien rire. Bref, Kevin est, selon son expression, « venu à notre secours pour nous apporter le matos », soit : un pack de bières, cinq boîtes de pizzas froides et une boîte de préservatifs fluorescents.

– Alors, cousin, tu croyais que j'allais te laisser fêter tes seize ans sans t'emmerder un peu ? Ouaouh ! Super, le scooter ! De la belle gonzesse ! Ça te plaît, les présos fluo ?

J'ai bien vu que Martin ne se sentait pas très à l'aise, surtout vis-à-vis de Charlotte. Depuis quelques mois, son cousin le pousse à fond pour qu'il – toujours selon son expression – « passe au turbo 2.0 ». Autrement dit, qu'il couche avec Charlotte. Un sujet hyper tabou, que Kevin risquait d'aborder à tout moment et de façon peu délicate. Mais le cousin a été beau joueur et plutôt discret pour une fois. Il s'est contenté de boire une bière, de fumer une cigarette en se trempant les pieds dans l'eau avant d'aller embrasser Martin sur le front et lui glisser un truc à l'oreille.

– Bon, les puceaux, je me tire ! a-t-il conclu. Ne vous masturbez pas trop, ça rend dépressif !

Il est remonté dans son engin, a fait hurler son moteur, avant de nous adresser un superbe doigt d'honneur dans un nuage de poussière.

– Je déteste ce mec ! a lancé Charlotte, avant de s'ouvrir une bière. Toutes les filles de la Terre doivent le détester ! Quel relou !

– Il n'est pas méchant ! a répondu Martin. Couillon, mais pas méchant.

On a dévoré les pizzas en écoutant de la zic à fond et les filles ont fini les bières. Je ne sais pas si c'est une tendance mondiale ou uniquement locale, mais nos copines boivent plus d'alcool que nous, les mecs. Laurent, lui, est épileptique, donc il n'y touche jamais. Martin et moi, on n'est pas trop fans de bière. On préfère le vin (surtout Martin, car ses parents sont viticulteurs), et comme on avait oublié d'en apporter, je suis resté sobre. C'est pour ça que j'ai eu le droit de faire un tour de scooter.

– T'as picolé ?

– Tu me connais, j'aime pas la bière.

– T'es sûr ? Je rigole pas avec ça sur le scoot.

– Carrément !

– OK, alors tu peux faire un tour !

Quand Martin m'a remis les clés de son scooter, j'ai senti combien il me faisait confiance. Ça m'a rappelé l'année où papa m'avait laissé monter sur son VTT flambant neuf. Il avait ce même regard franc et horizontal, assez viril. Un regard à la Clint Eastwood, qui dirait :

« Boy, je te fais confiance, t'es un homme maintenant, mais si tu foires, je te butte. »

J'ai pas foiré. Je me suis un peu crispé sur le guidon, mais j'ai démarré en douceur avant de me payer un tour gratos autour de l'étang. La nuit tombait sur la garrigue, laissant échapper les parfums de cette terre desséchée qui sentait bon le thym et les raisins écrasés des vendanges. Je suis monté à soixante en ligne droite. Pas très rassuré, pas hyper habile non plus, mais heureux de me prendre cette nuit de fin d'été dans les narines. À mon retour, Martin n'avait pas bougé d'un pouce. Il m'attendait, le sourire aux lèvres.

– Alors ?

– C'est cool. Tu as vraiment de la chance.

– T'inquiète, Mister Bole, toi aussi, un jour, tu conduiras un bolide. Avec ou sans l'autorisation de ta maman super protectrice.

Quand on s'est connus, en primaire, Martin pensait que Bole était un pseudo : « Me dis pas que tu t'appelles vraiment Xavier Bole ? »

Après, il y a eu une période où tous les morveux de l'école s'amusaient à me demander : « T'en as ou pas ? » Je répondais : « De quoi ? » et ils hurlaient : « Du bol ! » Une autre fois, Martin s'est mis en tête que je devais être né pour être chanceux, avec un nom comme celui-là. Alors on a piqué dans les portefeuilles de nos mères pour jouer au Loto. Après avoir perdu quinze euros et gagné deux semaines de punition chacun, on a finalement abandonné l'idée de déceler dans mon nom un quelconque signe du destin. De temps en temps, Martin se fout encore un peu de mon nom, mais c'est juste en souvenir du passé.

Avant de rejoindre les autres, je n'ai pas pu m'empêcher de lui demander. Ça me taraudait.

– Tu crois qu'on sera encore copains dans dix ans ?

– Bah, ouais. Pourquoi ?

– Je sais pas. On n'est plus dans le même lycée. On va se faire de nouveaux amis. Toi, t'as Jack…

– Et alors ? Tu déprimes ou quoi ?

– Ouais, je déprime.

– OK ! J'ai ce qu'il te faut, man.

Il a glissé sa main dans la poche de son jean et m'a tendu une carte de visite avec un numéro de téléphone portable et une photo de fille super vulgaire.

« Ninon Gros Nichons. 24 h/24. 7 jours/7. Le service antidéprime des mecs qui en ont. »

– Qu'est-ce que c'est que ça ?

– Le cadeau d'anniversaire de mon cousin Kevin. Il m'a dit que si je voulais y aller, il paierait pour moi !

– Non ??

– Si. C'est avec une fille comme ça qu'il a commencé sa vie sexuelle.

J'ai regardé la carte de plus près : deux énormes seins nus et une toute petite tête. Une photo retouchée, sans doute. Je n'arrivais pas à y croire. J'avais entendu dire que dans les campagnes, avant, certains pères emmenaient leurs fils chez des prostituées pour qu'ils apprennent à faire l'amour. Mais ce genre de tradition me paraissait vraiment préhistorique. Faire l'amour pour la première fois avec une travailleuse de sexe : flippant ! Surtout si c'était ton daron qui payait. Rien que d'y penser, j'en ai frissonné d'effroi.

– Les boules ! j'ai conclu. Enfin, je veux dire les boules de commencer avec une… une vieille (je n'ai même pas réussi à prononcer le mot devant Martin).

– Ouais.

De gêne, on a fini par éclater de rire. J'ai rendu la carte à Martin, qui a fait mine d'aller la jeter à la poubelle, avant de se raviser et de sortir son portable.

– Qu'est-ce que tu fais ?

– J'appelle. Juste pour entendre la voix de miss Gros Nichons.

J'y croyais pas ! Le culot de Martin ! Il a mis le haut-parleur et j'ai arrêté de respirer. Rien que l'idée d'écouter la voix d'une prostituée me rendait honteux, je crois, et en même temps hyper curieux. Accès direct à un monde extraterrestre. Enfin, la sonnerie a cessé et Ninon Gros Nichons a décroché. Une drôle de voix, un peu rauque.

– Allô ?

– Allô ? Vous... Vous êtes Ninon ?

– Oui. Vous êtes Martin ?

Là, Martin m'a dévisagé avec un regard de carpe agonisante. On était en plein délire ! Il était prêt à raccrocher, quand la voix de Ninon s'est mise à pousser des gloussements virils.

– Bon anniversaire, Martin ! Je savais bien que tu étais encore puceau ! a hurlé Kevin dans le téléphone.

– Enfoiré ! s'est écrié Martin.

– Je t'ai bien eu, hein ?

– T'es vraiment un gros débile, a conclu Martin avant de raccrocher au nez de son cousin hilare.

Martin s'est senti un peu vexé sur le coup, mais il a fini par en rire. Un rire d'humiliation qui s'est peu à peu transformé en vraie crise de rire. Il fallait quand même admettre que Kevin l'avait bien eu et lui avait fichu une sacrée frousse. On n'a pas jugé utile de parler aux autres de la blague Ninon Gros Nichons, histoire de ne pas énerver Charlotte, mais au cours de la soirée il a suffi qu'on se montre notre portable pour repartir dans un fou rire en cascade.

Jamais je ne retrouverai un ami comme Martin. Jamais. Ne serait-ce que parce que personne n'a un cousin aussi taré que lui.

Pour le pire ?

Je crois que je vais attendre demain. Il est tard et je vais avoir besoin de forces pour affronter ma deuxième semaine de loser.

Bye.

Lundi 10 septembre. 19:00

Échange en messages avec Martin en rentrant du lycée.

Lui : Aujourd'hui, j'ai découpé une pintade en cours de cuisine.

Moi : Marrant, parce que moi j'ai découpé *Pierrot le Fou*.

Lui : Quèsaco, Pierrot le timbré ?

Moi : Un vieux film français.

Lui : Ça se découpe comme une pintade, un film ?

Moi : C'est de l'analyse. On s'arrête à chaque séquence pour voir où le réalisateur a mis sa caméra et pourquoi. C'est cool.

Lui : Vraiment ? Je crois que je préfère ma pintade. Là, je dois réviser mon cours de gestion de l'économat. On se parle plus tard.

J'ai passé toutes mes années de collège avec Martin et jamais, en quatre ans, il n'avait interrompu une conversation sous prétexte d'aller faire ses devoirs. Entre Martin et le travail scolaire, ça a toujours été la guerre. Il faut croire que ses cours lui plaisent vraiment, cette fois. Moi, c'est plutôt l'inverse. Je n'ai jamais boudé les devoirs, sans doute parce que je travaille vite et que j'ai la chance d'avoir une méga-mémoire, mais cette année, c'est différent. Mon exo de maths me paraît difficile et je n'ai pas envie de m'y mettre. Pourtant, je n'ai plus le piano maintenant, et je ne peux pas dire que je manque de temps.

– D'accord, très bien. Tu veux arrêter le piano ? s'est exclamée maman. Eh bien, il va falloir occuper ton temps intelligemment parce que je te préviens, Xavier : ne compte pas sur moi pour te laisser passer des heures devant les écrans !

Je lui ai promis d'occuper mon temps « intelligemment ». De potasser mes cours, de me remettre à lire, de regarder des vieux films en noir et blanc, bref j'ai essayé de la rassurer pour que la pilule « fin de M. Bras » passe le mieux possible. Finalement, elle n'a pas été si en colère que je le pensais. Elle devait s'y attendre. Ou peut-être que M. Bras l'avait appelée pour la prévenir. En tout cas, elle a fini par soupirer et par m'offrir un minuscule sourire.

– Si c'est ce que tu veux... Après tout, tu as un bon niveau maintenant, tu pourras t'y remettre plus tard.

Tout était presque rentré dans l'ordre : je l'ai embrassée, elle m'a souri gentiment... Et là, je ne sais pas ce qui m'a pris, j'ai commis l'erreur d'aborder mon envie de jouer de la batterie. Trop tôt ! Beaucoup trop tôt ! J'aurais dû attendre une semaine – au moins ! –, qu'elle digère l'arrêt du piano. Ma mère est devenue comme folle. Elle s'est mise à tourbillonner dans le salon comme un hélico qui vient de perdre une pale.

– Tu veux faire de la batterie ! Chez nous ? Pourquoi pas de la guitare électrique ? Je te rappelle que ton père et moi travaillons à la maison. Tu es vraiment égoïste…

– Mais il existe des batteries électriques. Je pourrais travailler au casque, sans faire de bruit.

– C'est NON ! Tu m'entends ? NON, NON et NON. Et tu as intérêt à me rapporter des notes de mi-trimestre à la hauteur de ma déception. Parce que là, vraiment, Xavier, tu fais n'importe quoi, depuis quelque temps.

Dix minutes plus tard, mon père entrait dans la chambre en se grattant la barbichette.

– C'est sérieux, cette histoire de batterie ? Tu veux monter un groupe de rock ?

– Oui, avec Martin.

– Pourquoi tu ne joues pas du clavier ?

– Il n'y a pas de piano dans le metal, papa.

– Tu veux jouer du metal ?

Je l'ai soudain senti dépité. À côté de la plaque. Largué.

– Xavier, tu ne peux pas faire de la batterie à la maison. Ta mère et moi, on tient vraiment à ce que nos enfants fassent de la musique. Mais du metal ? Ce n'est pas de la musique, c'est du bruit…

Voilà, c'était cuit. Mon père s'est mis à me parler de la musique folk et de la guitare acoustique. Pourquoi je ne ferais pas plutôt de la guitare sèche ? Il m'a parlé de Dylan et de Cat Stevens et puis, comme je tirais une tête d'enterrement, il a quitté ma chambre avec un sentiment d'incompréhension. Encore ce fameux conflit de générations. Ma carrière de hard-rockeur s'est arrêtée dimanche soir et je n'ai pas pu en reparler à Martin, trop concentré sur sa découpe de pintade pour écouter mon désespoir.

Tout part en vrille cette année. J'ai l'impression que ma vie s'effrite et je me sens incapable de réagir. Je glisse. Je pensais que j'allais sortir du gouffre, mais je m'enfonce encore plus. Heureusement que j'ai ma chienne. Hier, elle a dormi à mes pieds comme si elle voulait me rassurer. Papa dit que c'est une chamane, une sorte de sorcière sacrée qui « voit » au plus profond de notre être et a le pouvoir de nous guérir de nos blessures secrètes.

– Qu'est-ce que tu vois en moi, ma toutoute ? Un mec qui a la tête rasée et qui se demande quand il pourra se regarder dans la glace sans grimacer horriblement, comme Tibou chaque fois qu'il goûte au café.

Aujourd'hui, j'ai encore passé l'heure du déjeuner tout seul, les écouteurs sur les oreilles pour éviter la compagnie de Thomas et de Virginie.

– Bon, mon exo de maths. Aide-moi à décider, Laïka ?

Je le fais ou je laisse tomber ?

Ma chienne a soupiré. OK. Je laisse tomber. Tchao.

20:30

Je viens de me faire un flip total. Comme je repensais aux pouvoirs de guérison de Laïka, j'ai tapé le mot « chamane » sur Google. C'est comme ça que j'ai atterri sur un site parlant des Amérindiens qui soulignait le symbole de la force virile du cheveu. Le mot « cheveu » était un lien hypertexte, alors j'ai cliqué dessus. Je n'aurais pas dû : je me suis noyé dans un flot d'informations, qui, depuis, ne me sort plus de la tête.

Le pouvoir du cheveu au fil des âges

Chez les Gaulois : la chevelure était synonyme de noblesse et de puissance.

Les Romains, eux, infligeaient la tonsure aux peuples vaincus.

Quant aux moines, ils se font tondre en signe de renoncement et de soumission à leur dieu.

PARTOUT DANS LE MONDE DEPUIS LA NUIT DES TEMPS, UN MEC RASÉ EST UN LOSER OU UN MOINE !

Ma force virile s'est fait balayer dans le salon de coiffure de Pézenas, c'est pour ça que je suis dépressif. Tout s'explique.

Si Laïka a des pouvoirs chamaniques, elle seule peut me rendre mon énergie. J'ai donc décidé qu'à partir de ce soir elle dormirait toutes les nuits dans ma chambre.

J'ai aussi décidé de trier mes infos en ligne parce que, vraiment, c'est n'importe quoi ce que certains racontent. Et Zizou, alors ? C'était peut-être pas un héros chauve, les gars ? Vraiment n'importe quoi.

Tchao.

Jeudi 13 septembre. 17:56

Ça marche ! Ma chienne a vraiment des pouvoirs surnaturels.

La preuve ?

Ce midi, j'ai trouvé *la* solution à mon année de galère : je vais m'inscrire en bac pro restauration. Comme ça, je serai dans la classe de Martin. Pendant que je sèche sur les fonctions et la trigonométrie, lui apprend à réserver une sauce, à lever des blancs en neige, à émincer des oignons, à découper des pintades et à lever des filets de saumon. C'est quand même plus drôle. Qui sait ? J'ai peut-être un talent de cuisinier. J'en suis sûr, même. J'adore faire la cuisine ! Mes parents ont toujours dit qu'ils nous laisseraient, Tibou et moi, choisir notre voie professionnelle. Eh bien, voilà. J'ai choisi. Je serai cuisinier ou serveur. En plus, Martin m'a dit que Jack avait de la famille en Australie et qu'il était possible qu'ils partent tous les deux là-bas en stage d'été pour travailler dans un restau. Je serai du voyage ! Je ne vais quand même pas laisser Martin partir au bout du monde sans moi. J'ai pris cette décision ce midi. Je mangeais au self en compagnie de Thomas et Virginie quand j'ai osé leur exposer mon problème.

– Je n'aime pas ce lycée. Celui de Martin a l'air beaucoup plus fun.

– Mais c'est un lycée pro ! Un lycée pour les débiles qui ne réussissent pas dans leurs études ! a lancé Thomas dans un rire méchant.

– Il paraît même que là-bas ils n'ont plus de cours de français ! a ajouté Virginie avec dégoût.

– Vous savez quoi ? C'est vous, les débiles profonds ! Vous passez votre temps à bouquiner, mais à quoi ça vous sert ?

– À nous cultiver. À obtenir un 16 de moyenne en français, par exemple, a répondu Thomas en remontant ses lunettes sur le bout de son nez.

– Et à quoi ça va te servir un 16 en français ?

– À rentrer dans une grande école.

– Et après ?

– Après, à trouver un job intéressant et bien payé. C'est quoi ton problème ? Pourquoi tu nous agresses comme ça, aujourd'hui ?

– Vous êtes des boulets, voilà pourquoi ! Des prétentieux qui jugez les gens à leurs notes sur un bulletin scolaire. Personnellement, en matière d'amitié et d'humour, je vous mets un zéro. Nul. Sans avenir. Tchao.

J'ai quitté le self sous leurs regards ahuris. Deux heures plus tard, ils se sont fait une joie de me dévisager en ricanant quand le prof de maths m'a rendu mon devoir sur table.

– 8 sur 20. Qu'est-ce qui vous arrive, Xavier ? Vous aviez 19 de moyenne l'année dernière.

– Rien, m'sieur. Juste une fatigue.

– Eh bien, prenez des vitamines, parce que pour l'instant c'est encore facile, mais cela va se corser dès la semaine prochaine.

Je m'en fiche. Je veux aller en lycée pro. Cette fois, personne ne pourra m'en empêcher. C'est mon avenir ! Mon choix.

Lundi 17 septembre. 20:30

MES PARENTS M'ONT MENTI : ILS REFUSENT QUE JE FASSE UN BAC PRO RESTAURATION.

ILS NE RESPECTENT PAS MON CHOIX !

ÇA M'EST ÉGAL. À PARTIR DE MAINTENANT JE NE FERAI PLUS RIEN EN CLASSE.

JE NE PARLERAI PLUS À PERSONNE.

ON VERRA BIEN QUI CRAQUERA LE PREMIER.

– Bonne nuit, ma toutoute ! Veille bien sur moi et redonne-moi la force qui était dans mes cheveux ! Je vais en avoir besoin pour la suite de mon plan.

Vendredi 21 septembre. 16:48

8 en géo.

9 en maths.

10 en français.

9 en anglais.

Parfait ! Je suis très bien parti. Mes parents devront bien admettre que je ne suis pas fait pour les études générales et que je ne m'intègre absolument pas au lycée. J'espère qu'ils vont vite réagir parce que j'en ai un peu marre de ne rien faire. Qu'est-ce que je peux m'ennuyer, surtout à l'heure du déjeuner ! Je n'en peux plus de ne parler à personne. Avant, j'avais au moins Virginie et Thomas, mais depuis que je les ai traités de débiles et de boulets, c'est FINI. Alors je passe mes récrés tout seul. Peut-être que les autres me prennent pour un bonze, assis sous mon arbre avec mes cheveux rasés ! Un moine en pleine méditation : ça craint ! Je m'en moque, et je suis prêt à passer pour un illuminé si c'est le prix à payer pour dégager au plus vite de ce bahut.

Maman a finalement accepté que j'aille au concert des Déménageurs, le groupe de Jack. J'en profiterai pour mettre Martin au courant de mon plan : fuite du lycée général vers le lycée pro.

Bye.

P.-S. : il y a une fille sympa dans le cours de cinéma. Aurélie de Beauregard. Je fais mon possible pour rester « asocial », mais, si elle continue à se mettre à côté de moi pour visionner les films, je risque de craquer et de me mettre à lui parler.

DUR D'ÊTRE UN REBELLE !

Dimanche 23 septembre. 10:03

Martin ne m'a pas compris. D'après lui, je ne suis pas du tout fait pour la restauration. Je suis déçu, mais bien décidé à lui prouver le contraire.

– Tu ne sais même pas monter une mayo, Xav. Et tu es super maladroit, tu ne peux pas mettre la table sans casser un verre. Tu n'as rien à faire dans mon bahut.

– C'est que je manque d'entraînement, c'est tout.

– C'est que tu n'aimes pas cuisiner ! Moi, je fais la bouffe à la maison depuis que j'ai dix ans. Au début c'était une corvée, mais c'est devenu une vraie passion. Tu ne pourras jamais rattraper ton retard, man.

– Challenge ?

– Chiche ! Entraîne-toi ! Mais dépêche-toi parce que dans quinze jours on part en stage pro. Si tu ne changes pas de lycée avant, ce sera trop tard. Ils ne t'accepteront plus en cours d'année.

Le concert des Déménageurs était pourri et j'avoue que ça m'a fait plaisir. C'est moche de penser comme ça, mais j'ai bien vu que Martin était déçu, lui aussi. Pas si sûr qu'il monte son groupe avec Jack, qui joue de la guitare comme un manche !

Je ne sais pas si Laïka y est vraiment pour quelque chose, mais je sens que je reprends du poil de la bête ! Ce midi, grand-mère vient déjeuner à la maison et j'ai décidé de m'occuper du repas de A à Z. J'ai tout prévu et concocté un menu très *slow-food* pour faire plaisir à papa, avec du poisson pour séduire maman, du chocolat pour Tibou et un bon rosé bien frais pour grand-mère (eh oui ! même à soixante-quatorze ans les femmes boivent plus que les hommes !). Mes parents m'ont laissé faire les courses et ont accepté mon initiative avec étonnement.

– Tu veux faire la cuisine ?

– Oui, maman. Tu pourras te reposer, ça me fait plaisir.

– Bon, eh bien… Jacques, qu'en penses-tu ?

Mon père a approuvé, un peu désorienté. Il m'a même proposé de m'emmener à Pézenas pour que je puisse acheter des ingrédients bio et sains.

Repas dominical concocté par Xavier Bole

Entrée : petits chèvres grillés sur lit de mâche et de figues fraîches.

Plat principal : bar au four à l'ail et aux tomates, accompagné de pommes de terre sauce soja.

Dessert : tarte au chocolat.

J'ai trouvé ces recettes sur Internet. Les pages précisaient : niveau facile. Je devrais y arriver. J'ai deux heures. Je file en cuisine. J'ai le trac, mais je me sens hyper motivé. C'est le moment de leur dévoiler mes talents culinaires trop longtemps cachés.

Salut.

19:22

Je suis crevé. Je crois que je vais dormir sans manger, ce soir.

– C'est pas mal du tout pour une première ! a lancé grand-mère en s'essuyant délicatement les lèvres avec sa serviette avant d'avaler une carafe d'eau entière.

– C'est un peu cramé, mais bon quand même ! a ajouté Tibou avec un sourire chocolaté.

– Papa ? Maman ? Votre avis ?

– C'est pas mal ! Enfin tu t'es débrouillé… pour une première fois… hein, Jacques ?

– Oui, c'est bien de partager les tâches familiales. Tu as fait preuve d'un esprit collectif qui me plaît beaucoup. C'est exactement ce que je voudrais que nous fassions tous au quotidien, tu vois…

– Donc je peux aller en lycée pro !

– C'est pas vrai ! Quelle tête de mule ! s'est écriée ma mère en se levant d'un bond. Allez, je vais faire un tour parce que je sens que je vais dire des choses très désagréables ! Je n'ai pas envie que maman entende ça !

Sur ce, mes parents ont filé à la mer avec Tibou, et grand-mère a accepté de rester avec moi pour nettoyer ce que maman a qualifié de « tremblement de terre en cuisine ». J'ai appris que le plus dur dans la restauration n'était pas forcément de cuisiner, mais de *nettoyer*. Ça prend un temps fou. Enfin, c'était quand même sympa de faire la vaisselle avec grand-mère. On a pu discuter tranquillement.

– Alors, comme ça, tu veux devenir cuisinier ?

– Oui. Cuisinier, barman ou serveur, je ne sais pas trop. J'aimerais bien ouvrir un bar sur la plage en Australie.

Grand-mère n'a rien répondu. Elle s'est contentée de m'écouter lui parler de mes projets. De ma HAINE profonde et irrémédiable de mon lycée, de ma coupe de cheveux pourrie, de Virginie, de Thomas, du prof de maths qui s'acharne sur moi, de la prof doc du CDI, de mes journées de solitude, de la fin de M. Bras, de Martin et Jack au lycée pro et même de la blague de Kevin avec Ninon Gros Nichons (qui l'a bien fait rire). Je lui ai *tout* raconté, sauf bien sûr mon plan de sabotage de mes notes. On a mis les torchons à sécher dans le jardin et on a soufflé en sirotant une menthe à l'eau.

– J'ai un ami qui tient un restaurant à Pézenas. Une brasserie. Si tes parents sont d'accord, je lui demanderai de te prendre en stage un week-end. Cela pourrait te permettre de voir si tu es vraiment passionné.

J'ai embrassé ma grand-mère. Elle sent toujours la poudre, les vieux livres et l'eau de toilette à la rose. Ça sent pas super bon, mais j'aime bien son odeur. Elle me rappelle mon enfance, quand je n'habitais pas encore la région et que j'allais en vacances chez elle. Je disais toujours que ça sentait la campagne, dans sa maison. Maintenant que j'habite à la campagne moi aussi, je trouve que ça sent grand-mère.

– Les cours avec M. Bras ne te manquent pas ?

– Non.

– Tu ne joues plus du tout du piano, alors ?

– Non. Pourquoi ?

– Comme ça. Il te transmet ses amitiés.

– M. Bras ? Tu l'as vu ?

– Oui, c'est presque un voisin tu sais, et puis c'est un très vieil ami.

J'avais oublié qu'elle le connaissait depuis l'enfance. J'ai vite effectué un petit calcul dans ma tête. Grand-mère a soixante-quatorze ans. Cela fait donc au moins soixante-quatre ans qu'ils sont amis. C'est incroyable, une amitié comme celle-là. Alors, je lui ai demandé comment ils avaient fait pour ne pas se perdre de vue au fil des années.

– Comme le dit l'écrivain Tahar Ben Jelloun : *Le temps est le meilleur bâtisseur de l'amitié. Il est aussi son témoin et sa conscience. Les chemins se séparent, puis se croisent.*

Tu vois, Xavier, le temps ne compte pas en amitié. On peut rester des années sans se voir, si le sentiment est partagé et fort, il reste intact. On s'est perdus de vue de nombreuses fois avec Stanislas, mais on a toujours eu plaisir à se retrouver comme au bon vieux temps.

Stanislas. Ça m'a fait drôle d'entendre grand-mère appeler M. Bras par son prénom. Ça l'a rajeuni d'un coup, mon vieux prof. Si je l'avais appelé Stan, je suis sûr que ses cours auraient été plus sympas. Plus décontractés : « Salut, Stan, ça gaze depuis la semaine dernière ? »

– Et l'amour ? a demandé grand-mère en souriant gentiment.

– Rien à déclarer.

– Pas de fille à l'horizon ?

– T'as vu ma coupe de cheveux, grand-mère ? L'horizon est bouché au moins jusqu'à Noël.

– Elle n'est pas si mal, ta coupe. Et puis les filles ne regardent pas que le physique...

J'adore ma grand-mère. Elle est hyper cultivée, surtout en poésie et en sciences de l'amour. Elle est capable de réciter des poèmes en entier, mais sa mémoire lui joue parfois des tours. Je pense qu'elle a complètement oublié ce qu'est une fille de quinze ans. Une fille de quinze ans ne tombe pas amoureuse d'un mec avec une coupe de cheveux démodée. C'est dégueulasse, c'est injuste, c'est puéril, c'est discriminatoire, mais c'est comme ça.

– Je te jure, grand-mère ! C'est *impossible*. Les filles ne regardent que le physique. Elles sont intransigeantes avec le physique.

Elle a rigolé avec un rire de jeune fille. Hyper haut perché et en cascade. J'ai cru qu'elle n'allait plus s'arrêter. Ça m'a fait drôle de la voir papillonner comme ça, comme un étourneau. Je me suis même demandé si elle n'avait pas pris un coup de chaud. Peut-être qu'elle délirait. Qu'elle allait faire une crise cardiaque dans le jardin. Ça m'a fait flipper au bout d'un moment. Mais elle a fini par se calmer. Elle a bu une grande gorgée de menthe à l'eau et a essuyé les larmes qui coulaient sur ses joues. Je n'ai pas compris ce qui l'avait fait rire à ce point. Elle fait ça parfois, elle rit en décalage. Si ça se trouve, elle riait encore de la blague Ninon Gros Nichons.

– « Intransigeantes », tu dis ? Tu as raison, les femmes le sont souvent. C'est vrai que les garçons, eux, ne le sont jamais, n'est-ce pas ? C'est bien connu, les garçons ne regardent que des filles démodées et pas très jolies.

J'ai pas répondu. Il faut admettre que grand-mère est quand même super fortiche en amour.

– Et la fille *super moche* que tu as en vue, elle s'appelle comment ?

– Aurélie de Beauregard !

Elle avait deviné avant même que je lui en parle. Avant même que je m'en rende compte.

Elle a raison. J'ai quelqu'un en vue. Une fille pas si moche que ça. Même pas moche du tout et surtout qui me plaît beaucoup.

DUR D'ÊTRE UN REBELLE INSENSIBLE.

Je vais dormir (même pas fait mon devoir de géo).

Enfin, dormir, c'est vite dit… Laïka ronfle comme le moteur de la bagnole de Kevin. En plus, elle entreprend de faire sa toilette tous les matins à 5 h, avec un bruit de léchage hyper énervant.

Qu'est-ce que je fais ?

Bon, je préfère la garder auprès de moi, je me sens encore fragile (et toujours aussi moche).

Bye.

Lundi 24 septembre. 18:00

– Tu aimes les films de François Truffaut ?

– Euh. Oui, oui, j'adore.

– Tu as vu *Les Quatre Cents Coups* ?

– Oui…

– J'adore le moment où Jean-Pierre Léaud dit que sa mère est morte pour justifier son absence en cours.

– Oui, c'est cool, ce moment…

En salle de cinéma, j'ai adoré qu'Aurélie de Beauregard me chuchote à l'oreille des noms d'artistes inconnus comme François Truffaut, Jean-Pierre Léaud… C'était sensuel. Intime.

IL FAUT ABSOLUMENT QUE JE VOIE CE FILM AU PLUS VITE !

NON, IMPOSSIBLE DE VOIR CE FILM AVANT UNE SEMAINE.

Piégé !

Car cela risquerait de faire capoter mon plan bac pro. Si ma mère me voit regarder des vieux films français en noir et blanc, elle refusera catégoriquement que je quitte ma seconde générale. Il faut que je tienne jusqu'à ce que mon professeur de maths convoque mes parents. Il faut continuer à foirer mes devoirs sur table, à parler le minimum aux autres pour jouer au mec asocial tout en potassant la cuisine. Ce soir, je tente un sauté de veau en cocotte.

Je vais éplucher les carottes. Tchao.

20:32

Sauté de veau : réussi. Mes parents : épatés. Mes devoirs : pas faits.

Scoop : j'ai vu Jack entrer dans le cabinet de podologie de ma mère.

Résultat : c'est une super-soirée !

Ma mère a refusé, au nom du secret médical, de me révéler le mal dont souffrait Jack Balestri. Dans tous les cas, cela en met un sérieux coup à son côté MEC IDÉAL, SEXY et PARFAIT.

Jack a les pieds plats. Jack a des cors. Jack a trop de peaux mortes sous les pieds.

Jack a forcément un problème infect sur ou sous les pieds, s'il vient consulter ma mère – la pauvre, elle fait un métier vraiment dégueu. Il faut que j'en aie le cœur net. Donc, je vais aller pirater l'ordi de maman cette nuit. Facile. Je mets le réveil à 1 h du mat.

01:17

Opération « pieds de Jack » réussie. J'ai piraté l'ordi. Enfin, je suis descendu à pas de loup dans le cabinet de podologie et je l'ai allumé. Pour le mot de passe, c'était facile, ma mère a commis l'erreur basique de tous les parents en choisissant d'accoler les prénoms de ses deux enfants : xavluc. Bingo !!

Jack Balestri a les pieds plats. Il va devoir porter des semelles orthopédiques et éviter les baskets pendant quelque temps. De quoi bousiller son look de mec cool.

En consultant la fiche de Jack dans la pénombre, je me suis cru projeté dans un James Bond ou un Jason Bourne. J'ai toujours adoré ce genre de films d'espionnage. Le type a deux secondes pour éliminer les firewalls, pénétrer dans des dossiers secrets, tout remettre en ordre et sortir à pas de loup avant de rejoindre la camionnette où l'attend son complice. Bon, évidemment, je n'avais pas de camionnette ni de complice ; je n'étais pas en combinaison noire, mais en pyjama ; je n'avais pas de flingue, mais une poignée de croquettes au bœuf qui m'ont permis d'occuper ma chienne avant de l'enfermer dans ma chambre. En sortant du bureau, j'étais en apnée, à l'affût du moindre mouvement de vie dans la maison, progressant dans le noir, les mains en avant comme un somnambule.

– Qu'est-ce que tu fais en bas ?

J'ai poussé un petit cri. Enfin, un cri… Mon frère se tenait en haut de l'escalier, échevelé, son doudou lumineux à la main, droit comme un I. Exactement comme les enfants possédés par le démon dans les films d'horreur. J'ai vraiment eu les boules et j'ai mis un certain temps à reprendre mes esprits. Heureusement, papa et maman ont toujours eu le sommeil lourd.

– Chut ! Lucas. Tu vas réveiller les parents. J'avais soif, je suis allé boire un verre de lait.

– Dans le bureau de maman ?

– Tu m'as vu sortir ?

– Bah oui. Je vois tout avec mon doudou lumière. C'est pratique la nuit pour faire pipi.

J'ai remonté l'escalier à toute vitesse et j'ai ramené Lucas dans sa chambre. Je l'ai bordé, je lui ai fait un bisou, j'ai caressé son maudit doudou lumineux et je lui ai demandé de se rendormir.

– Si maman sait que tu es allé dans son bureau, ça va barder…

– Tu ne vas pas lui dire ?

– Si.

Franchement, je pense que les enfants grandissent beaucoup trop vite de nos jours. Moi, à huit ans, je n'aurais jamais fait du chantage au silence à mon grand frère pour lui soutirer de l'argent de poche. Bon, bien sûr, je n'avais pas de grand frère… mais j'avais le cœur pur à cet âge-là. Je pensais que le monde de Oui-Oui existait vraiment et qu'un jour moi aussi, je serais Maître Pokemon.

– Si tu me donnes cinq euros, je ne dirais rien.

– Quatre.

– Cinq.

– Quatre cinquante.

– Non, cinq.

– OK. Bonne nuit. Mais si tu parles, je te casse ton ver de terre lumineux !

Lucas est vachement doué pour le business. J'espère qu'il sera aussi doué pour tenir sa langue, ce n'est pas le moment que ma mère m'en veuille.

Bon, je tiens une info top secrète sur Jack. C'est idiot, mais ça me rassure. Je ne me vois pas lui mettre la honte en parlant de ses problèmes de pieds devant les filles, mais on ne sait jamais. Avec ce genre de rival, il vaut mieux accumuler les munitions. *Rival.* Je parle vraiment comme un homme amoureux. Peut-être que je deviens fou ? Fou d'amitié pour Martin ? C'est possible ? Peut-être que je suis homo. Ou bi ? En même temps, rien que l'idée d'embrasser mon pote sur la bouche me donne la nausée. Embrasser *Martin* sur la bouche ? Beurk !

Non, ce n'est pas de l'amour. C'est bien de l'amitié.

Comment on dit quand on aime d'amitié ? Je suis « amitiéreux » de Martin ?

Il faut vraiment que je dorme.

Laïka ronfle et elle sent la croquette pur bœuf ! Génial… Bye.

Mercredi 26 septembre. 16:32

R.A.S.

8 en sciences de la vie et de la Terre et en géo. 10 en espagnol.

C'est presque gagné !

Mon professeur principal a mis un mot dans mon cahier de correspondance. Il veut rencontrer mes parents. Maman, surprise, a proposé vendredi. J'ai eu du mal à faire l'étonné quand elle m'a demandé pour quelle raison mon professeur souhaitait les rencontrer si tôt dans le trimestre.

– J'en sais rien, tu verras bien.

Je préfère que ce soit mon prof qui leur révèle ma chute scolaire. Je me dis que le choc sera plus fort et mettra mes parents dans de bonnes dispositions pour accepter le lycée pro.

Plus que deux jours.

Il était temps, Martin a déjà trouvé son stage : il travaillera dans la pizzeria bio du village. La classe, une pizzeria !

Tchao.

Vendredi 28 septembre. 21:45

Bingo ! Mes parents ont craqué. Demain, je pars en stage dans le restaurant de l'ami de grand-mère pour un week-end d'immersion en cuisine. Et si lundi je veux encore devenir cuistot, ils sont décidés à me laisser changer d'établissement. Adieu, les études longues et ennuyeuses, bonjour, l'apprentissage ! Bon, bien sûr, maman avait une tête d'enterrement en revenant du rendez-vous avec mon professeur principal. Je dois admettre qu'elle m'a fait de la peine. Elle était tellement déçue ! Elle croyait tellement en son opération bac avec mention qu'elle a dû se sentir honteuse à l'annonce de ma moyenne générale de 9. Mais je n'ai pas dit mon dernier mot : je peux encore la surprendre et devenir un chef étoilé. Le plus grand chef de France. J'ai une ambition folle, elle ne s'en rend pas compte, mais un jour elle sera fière de son fils. Papa, lui, était plus détaché. Comme s'il n'y croyait pas vraiment. Comme s'il se doutait que j'avais saboté mon travail pour laisser mes notes s'écrouler. En tout cas, il a accepté le stage en se grattant la barbichette.

Demain je me lève à 7 h pour travailler au Pot de fer.

Bonne nuit !

P.-S. : pour dormir une nuit complète, j'ai chassé Laïka de ma chambre. OUF !

Dimanche 30 septembre. 20:15

Pas envie d'écrire. Mais envie de dormir.

JE HAIS LE CHEF DU POT DE FER. JE HAIS LA CUISINE !

Dès mon retour, mes parents m'ont demandé comment ça s'était passé.

« C'était génial ! » Voilà ce que j'ai répondu en affichant une horrible grimace, qui, de l'extérieur, devait ressembler à un sourire. À l'intérieur, j'avais envie de hurler : « Je déteste la cuisine *forever* et je ne ferai jamais ce métier où un type coiffé d'une toque ridicule passe la journée à vous hurler dessus, la louche à la main. Pour qui il se prend, celui-là ? Xavier, épluche les carottes ! Non, pas comme ça ! Xavier, fais la plonge. Xavier, ne reste pas planté là ! Xavier, va nettoyer, éplucher, nettoyer, éplucher ! Un vrai dictateur, ce chef de cuisine ! »

Mais j'ai mon orgueil !

Je ne peux pas revenir en arrière. Il est trop tard. J'ai choisi de rejoindre Martin au lycée pro, j'irai donc jusqu'au bout. Je respecterai notre pacte d'amitié : main dans la main avant de sauter dans le précipice ! Tant pis si je dois payer le prix fort et passer le reste de mon existence à émincer des oignons, laver des salades, couper des carottes en fines rondelles ou épépiner des concombres ! Nettoyer, nettoyer, nettoyer ! GRRRRRRRR !

Mon avenir est foutu. Je vais dormir pour oublier.

J'ai repris Laïka avec moi, une nuit sans elle ne m'a pas vraiment porté chance.

Tchao.

Lundi 1er octobre. 18:00

Mes parents me demandent de les rejoindre dans le bureau de papa. Tibou est chez un copain. Ça sent la réunion officielle. Du genre : « Xavier, il faut qu'on parle sérieusement. » Je ne sais plus quoi faire. J'ai peur d'être allé trop loin. Surtout qu'Aurélie m'a encore glissé des noms inconnus à l'oreille en cours de cinéma.

19:06

C'était effectivement une réunion officielle. Papa était à son bureau, maman derrière lui, les bras croisés sur la poitrine comme le chef du Pot de fer. Je n'ai pas envie d'écrire cette terrible scène, mais, après tout, j'écris aussi pour soulager mes souffrances et y voir plus clair dans mes pensées.

Et là, j'ai vraiment besoin d'y voir plus clair.

Papa m'a demandé calmement de m'asseoir. Il a regardé maman et a lancé le débat.

– Xavier, il faut que tu nous dises *vraiment* ce qu'il se passe. Ta mère et moi, nous voulons t'aider à choisir la meilleure orientation. Celle qui te permettra d'aller vers le métier de ton choix. Alors, es-tu certain de vouloir quitter la filière générale pour apprendre un métier au plus vite ?

– Oui, papa.

– Et ce métier, c'est cuisinier ? a repris ma mère sans sourire.

– Oui.

– Comme par hasard ! Je suis certaine que tu fais cela uniquement pour être dans le même lycée que Martin.

– Mais non… Quelle idée !

Et maman, pourtant si calme au début, s'est de nouveau mise en boule. D'après elle, je « gâchais mes capacités intellectuelles », j'allais choisir « un métier qui ne me convenait pas », j'étais « ridicule », « immature ».

– Le chef cuisinier nous l'a dit, Xavier, a précisé mon père. Tu n'es pas fait pour ce métier. La cuisine te barbe : admets-le !

Soudain, je me suis senti comme un touriste perdu sur une route déserte en pleine campagne. Où aller ? À droite ou à gauche ? Admettre que mes parents avaient raison et que j'avais œuvré uniquement pour retrouver Martin ? Me taire et m'entêter dans mon plan au risque de moisir jusqu'à la fin de ma vie au fond d'une cuisine où, il faut bien l'admettre, je ne me sentais pas à ma place ? Alors, droite ou gauche ? J'étais au point mort, incapable de redémarrer, trop lâche pour faire demi-tour ou pour choisir une quelconque direction. Je me suis tu en baissant la tête. Je crois que maman a eu pitié de moi. Je déteste cette idée, mais c'est ce qui s'est passé. Elle n'en pouvait plus de me voir si mal à l'aise sur ma chaise, alors elle est venue vers moi. Elle s'est accroupie à ma hauteur, m'a attiré vers elle, et j'ai laissé ma tête glisser doucement dans son cou. Comme avant. Comme quand j'avais huit ans. J'ai pleuré comme un gamin dans les bras de sa « môman ».

Je me rends compte que si un copain trouve ce cahier, je suis cuit pour le restant de ma vie. Nous, les hommes, c'est bien connu, nous n'avons pas le droit de pleurer. Il faut être forts, robustes, sûrs de nous, combatifs, voire combattants. Nous, les hommes, savons où nous allons. Nous ne doutons jamais, non, jamais. Nous, les hommes, sommes LÂCHES en vérité. Incapables d'admettre que nous avons parfois besoin de pleurer dans les bras de nos mères quand la vie nous fait du mal. Alors tant pis, après tout, si un copain tombe un jour sur ce cahier. Je m'en moque, désormais, car j'ai décidé d'assumer mes faiblesses.

Oui, je suis un garçon sensible.

Oui, j'ai peur de parler à toutes les filles en ce moment.

Oui, je suis jaloux du nouvel ami de mon meilleur ami, comme une gonzesse.

C'est ça qu'on dit entre hommes, n'est-ce pas, les gars ? C'est comme ça qu'on appelle un garçon sensible, n'est-ce pas, les filles ?

Pleurer comme une gonzesse, être jaloux comme une gonzesse, avoir peur comme une gonzesse, détester sa coupe de cheveux et s'en rendre malade comme une gonzesse. Comme si le fait d'être une femme était une insulte. Comme si un homme fragile et sensible n'était plus un homme. Quelle connerie !

Je déteste ces vérités d'un autre temps. Je suis un REBELLE du XXIe siècle ! J'ai changé de combat. Je ne veux plus devenir un autre pour conserver mon amitié, mon amour-propre. C'est fini, j'ai compris. Désormais, mon seul combat sera de devenir celui que je suis et de l'assumer devant les autres.

JE VEUX ÊTRE LIBRE D'ÊTRE COMME JE SUIS.

Libre, comme Jack, de jouer de la guitare électrique comme un navet.

Libre, comme Martin, de se lancer dans sa passion culinaire.

Libre, comme Virginie et Thomas, de s'enfermer dans la lecture, même s'il faut pour préserver sa passion se faire traiter de boulet.

Après tout, Martin doit m'aimer comme je suis et le poète de grand-mère, Tahar Ben Jelloun, a raison : le temps est le meilleur bâtisseur de l'amitié. On verra bien si la nôtre survit à notre séparation.

Mes parents m'ont laissé deux jours pour réfléchir. Je n'aurai pas besoin de ces deux jours.

IL FAUT QUE JE LEUR DISE. MAINTENANT. IL FAUT QUE JE ME LIBÈRE !

20:57

Ça y est, tout est dit. Les dés sont relancés.

Je déteste la cuisine, je déteste mon lycée, j'ai peur que Martin ne m'aime plus, mais j'adore les études et surtout le cours de cinéma.

– Oh, mon bébé ! a lancé maman en m'enlaçant tendrement.

C'était un peu pathétique et exagéré, mais je l'ai laissée faire. Après tout, je lui devais bien ça. Heureusement, elle a très vite repris sa casquette de général en chef (tout compte fait, je préfère une mère capitaine à une mère pot de colle).

– OK, Xavier. Alors, il va falloir rattraper ton retard. Primo : plus de sortie jusqu'aux vacances de la Toussaint. Deuxio : j'attends des notes E-XEM-PLAIRES. Troisio : tu peux continuer à nous aider en cuisine, mais hors de question que tu nous refasses ton horrible sauté de veau.

– Je croyais que tu l'avais adoré ?

– Je voulais te faire plaisir, Xavier, tu avais l'air si enthousiaste.

– Tu mens aussi bien que moi, c'est dingue ! Vous mentez tous aussi bien que moi dans cette famille…

Ça l'a fait rire, papa aussi, Tibou aussi (que j'ai immédiatement fixé en lui faisant de gros yeux pour qu'il ne flanche pas sur le mensonge « agent secret dans le bureau de la podologue »). Mais Tibou ne s'est pas vanté de son chantage et on a passé une soirée en famille hyper détendue. La première depuis longtemps. Papa s'est mis en cuisine, Tibou, maman et moi devant *Les Simpson*.

J'aime bien regarder des dessins animés avec maman. Surtout quand elle rit avec nous. J'ai profité qu'elle soit bien détendue pour lui demander une dernière faveur. J'ai employé ce mot, « faveur », certes un peu vieillot, mais qui a quand même plus de classe que « petit service ».

– Maman, je voudrais te demander une dernière faveur. Est-ce que Martin peut venir dormir à la maison demain soir ? J'aimerais lui dire la vérité.

Ça a marché. Maman m'a même félicité pour mon « courage » et mon « sens de l'honneur », ce qui sonnait très bien avec « faveur ».

Je sens que je reprends confiance. Vivement demain soir avec Martin, qui a accepté mon invitation avec joie. D'autant qu'il a lui aussi une nouvelle « du tonnerre » à m'annoncer.

– Tu vas être espanté, man ! À demain, m'a-t-il lancé avant de raccrocher.

J'aime bien ce mot : *espanter.* Grand-mère et Martin l'aiment bien, eux aussi, et l'emploient souvent. C'est un mot qui vient de l'occitan et qu'on utilise encore dans le Languedoc. Ça veut dire être hyper étonné.

Mais vraiment étonné, à en tomber sur le cul. Il y a des mots comme ça, qui ont la musicalité de leur sens.

Je me demande ce que Martin va m'annoncer. J'espère qu'il ne part pas en tournée en Australie avec Jack et Les Déménageurs.

Ma confiance en moi reste fragile… mais bon, j'ai quand même décidé de ne plus dormir avec Laïka. Tout compte fait – et étant donné ses ronflements – je pense qu'elle peut veiller sur moi à distance. C'est mieux pour ma santé, car je commence vraiment à ressembler à un bagnard avec mes cernes sous les yeux et ma tonsure.

Pourquoi ça ne repousse pas ? Mes cheveux auraient dû prendre un centimètre en un mois ! Je ne vois aucune différence. AUCUNE !

Et si c'était de la calvitie précoce ?

Mon père est presque chauve, quand j'y pense. C'est peut-être héréditaire.

Horreur ! Il faut que j'aille lui demander à quel âge il a perdu ses cheveux.

21:30

Le point positif : mon père a commencé à perdre ses cheveux à l'âge de vingt-cinq ans !

Le point désespérant : la calvitie précoce est bien héréditaire. Même si mes parents ont fait leur possible pour me rassurer – me rappelant que l'hérédité n'est pas un phénomène systématique et qu'il existe aujourd'hui de nouveaux traitements –, je sais que dans dix ans, je risque de ressembler à Bruce Willis ou au dalaï-lama !

Le choc.

Si mes cheveux repoussent un jour, je pense donc ne plus mettre les pieds chez le coiffeur de ma vie, histoire de profiter de ma longue tignasse « puissante et virile » le plus longtemps possible.

Tchao.

Mercredi 3 octobre. 13:35

La vache ! Pour une nouvelle espantante, c'était une nouvelle espantante. À côté de ce scoop, mon double aveu de jalousie envers Jack + plan lycée pro foiré avait grise mine. Sacré Martin ! Veinard de Martin ! En même temps, il a un an de plus que moi, ça compte dans ce genre de chose. J'ai regardé les statistiques dans le guide *Sexualité des ados* que m'a offert mon père pour mes quinze ans. La moyenne nationale est à dix-sept ans. Martin n'a qu'un an d'avance sur la moyenne. Il a toujours été en avance pour les conneries. Quoique cela ne soit pas une connerie.

Bon, bref, Martin a couché avec Charlotte ! Voilà, c'est dit, c'est avoué, c'est officiel.

Il m'a tout raconté. Enfin presque. Il y a des détails qu'on ne révèle pas dans ce genre de situation, même à son meilleur ami. Parce que *la seconde* bonne nouvelle, outre sa première fois avec Charlotte, est que je suis SON MEILLEUR AMI. C'est comme ça que Martin a commencé son récit.

– Xavier, à toi je peux tout dire, tu es mon meilleur poteau. Tu sais que je suis avec Charlotte depuis un an et demi. Tu sais aussi que Charlotte a un an de plus que moi et qu'elle avait envie d'aller plus loin… Eh bien, ça y est !

Je suis vraiment heureux pour lui. J'avais plein de questions à lui poser. Du genre : ça fait mal ? Ça fait quoi ?

Ton truc est resté dur tout du long ? t'as utilisé les présos fluo de Kevin ? Mais par respect pour l'émotion intense que ressentait encore Martin, je n'ai rien demandé. Je me suis contenté de l'écouter, en parfait ami. Une chose est sûre : le changement ne se voit pas à l'extérieur. Je veux dire que Martin n'a pas plus de barbe depuis qu'il a couché. Il est comme d'habitude. Ça, c'est plutôt une bonne nouvelle. Sacré Martin, avec son air de petit rigolard qui se moque de l'amour, il a quand même assuré : quand je pense qu'il y a un an et demi il n'était encore jamais sorti avec une fille. Grand-mère a vraiment raison : en amour, il ne faut pas se fier aux apparences. Ce ne sont pas ceux qui accumulent les expériences qui sont forcément les plus doués ou les plus heureux. Martin, lui, hier soir, avait l'air vraiment heureux. Il m'a même avoué qu'il aimait Charlotte à la folie.

– Je l'aime. C'est dingue. Elle n'a pas l'air, comme ça, avec son air marrant et sa grande gueule, mais c'est un canon. Tu verrais comme elle est belle toute nue…

Martin était heureux parce qu'il l'avait fait. Moi, j'étais heureux parce qu'à ses yeux je restais son meilleur poteau. On se retrouvait à papoter dans le noir comme avant et c'était bien.

– Jack est sympa mais, franchement, rien à voir avec toi.

– Tu lui as dit, pour Charlotte ?

– Non.

– Tu vas lui dire ?

– Bah, franchement, Xav, il y a des trucs qu'on est fier de dire à tout le monde. Je tenais à t'en causer en premier, mais maintenant je peux le crier sur les toits : JE NE SUIS PLUS PUCEAU !

– Chut ! Si ma mère entend ça, elle va m'interdire de sortie pour trois ans ! Et tes parents, ils le savent ?

– T'es malade ou quoi ? Officiellement j'étais chez toi.

– Sympa de me prévenir.

– Si je te l'avais dit, tu m'aurais posé des questions. Je n'avais pas envie de me mettre la pression.

– Et ta mère n'a pas trouvé ça louche que tu reviennes dormir chez moi ce soir ?

– Non. T'es mon meilleur pote, oui ou non ?

Je me suis endormi, soulagé. Je crois même qu'à un moment Martin m'a parlé du micro. Je ne suis plus trop sûr. Peut-être que je rêvais déjà.

– Au fait, je chante faux, même en metal ça s'entend. Charlotte déteste quand je chante. Si tu veux, je te rapporterai le micro et l'ampli que tu m'as offerts. Tu as peut-être plus de talent que moi.

Rêve ou réalité ? Peu importe. Chanter au piano n'est peut-être pas une si mauvaise idée. Surtout devant Aurélie. En général, les filles aiment bien les mecs au piano qui chantent avec un bonnet de laine et des mitaines. Pis le bonnet, ça m'arrangerait, niveau look.

Bye.

Je dois filer. Maman m'emmène voir *Les Quatre Cents Coups,* de François Truffaut. Elle était très heureuse que je lui parle de ce film et a déniché une séance dans un cinéma de Montpellier. Elle est à nouveau TRÈS MOTIVÉE pour l'opération BAC AVEC MENTION, LE RETOUR !

Vendredi 5 octobre. 17:42

Bonne journée dans l'ensemble. Ensoleillée avec un froid sec et vif.

Ça fait du bien de retrouver la sympathie des professeurs. En sabotant mon travail, je me suis rendu compte combien il devait être douloureux d'être un mauvais élève. Martin a dû subir l'enfer, au collège. Je suis content pour lui qu'il réussisse à présent. Désormais, son prof de cuisine doit le regarder avec respect, comme m'a regardé mon prof de maths cet aprèm quand j'ai résolu à toute vitesse l'équation au tableau.

Dans le bus scolaire, en revanche, je suis toujours aussi tendu. J'adorerais ressembler à Jordan Golovine. Il est toujours assis tout seul à une double place à l'avant. C'est *sa* place, et personne ne se permettrait de s'asseoir à côté de lui. Il est avachi sur ses deux sièges, la tête posée mollement contre la vitre avec un énorme casque sur les oreilles. Dès que le bus s'arrête, et que de nouveaux élèves montent, il salue les personnes de son choix et c'est en quelque sorte un honneur d'être salué le matin par Jordan : il dit bonjour à trois terminale, à quelques jolies filles et à deux mecs de seconde, Rémi Boulez et Arthur Crémade. Ce matin, j'ai osé demander à Crémade – qui est dans ma classe – s'il connaissait personnellement Jordan.

– Non, il habite Gabian. Je ne le connais pas plus que ça.

– Pourquoi il te dit bonjour, alors ?

– J'en sais rien. Il a ses têtes. Mais si Jordan te dit bonjour, tu sais qu'il ne peut rien t'arriver au bahut. Ce mec est une star, tout le monde le respecte.

– Il est en term ?

– Oui. Depuis trois ans. C'est la troisième fois qu'il passe le bac. Il a dix-neuf ans. Son père s'acharne.

Dix-neuf ans ! Quatre ans de plus que moi ! Ça me rassure quand même sur mon retard de pilosité. À dix-neuf ans, moi aussi je porterai une barbe naissante, style mec qui n'a pas eu le temps de se raser pendant trois jours parce qu'il a une vie trépidante. Je me demande quels sont les critères de choix de Jordan. Crémade et Boulez ! Ils n'ont vraiment rien de spécial. Il va falloir que je mène mon enquête, façon Jason Bourne (mais avec un peu plus de discrétion que sur l'affaire « pieds de Jack »).

Aujourd'hui, je suis retourné au CDI. J'ai profité de ce que Virginie et Thomas soient allés déjeuner de bonne heure pour m'y glisser discrètement. La documentaliste-infirmière semblait très heureuse de me revoir. Elle avait toujours sa voix apaisante.

– Je peux t'aider, Xavier ?

– Peut-être.

– Tes amis, Virginie et Thomas, m'ont dit que tu traversais une période de remise en question.

– Ah bon ? Ils vous ont dit ça ?

– Ça t'étonne ?

– Oui, parce qu'on n'est pas vraiment amis… et que… enfin…

Je me suis embrouillé. Je ne pouvais quand même pas lui avouer que je les avais traités de débiles, d'égoïstes et de prétentieux parce qu'ils critiquaient les élèves de bac pro. Alors, je suis allé droit au but.

– Vous avez des textes de Tahar Ben Jelloun ?

Ça l'a hyper impressionnée ! J'ai senti à son regard qu'elle était heureuse de cette demande. C'est drôle, les gens qui aiment lire ont souvent ce regard pétillant quand vous leur parlez de certains auteurs. Le regard des amoureux quand vous prononcez le nom de celui ou de celle qui fait chavirer leur cœur. Tahar Ben Jelloun, dans les yeux de la documentaliste, était un bel homme.

– Un homme engagé et un sublime écrivain. Qui t'a parlé de lui ?

– Ma grand-mère.

– Tu as de la chance d'avoir une grand-mère qui aime lire. J'ai un seul ouvrage de lui…

Elle a filé sans hésiter parmi les rayonnages admirablement classés par thématiques et par ordre alphabétique. Puis elle m'a tendu l'ouvrage en question, tel un trésor sans âge et un peu poussiéreux. *Éloge de l'amitié, ombre de la trahison.*

Le mot « trahison » m'a fait froid dans le dos.

– Tu verras, le regard de Ben Jelloun sur l'amitié est subtil. Ce sentiment est pour lui aussi puissant que l'amour.

Ça m'a plu. J'ai empoigné l'ouvrage et je l'ai glissé dans mon sac.

– Je m'appelle Nathalie Breman. Tu peux m'appeler Nathalie, mais je tiens au vouvoiement. À très vite, Xavier, tu me diras ce que tu en as pensé ?

Je l'ai remerciée. Elle me plaît bien, cette prof. Elle me fait penser à ma grand-mère, dans sa façon de parler des auteurs. Toujours cette voix douce, ce tendre sourire, comme si elles connaissaient chaque écrivain personnellement.

En sortant du CDI, je suis tombé sur Aurélie. Je me suis senti un peu honteux…

– Salut, Xavier. Tu es allé bouquiner pendant l'heure du déj ?

– Non, non... Je devais prendre un bouquin pour un exposé d'histoire.

– Un exposé sur quoi ?

– Le citoyen d'Athènes au ve siècle avant J.-C.

– Ah ! Bon, eh bien, à lundi en classe ciné.

– Oui, à lundi, salut.

Qu'est-ce qui m'a pris de lui parler du citoyen athénien au ve siècle avant J.-C. ? Franchement, comme entrée en matière de drague, il y a plus sexy. Quoique mon prof d'histoire nous ait dit que les Athéniennes portaient déjà des sortes de soutiens-gorge à cette époque. Si je lui avais parlé des soutifs antiques, ça l'aurait peut-être fait rire, mais là j'ai été carrément barbant.

Il faut vraiment que je sois plus vigilant, maintenant que je sais que je vais rester dans ce lycée pour trois ans. Une réputation pourrie peut vous coller à la peau pendant des années. Et là, entre ma coupe de cheveux de gamin, mes allers et retours au CDI, mes déjeuners avec les boulets et mon exposé sur le citoyen athénien, je crains.

Tchao.

Samedi 6 octobre. 14:08

J'ai changé de photo sur mon profil Facebook. J'ai opté pour le bonnet de laine bleu marine. Genre navigateur breton. Il pleut depuis deux jours donc le bonnet marin passe bien, même dans le sud de la France.

C'est pas trop moche.

Ça fait un peu chanteur-lover.

De toute façon, je ne pouvais plus laisser la photo de moi avec les cheveux longs parce que cela donnait aux gens un élément de comparaison. Je commençais à en avoir assez des publications sur ma coupe. J'ai compté : depuis la rentrée, dix personnes se sont crues obligées de commenter ma coupe de cheveux. Du genre : « T'étais trop beau avant », « J'adore cette vieille photo de toi. T'étais si beau avec des cheveux », « Vivement que ça repousse, non ? ».

16:16

Mon père est passé dans ma chambre et a vu ma nouvelle photo.

– On dirait le chanteur de Talk Talk ! Comment il s'appelait, déjà ? Tu ne connais pas Talk Talk ? C'était le groupe branché des années 80. Il chantait *Such a Shame.*

« C'est dommage » ! Voilà ce que chantait le mec au bonnet des années 80, auquel, d'après mon père, je ressemblais. Ça ne m'a pas rassuré sur l'effet cool de mon nouveau look. J'ai quand même regardé le vieux clip pour vérifier. Le type en question avait d'immenses oreilles et n'arrêtait pas de toucher son bonnet avec un air benêt. Mon père adorait ce titre, il était comme un fou ! Il s'est mis à danser et a monté le son de mon enceinte.

Je n'arrivais plus à l'arrêter. Et le pire, c'est que ma mère nous a rejoints et s'est mise à danser elle aussi, en levant les bras bizarrement et en hurlant : *« Such a shame to believe in escape. A life on every face. »* C'était dingue l'effet que leur faisait ce mec aux grandes oreilles ! Et comme je ne comprenais pas les paroles, mon père s'est mis à les traduire en se trémoussant :

C'est dommage. C'est dommage. De me classer avec rage.

De me classer à la hâte. C'est dommage. Cette ardeur à vouloir changer. C'est dommage.

Tu me dis de me relaxer, je tourne en rond. Peut-être que je ne sais pas si je peux changer. Un sentiment que nous partageons.

C'est dommage.

Bon, je dois admettre que cette chanson collait pas mal à mon humeur *changeante* du moment. Finalement, j'ai décidé d'assumer le bonnet de laine, et papa m'a ressorti de sa valise souvenirs du garage la paire de mitaines en laine qu'il portait au lycée. Il en a profité pour me montrer (en cachette de maman) sa photo de classe de seconde avec Céline Martin, et j'ai retrouvé ma chambre pour éviter le récit intégral de son premier amour de lycée. Ouf !

J'aime bien mon nouveau look. Je me sens cool, un peu artiste, un peu intello mais pas trop.

Je me suis imprimé une chanson des Beatles. Je vais essayer de la déchiffrer au piano et peut-être même tenter de la chanter, quand mes parents daigneront s'arrêter de danser. Ça fait des heures qu'ils enchaînent les tubes des années 80-90 dans le salon ! FAMILLE DE OUF !

Dimanche 7 octobre. 18:02

Hey Jude, don't make it bad.

Take a sad song and make it better !!!

Je tiens un truc pas mal. Vraiment. Maman m'a trouvé « très juste » dans mon interprétation piano-voix de *Hey Jude* des Beatles. D'un autre côté, maman m'avait aussi fait croire qu'elle adorait mon sauté de veau. Je ne peux pas me fier à son point de vue. Trop subjectif. En travaillant un peu, peut-être que je pourrai inviter Aurélie, un de ces jours, pour qu'elle me donne son avis.

Aurélie de Beauregard. Ça sonne comme le nom d'une héroïne de roman.

Je l'ai contactée sur les réseaux. Toujours pas de réponse.

Aurélie, *don't make it bad. Take a sad song and make it better !*

PLEASE.

Je la vois demain.

18:34

Ça y est, nous sommes des amis virtuels. Ouf, elle est célibataire.

Les parents ne comprennent pas qu'on passe des heures sur les réseaux sociaux. Peut-être parce qu'ils n'ont plus besoin de séduire des inconnus. Quand on veut se rapprocher, c'est génial. Il suffit de consulter les publications de la personne visée et on apprend des tonnes de choses. Par exemple, qu'Aurélie a passé ses vacances d'été à New York. Qu'elle a deux sœurs, un chien, quatre cent cinquante followers et qu'elle adore le chocolat, *Les Simpson* (bingo !) et le cinéma français (il va falloir que je m'y mette). Bon, demain je la vois en classe cinéma, je vais me documenter à fond sur François Truffaut, ça pourrait servir.

Elle est célibataire !!!! La vie au lycée commence à me plaire.

Lundi 8 octobre. 17:56

J'ai passé deux heures avec elle à la pause déjeuner. Il y avait aussi ses copines, Marine et Marion, mais c'était quand même très sympa. Je n'ai pas hésité un instant, j'ai attaqué dès les carottes râpées (l'entrée du jour) avec François Truffaut et son film *Les Quatre Cents Coups,* que j'ai vu avec ma mère à Montpellier. Un film pas mal, qui aurait plu à Martin. C'est l'histoire d'un gamin qui n'aime pas l'école, sèche les cours et fait des conneries pour découvrir la vie.

– Tu savais que François Truffaut avait eu une enfance difficile, comme le héros de son film ?

– Non.

– Il a été lancé et aidé par André Bazin, un critique de cinéma de l'époque qu'il considérait comme son père. Il lui a dédié son film, mais Bazin est mort avant la sortie en salle. C'est triste, non ?

– Dis donc, tu es hyper calé sur Truffaut ! a remarqué Aurélie, avec un adorable sourire et des yeux émerveillés.

– Oui, c'est un de mes réalisateurs préférés. J'adore le cinéma français.

– Moi aussi !

J'ai failli lui répondre : « Je sais, c'est écrit en gros sur tes publications », mais j'ai tenu ma langue.

En tout cas, elle a profité qu'une autre amie nous rejoigne pour me glisser discrètement qu'elle adorait mon bonnet et mes mitaines.

– C'est hyper original comme look. Très british. Original.

J'ai adoré ce mot dans la bouche d'Aurélie.

C'est exactement ce que je voulais être à ses yeux : différent, unique, stylé.

Le repas s'est passé tranquillement. J'ai écouté Marion et Marine raconter presque intégralement leur cours avec ce taré de Vivion (un prof de physique qui porte par tous les temps un blouson de pluie jaune fluo et que tout le monde déteste – sans doute parce qu'il déteste tout le monde). Et puis, au dessert, comme je commençais à me sentir en confiance, j'ai tenté de me faire valoir. Je leur ai demandé si elles jouaient d'un instrument de musique. J'ai préféré mettre ma question au pluriel, pour pas que ses copines se doutent de mes intentions.

– Vous jouez d'un instrument de musique ?

– Non, et toi ?

J'attendais cette question et elle est arrivée. Pile poil au bon moment. Juste avant de rentrer en cours de cinéma.

– Je joue du piano.

– Depuis longtemps ?

– Neuf ans.

– Neuf ans ! se sont exclamées les filles.

Et à cet instant, j'ai affiché une mine très humble. Du genre : je n'en suis qu'au début, vous savez, le piano est une discipline exigeante. Je crois que j'ai été très convaincant. Il faut parfois pour séduire savoir oublier sa fierté.

– Ouahouu ! Tu dois être super bon ! a ajouté Marion.

– Ça va. J'ai arrêté le classique, ça me barbait. En ce moment, je travaille un morceau des Beatles.

Et puis ça a sonné.

Et puis on a couru tous les deux (ses copines ne sont pas en classe cinéma).

Et puis on a grimpé l'escalier quatre à quatre en riant.

Et elle a fait tomber son sac.

Et je l'ai ramassé pour le lui tendre en mode yeux dans les yeux comme dans les comédies sentimentales, et elle m'a remercié avec un large sourire, frôlant ma main.

C'était beau, simple, intemporel. J'ai cru que ma vie au lycée allait enfin ressembler à l'image idéale que je m'en faisais.

MOI, EN COUPLE, MAIN DANS LA MAIN, TRAÎNANT DANS LA COUR AVEC UNE ALLURE FOLLE ET UNE BANDE DE COPAINS.

Malheureusement, Jordan Golovine est arrivé à ce moment-là et Aurélie s'est complètement raidie. Moi aussi. C'est fou comme ce mec en impose ! Il nous a croisés sans un regard et a poursuivi sa route en lançant :

– Salut, Aurélie. Toujours aussi belle !

Ça m'a fait l'effet d'un coup de poignard dans le dos. Glacial, violent, rapide. J'aurais voulu qu'Aurélie l'ignore et se précipite dans la salle de cours, mais elle s'est retournée. Elle s'est retournée et elle lui a souri. Elle a même ajouté un merci très langoureux.

Ça m'a coupé le souffle.

De rage, je l'ai abandonnée dans le couloir, je me suis engouffré dans la salle de projection pour filer m'asseoir au dernier rang.

– Bonjour à tous ! a claironné Mme Ricou. Aurélie, tu entres ou tu restes dans le couloir ?

Aurélie est entrée et elle s'est assise à côté de moi, complètement hypnotisée par l'apparition Jordan. Ça m'a vraiment agacé et je n'ai pas pu m'empêcher de lui demander si elle le connaissait.

– Non. C'est la première fois qu'il me parle. C'est dingue, il connaît mon prénom !

Elle avait l'air tout émue. Radieuse à l'idée que Jordan daigne s'intéresser à elle.

– Il est beau à tomber, ce mec !

Voilà la révélation qui a gâché ma journée.

Est-ce qu'on dit à un garçon qui plaît qu'un autre garçon est « beau à tomber » ?

Non. On avoue ça à son meilleur ami, à son confident, mais certainement pas à un prétendant.

Je suis foutu. Je ne fais pas le poids face à un mec comme Jordan. Pourquoi les filles mettent-elles toujours la barre si haut ?

Il faut que j'enquête sur ce type. Il a forcément un point faible, comme Jack et ses pieds plats.

Salut.

Mercredi 10 octobre. 15:16

Avec Tibou et maman, on est allés déjeuner à la pizzeria bio où Martin fait son stage. Il est beau gosse en tenue de cuisine. Tout en blanc. C'est vrai qu'on sent que ce job lui va sur mesure. En plus, d'après le chef pizzaiolo, Martin est super doué (j'en étais sûr). J'ai profité de sa petite pause après son service pour le mettre au courant de mon enquête sur Jordan Golovine. Une fois de plus, Martin a été à la hauteur de la situation. C'est un formidable agent d'information. Il connaît tout le monde dans un périmètre de vingt kilomètres.

– Fais gaffe à ce type. C'est le plus grand tombeur de filles de la région.

– Son point faible ?

– L'intelligence.

– C'est pas un point faible, ça, Martin ! Il est *beau à tomber.*

– Si, à la longue c'est un point faible. C'est pas une flèche, ça fait deux fois qu'il rate son bac. À mon avis, c'est pour ça que les filles ne restent jamais avec lui très longtemps. C'est un bouffon. Au pire, ton Aurélie sort avec lui une ou deux semaines et après tu auras le champ libre.

– Sauf s'il est jaloux de ses ex, me prend en grippe et me casse la gueule.

– C'est arrivé. Fais gaffe, je te dis.

D'après Martin, Jordan a le sens de l'honneur. Un truc de famille. C'est pour cette raison que son père s'entête à lui faire passer le bac et à le priver de permis de conduire (tant qu'il n'aura pas réussi son examen, comme tous les Golovine). Toujours d'après Martin, Jordan descendrait tout droit d'une lignée de princes russes. Le genre de types avec une toque en fourrure qui décapitaient leurs adversaires dans la toundra. Il vit à Gabian, dans un château du XVIIe siècle, et personne n'a jamais vu M. Golovine travailler !

– À mon avis, le père est de la mafia. Trafic de drogue ou de vodka. Fais gaffe, je te dis.

– Quel rapport entre son sens de l'honneur et les élèves qu'il salue dans le bus ?

– Il doit les admirer. Chez les filles, il admire leur beauté, chez les mecs, leur force physique, morale ou leur personnalité. C'est un pur macho ce type ! Un bouffon, je te dis.

J'ai tout de suite pensé à Crémade et Boulez. Pourquoi Jordan les admirait-il ? Avaient-ils un héros dans leur famille ? Avaient-ils eux-mêmes fait preuve d'héroïsme et de bravoure ?

Comment faire face à un tel adversaire ?

– Tu la joues cool avec Aurélie. Pas de précipitation ! Évite les grandes déclarations d'amour et reste à son écoute. Au pire, elle sort avec Jordan, et dans quelques semaines leur histoire est finie et te laisse le champ libre. Au mieux, elle craque directement pour ton petit côté « poissonnier romantique ».

– Sans déc', tu trouves que j'ai l'air d'un poissonnier avec mon bonnet ?

– Poissonnier ou écailler, ouais, mais ça fait viril ! Et puis, ton look de pêcheur peut t'aider à la ferrer en douceur. De toute façon, c'est mieux que ta coupe militaire.

Ensuite, Martin m'a invité à une fête d'enfer où il se rend samedi soir avec Jack et Charlotte. Évidemment, ma mère a refusé que j'y aille, me rappelant que j'étais privé de sortie jusqu'en novembre. Tout ça parce que j'ai passé un mois à saccager mes résultats scolaires ! C'est cher payé.

La ferrer en douceur. C'est marrant, les garçons utilisent toujours un langage de prédateur quand ils parlent de drague. Ferrer, chasser, choper, attraper… Je ne me sens pas l'âme d'un chasseur ni d'un pêcheur. Et puis merde, les filles sont pas des bêtes ! D'un autre côté, Martin a raison : il vaut mieux que je prenne mon temps. J'ai pas envie de foirer, avec Aurélie. Mais j'ai quand même un doute sur mes capacités à l'écouter me raconter en détail ses après-midi *love story* avec Jordan. Je ne suis pas très fort psychologiquement. Surtout cette année.

Allez, pas de panique ! Après tout, elle est encore célibataire. J'ai peut-être gambergé un peu vite. Je ne serai peut-être pas obligé de lui cacher mes sentiments trop longtemps.

Aurélie prend de plus en plus de place dans ma tête. Elle s'allonge dans mon cerveau, s'étire langoureusement et sourit comme une fleur. Qu'est-ce qu'elle est belle quand elle danse dans ma tête !

Faut que je bosse mes maths pour me la sortir de l'esprit !

Tchao.

Vendredi 12 octobre. 16:56

Jordan a salué Thomas Ragiadas, le boulet du collège. Incroyable ! Ça s'est passé juste devant le CDI. Je me dirigeais vers le foyer quand Jordan a surgi du préau et serré la main de Thomas avant de filer au self. Pris de court, je me suis retrouvé face à Virginie et Thomas, un peu stupide, encore statufié par ce que je venais de voir. J'étais coincé.

– Salut !

– Salut, Xavier. Tu parles aux prétentieux dans notre genre, maintenant ? a lancé Thomas avec un air de caïd qui ne lui allait pas du tout.

Il faut dire que se faire serrer la main par Jordan Golovine donne confiance en soi. Alors, je me suis excusé. Comme le dit grand-mère, il faut parfois savoir plier comme un roseau pour résister aux vents contraires. J'ai donc plié. Pas trop bas quand même. Juste ce qu'il faut pour que Virginie et Thomas me pardonnent de les avoir traités de prétentieux.

– OK. Ça va, on s'excuse, nous aussi, a répondu Virginie sans hésitation. C'était ridicule de nous en prendre aux élèves de lycée professionnel. Tu as raison, chacun suit son chemin… En tout cas, bravo pour ton 19 en maths ! Tu as retrouvé le moral ! Et ton nouveau look est très sympa. Le bonnet, ça te va bien. Mais tu n'as pas chaud avec ça sur la tête toute la journée ?

Quelle rabat-joie, cette Virginie, quand même, avec ses réflexions d'adulte ! Elle est toujours raisonnable !

Mais bon, si je voulais continuer à enquêter sur Jordan, il fallait que je la supporte et que je les accompagne au CDI. Un bon agent secret se moque du qu'en-dira-t-on. Il s'infiltre dans des milieux dangereux, voire hostiles, et ne craint pas la critique. La documentaliste a voulu que je lui livre mes impressions sur Tahar Ben Jelloun, mais je me suis contenté d'un « C'est pas un bouquin facile, je prends mon temps ». J'avais autre chose en tête. Quel était le lien entre Thomas et Jordan ?

– Son père est un ami du mien, c'est tout. Ils viennent parfois à la maison, m'a répondu Thomas en ouvrant un roman de cinq cents pages.

– Qu'est-ce qu'il fait, le père de Jordan ?

– Il est traducteur. Il traduit des bouquins de philosophie du français vers le russe.

– Il n'est pas dans la mafia, alors ?

– Quoi ??

– Non, rien. Et ton père ?

– Il est traducteur, lui aussi. Il traduit des bouquins de philosophie du russe vers le français. Ça crée des liens.

– Xavier, Thomas, je vous rappelle que le CDI est un lieu de travail ou de lecture ! nous a coupés Nathalie. Si vous voulez papoter, allez dans la cour.

Contre toute attente, Thomas et Virginie ont accepté de quitter leur *tanière* pour discuter dans la cour. Je dois avouer que Thomas s'est avéré un mec passionnant et beaucoup plus sociable que je ne le pensais. Non seulement il m'a livré la biographie complète (ou presque) de Jordan Golovine, mais en plus il m'a présenté à Éric Gontrey, qui lui-même m'a présenté à Gaël Dubanc, qui m'a fait connaître Alexis Demagne. Sur ce, Marion, Marie et Aurélie nous ont rejoints, car elles-mêmes connaissent très bien Éric Gontrey, qui est l'ami de Thomas, etc.

Les amis de mes amis sont devenus mes amis.

Sur Internet, ça se passe en un clic. Dans la vraie vie, en une poignée de main ou trois bises. Facile ! En deux heures, je me suis fait trois nouveaux copains, plus un si je compte Thomas, que je ne peux plus considérer à ce jour comme un boulet. Avec Virginie, j'ai encore un peu de mal, elle est tellement raisonnable. J'ai toujours l'impression de discuter avec ma mère quand je parle avec elle !

On se sent quand même mieux, entouré de copains. C'est la loi de la cour de l'école, de la maternelle jusqu'au lycée. C'est peut-être même la loi du monde.

Dans la vie, il faut avoir des amis pour exister !

C'est comme ça qu'on s'est retrouvés à une dizaine à faire connaissance sous le pin parasol de la cour. On avait l'air d'une vraie bande. Ça le faisait carrément !

Et tout cela à cause de Jordan Golovine. Parfois, les rivaux nous font avancer plus vite que les amis. J'en conclus donc que dans la vie il faut aussi avoir des ennemis pour progresser.

Si je fais le bilan de ce mois d'octobre : mon existence s'améliore à une vitesse inouïe.

Points positifs : je suis toujours le meilleur ami de Martin et j'accepte qu'il sorte avec Jack en soirée sans trop me torturer ; j'ai de nouveaux copains au lycée ; j'ai une fille en vue ; j'ai un look original ; j'ai eu 19 en maths, 16 en français et 18 en anglais ; traîner avec Thomas et Virginie n'est plus une honte.

Points négatifs : mes cheveux ne poussent pas, même au chaud sous un bonnet de laine ; mais surtout, Jordan Golovine a Aurélie de Beauregard dans sa ligne de mire et, d'après Thomas, ce garçon est un vrai tombeur. Un don juan qui sort avec qui il veut. Je suis mal parti. À part son problème scolaire, je ne trouve aucun défaut à ce type. Il est beau, riche, porte une chevelure mal coiffée super cool ; il habite dans un château, il a dix-neuf ans et une vraie barbe mal rasée.

Je me sens condamné à accepter le plan de Martin : rester patient et décontracté, en espérant qu'Aurélie me fasse un signe pour me laisser entendre que je lui plais, ou me dise clairement qu'elle a craqué pour Golovine.

Tu parles d'un rebelle du XXIe siècle ! Bonjour la liberté. Si j'étais courageux, je lui avouerais mon amour avec panache. Je lui dirais clairement qu'elle n'a aucun avenir avec ce Jordan, qui d'après Thomas et Martin ne reste jamais plus de deux semaines avec la même copine.

Mais à quoi bon ? Aurélie se moque de l'avenir. Elle veut juste avoir la chance de poser sa tête sur les épaules d'un mec super populaire et qui arbore fièrement une fine barbe mal rasée. Je ne peux pas lui en vouloir. Sentir contre sa peau les poils qui piquent de son copain, ça doit faire de l'effet, j'imagine. Moi mes joues sont douces comme la peau des fesses d'un bébé !

Poils, je vous hais !

Tchao, je vais jouer *Imagine* de John Lennon.

Imagine, Aurélie, imagine, toi et moi dans les couloirs du lycée main dans la main…

Samedi 13 octobre. 20:09

Passé la journée à un Salon « Cultiver bio, vivre mieux ». Merci, papa. C'était super ! J'ai moisi cinq heures au milieu des tomates, carottes et topinambours à écouter des conférences passionnantes comme « Stop à la surconsommation » ou « L'école du partage éco-citoyen ».

Et dans la voiture, comme d'habitude, papa n'a pas pu s'empêcher d'en rajouter une couche en faisant le bilan de la journée.

– Tu vois, Xavier, l'écologie, ce n'est pas seulement respecter la nature, l'alimentation, l'eau. C'est aussi respecter l'autre, avoir le sens du partage. Ne plus admettre que dans nos sociétés les richesses et les privilèges n'appartiennent qu'à une petite poignée d'hommes. Certains ont tout, d'autres rien, ce n'est plus acceptable !

Le discours de papa sur la nouvelle économie écologique m'a fait penser à mon problème personnel. Jordan a tout, moi rien. Papa avait raison : ce n'était plus tolérable !

– Je suis d'accord, papa, mais comment faire comprendre à ceux qui ont tout qu'il faut qu'ils partagent un peu ? Généralement, les princes se moquent des pauvres.

– Je ne crois pas. Je ne pense pas qu'un homme puisse être réellement heureux s'il sait que d'autres crèvent de faim autour de lui. Il faut juste mettre en contact le prince et celui qui n'a rien. L'empathie est un sentiment qui rend l'homme plus heureux.

– L'empa-quoi, papa ? a demandé Tibou en rigolant.

– L'empathie. Ça veut dire qu'on comprend la souffrance de l'autre et qu'on l'aide à s'en sortir.

Mettre en contact. Le prince : Jordan, et celui qui n'a rien : moi. Est-ce que cela signifiait que je devais lui parler ? Aller lui serrer la main et l'aborder d'homme à homme (ou presque). Lui expliquer que je craquais pour Aurélie et lui réclamer un peu d'empathie. Tenter de le convaincre de me laisser séduire cette fille UNIQUE à mes yeux, qui pour lui n'était sans doute qu'un caprice, une passade. Lui parler de l'aspect néfaste de la surconsommation, même en amour. L'engager à partager avec les pauvres mecs comme moi ! À me laisser une chance de séduire Aurélie sans avoir à subir sa concurrence déloyale. Je me suis senti pousser les ailes du courage, tout à coup. Et je ne sais pas ce qui m'a pris (et je le regrette déjà parce que papa risque de nous embarquer plus souvent à ses Salons écolos), mais je lui ai avoué que j'avais adoré cette journée.

– Papa, j'ai adoré cette journée. La nouvelle pensée écologique est vraiment intéressante.

– Vraiment, Xav ? Ça me fait plaisir. Tu vois, Laura, toi qui pensais que les enfants allaient s'ennuyer.

– Moi je me suis ennuyé ! a ajouté Lucas en sortant son pouce de sa bouche. Drôlement, même. C'était nul, il n'y avait même pas de jeux vidéo bio.

Mes parents ont éclaté de rire. Pas moi.

Impossible, avec cette idée d'« empathie » derrière la tête.

L'idée d'aller affronter Jordan d'homme à homme me terrifie. Pas sûr de passer à l'action lundi matin. Trop risqué. Jordan pourrait me mettre la honte, se moquant ouvertement de mon « désir d'empathie » et de « partage humain ». Il en a la capacité. Un prince a du pouvoir. Il peut vous humilier en quelques mots et vous bannir définitivement de la société. Il peut tout et il connaît *beaucoup* de monde.

Il faut que j'en parle à Martin dès demain. Bye.

Dimanche 14 octobre. 18:13

– Il ne faut surtout pas parler à Jordan de ton amour pour Aurélie ! T'es malade ou quoi ? Où as-tu vu que ceux qui ont tout aident les autres à être heureux ?

– Bill Gates, le patron de Microsoft, a légué 90 % de sa fortune personnelle à sa fondation humanitaire.

– Peut-être, mais il ne s'agit pas d'amour mais d'argent, mon vieux ! Redescends sur terre. En amour, un rival reste un rival, qu'il soit riche ou pauvre, beau ou moche, intelligent ou idiot. Si Aurélie lui plaît, il ne te laissera jamais la voie libre. Une fille n'est pas un gâteau qu'on partage.

– C'est pas un poisson non plus.

– Quel rapport ?

– La pêche. L'autre jour, tu m'as dit qu'il fallait la ferrer comme un poisson.

– J'ai dit ça ? Ça m'étonnerait. Pas mon genre…

– Tu l'as dit.

– OK, bon… T'es lourd aussi à gamberger autant avec Aurélie ! J'en perds les pédales.

– Alors, qu'est-ce que je fais ?

– Elle est sortie avec lui ou pas ?

– Non, pas que je sache. Elle est toujours célib.

– Bon, alors tu attends. Tu fais comme je t'ai dit : cool et patient.

– Comme un bon copain, quoi.

– Exact !

– Tu crois vraiment qu'une fille peut tomber amoureuse d'un copain ?

– Évidemment. Tu ne te souviens pas ? Avec Charlotte, on n'arrêtait pas de se bagarrer au début, on se battait comme deux vieux copains, et maintenant… c'est génial !

– Vous l'avez refait ?

– Oui.

– C'était comment ?

– Top.

Voilà, c'est top. Tout est génial dans la vie de Martin depuis qu'il a quitté le collège. Je vais lui faire confiance et m'enliser dans cette fausse amitié. Jouer un rôle. Mentir, tricher. C'est moche, l'amour, parfois. Ça rend calculateur et stratège.

Aurélie vient de se connecter. Tchao.

19:45

C'est le drame.

Je viens de discuter avec Aurélie. Elle veut déjeuner avec moi demain midi au self. Elle a besoin de me parler, de me demander un conseil d'ami. Elle a employé ce mot : ami. Je suis foutu : je ne lui plais pas. On ne demande jamais conseil à un garçon séduisant. Merde ! Je suis sûr qu'elle va me parler de Golovine. Pitié !

Elle m'a dit « Bisous, à demain ».

J'aurais préféré « Je t'embrasse, mon amour ».

La cloche du dîner vient de sonner. Je vais mettre la table et casser trois verres, ça me fera du bien.

À +

Lundi 15 octobre. 22:00

Je n'arrive pas à dormir. Je me sens de nouveau oppressé. Stressé. Perdu. Incompris.

– Xav, comment une fille peut-elle être certaine qu'elle plaît à un garçon ?

Voilà ce que m'a demandé Aurélie, ce midi, au self. J'avais vu juste. Elle avait envie de me parler de LUI. De l'autre. De celui qui lui plaît. Et moi, je l'ai écoutée gentiment comme un bon toutou qui ferait tout pour rendre heureuse sa maîtresse. Tout cela à cause du foutu plan de Martin :

1. Ne pas bouger.
2. Ne pas me déclarer trop vite.
3. Devenir, s'il le faut, témoin de son amour passager avec Jordan.
4. Attendre que ça foire entre eux pour tenter ma chance.

Résultat : je suis obligé de lui donner des cours de drague, qu'elle va sans doute utiliser avec Jordan Golovine. Génial ! La totale ! Voilà où mène l'empathie ! Pourquoi me suis-je fié à mon père ? Il croit trop en un monde parfait, écolo, zen. Dans la vraie vie, c'est la jungle, la loi du plus fort, surtout au lycée.

– Il n'y a pas de recette miracle, Aurélie. (Voilà ce que je lui ai répondu, avec prudence.) Et tous les garçons sont différents. Généralement, on commence par faire un compliment à la fille.

– Il m'a dit qu'il me trouvait jolie !

« Je le sais, Aurélie, j'étais là quand Jordan te l'a dit. Ne le crois pas, il dit cela à toutes les filles. Moi, je ne le dis qu'à toi, parce qu'il n'y a que toi, désormais, et que tu me plais vraiment. Je t'aime, Aurélie, je t'aime tellement. »

Voilà ce que j'aurais aimé lui dire, au lieu de continuer à faire semblant d'ignorer le nom de son mystérieux prétendant. Au lieu de taire mes sentiments pour la garder auprès de moi le plus longtemps possible.

– Il est libre, ce garçon qui te plaît ?

– Oui. Il avait une petite amie, mais ça vient de casser.

– T'as vérifié sur ses publications sur les réseaux ?

– Il n'est pas sur les réseaux. Il refuse d'être sur le Net. Il dit : « Pour vivre heureux, restons cachés. » Tu vois, il est assez engagé contre les nouvelles technologies qui envahissent nos vies.

– Il est écolo ?

– Non ! Enfin, je n'en sais rien. En tout cas, il a une très forte personnalité. Un peu comme toi…

Si Jordan n'existait pas, j'aurais pu profiter de ce compliment pour la prendre dans mes bras, mais je ne suis que son ami. Un confident. Celui qui écoute sans aucune arrière-pensée et qui accepte les compliments en souriant bêtement. Je suis celui à qui on peut *tout* dire. Celui qui donne des conseils et qui fait semblant de ne pas être attiré physiquement par cette fille. Pourtant, moi, je sais qu'elle aime François Truffaut, la glace à la cannelle, les truffes au chocolat. Moi, je sais qu'elle déteste les films d'horreur et les garçons qui fument. Je la connais mieux que n'importe quel autre garçon du lycée, mieux que ses ex-petits copains, mieux que Jordan Golovine qui ne voit qu'une jolie fille en elle.

Moi, je suis attentif, je l'écoute me parler des autres. Des autres garçons, des autres filles, des profs. Rien sur moi. Rien pour moi. Elle m'offre juste sa confiance. C'est déjà pas si mal.

Je lui ai demandé le prénom de son prétendant pour être certain qu'il s'agissait bien de Jordan Golovine, mais elle n'a pas voulu me répondre.

– Pas tant qu'il ne s'est rien passé entre nous ! Je préfère garder le secret !

Elle est superstitieuse. Elle lit l'horoscope. Elle est du signe de la Vierge, comme Mina.

Est-ce un signe du destin ? Est-ce qu'on est toujours attiré par le même genre de fille ? C'est vrai qu'elle est a pas mal de points communs avec Mina, rêveuse comme elle, cultivée comme elle et dingue de cinéma comme elle.

MERDE ! Je ne vais quand même pas me mettre à lire les horoscopes. Croire en ces prédictions fantasques pour m'accrocher à un espoir de vie meilleure ?

Mina adorait les horoscopes des magazines. Elle aussi m'a préféré un autre. Peut-être à cause d'une prédiction dans le journal ? « Décembre : les Vierge doivent changer d'air et se lancer dans un nouvel amour. »

J'ai mis six mois à me remettre de notre séparation. Pourquoi est-ce que je pense à Mina, ce soir ? Peut-être parce que j'ai vraiment besoin d'amour et que mon amitié avec Aurélie me fait souffrir. Sans doute parce que ce n'est pas de l'amitié que j'éprouve.

Je l'aime, elle me plaît, mais Martin a raison, je n'ai pas d'autre choix que d'attendre qu'elle revienne vers moi en pleurant. Si je me déclarais maintenant, ça serait perdu d'avance. Je ne fais pas le poids face à Jordan.

BESOIN D'AMOUR !!!!

Mardi 16 octobre. 17:39

ATTENDRE :

d'avoir de la barbe et que mes cheveux repoussent.

À ce propos, j'ai fini par les mesurer, pour en avoir le cœur net, parce que j'ai l'impression que ma coupe de cheveux ne bouge pas d'un iota depuis la rentrée. À ce jour, ma mèche de devant mesure deux centimètres soixante-quinze. Si le 16 novembre, dans un mois jour pour jour, elle ne fait pas deux centimètres de plus, je consulte un spécialiste.

Spécialiste du cheveu, ça existe ? Faudra que je me documente, au cas où.

ATTENDRE :

qu'Aurélie sorte avec Jordan, le largue et m'envisage autrement que comme un ami ;

que ma mère lève l'interdiction de sortie ;

de faire l'amour et d'avoir l'air aussi heureux que Martin.

Je déteste attendre. Ça me rend dingue. Impatient, nerveux…

Je viens de recevoir un message d'Alexis Demagne :

– Demain midi on bouffe tous au McDo après les cours. Tu viens ?

Si mon père sait que je vais au McDo, je serai condamné à un an de punition ferme avec travaux forcés de jardinage dans le potager de grand-mère tous les week-ends. Tant pis, j'en prends le risque : c'est le moment d'agir. Je passe en mode garçon courageux.

Réponse à Alexis :

– OK, je viens.

Mercredi 17 octobre. 19:21

Quand l'agent spécial maman me prive de sortie, il est inutile de compter sur mon père, qui se plie la plupart du temps à ses décisions. Mais cette fois, il ne s'agissait que d'un déjeuner entre copains et je savais que maman était en formation tout l'après-midi à Montpellier. J'ai donc tenté le tout pour le tout en me glissant discrètement dans le bureau de papa. Il suffisait d'éviter de prononcer des mots tabous comme « hamburgers » et « Coca-Cola ». Facile.

– Papa, demain on organise un repas avec des copains. Je peux y aller ? Je prendrai le bus de 14 h pour rentrer.

– Vous mangez où ?

– À la crêperie.

– T'en as parlé à ta mère ?

– Non. Mais toi, t'es d'accord ?

– Oui, je crois.

– Tu peux me donner de l'argent ?

– Xav, tu as déjà dépensé tout ton argent de poche de l'année pour acheter le cadeau de Martin…

– Papa, il y a une fille sympa…

Avec mon père, il suffit d'évoquer la possibilité d'une histoire d'amour pour qu'il accepte une sortie sans hésiter. Il se sent pousser des ailes dès qu'il s'agit de ma vie sentimentale (ça doit lui rappeler la fameuse Céline

Martin de ses années lycée). Il m'a donné quinze euros et m'a promis de ne pas en parler à maman.

– Notre petit secret, a-t-il dit. Mais ne tarde pas trop, ta mère sera de retour à 16 h. C'est notre anniversaire de mariage, demain ; ce serait dommage de la mettre en rogne.

– T'inquiète, papa, je ne rentrerai pas tard.

J'ai donc pu déjeuner avec Alexis, Gaël, Éric, Thomas, Virginie, Marion, Marie et Aurélie au McDo. Ça, c'est le côté sympa du lycée : on peut sortir à l'heure du déjeuner et éviter la cantine. C'était la première fois que j'allais dans un restaurant sans un adulte. Ça fait du bien. Pas de « Tu ne vas pas prendre des frites, un hamburger et du Coca ? C'est plein de sucre et de graisses ! », ni de « C'est vraiment de la merde, cette bouffe ! Ça détruit le travail des petits agriculteurs et en plus ils mettent des antivomitifs dans leurs sandwichs ». LA PAIX ! Je me suis assis près d'Aurélie et j'ai passé un vrai moment de complicité entre amis, savourant ma malbouffe sans aucune culpabilité. Je crois que je me suis senti moi-même et heureux pour la première fois de l'année. Aussi, quand Gaël a lancé l'idée d'aller au ciné et qu'Aurélie a insisté pour que je vienne, je n'ai pas su résister. Je les ai suivis. Aurélie m'a pris la main pour que je m'assoie à côté d'elle et j'ai aussitôt effacé de ma mémoire la promesse faite à mon père.

Pourtant, avant que le film ne démarre, je me suis senti un peu mal à l'aise. Les autres blaguaient, mais Aurélie semblait ailleurs, dans ses pensées. Je ne savais pas si je devais rompre le silence ou la laisser rêvasser (probablement à L'AUTRE). Dans le doute – et parce que je voulais agir –, j'ai commencé à me mettre la pression pour trouver un truc à lui dire. « Vite, Xavier, trouve un sujet pertinent ou quelque chose de drôle. Vite, elle s'ennuie, là. Elle se rend compte que tu es inintéressant. Sors un truc, bon sang ! On dirait un mollusque ! Parle-lui ! Dis n'importe quoi, mais parle ! »

– Je t'ai dit que je faisais super bien le sauté de veau ?

– Oh, t'es chou. Tu m'inviteras à manger ton sauté de veau ?

Voilà. Je sais, c'est minable, et c'est comme ça qu'en une seconde le mollusque sans cervelle s'est transformé en chou.

Je suis chou. Est-ce un compliment ? Pas très sexy, un chou. Pas plus que caillou, hibou, genou, joujou, bijou et pou, qui comme tout le monde le sait sont des mots qui ne prennent pas de *x* au pluriel. X comme *sexy*. Pas envie d'être son chou !

Pourquoi me fait-elle perdre la tête à ce point ?

Pourquoi est-elle amoureuse d'un mec qui, excepté sa coupe de cheveux d'enfer, n'a rien de plus que moi ?

Jordan est-il « chou », lui aussi ? Ou simplement « beau à tomber » ?

Dans l'obscurité de la salle de cinéma, j'ai pu profiter de la présence d'Aurélie sans cacher mes sentiments. Dans le noir, on ne fait plus la différence entre l'amour et l'amitié. On est ensemble, c'est tout. On se sent bien, sans se sentir jugé.

Qu'est-ce qu'elle sent bon !

Qu'est-ce que je me sens attiré par elle !

Qu'est-ce que je ne ferais pas pour lui donner envie de m'aimer !

Qu'est-ce que j'aimerais faire l'amour, un jour, avec une fille comme elle…

Le film, très mauvais, m'a permis de me laisser envahir par mon désir et j'ai voyagé dans mon album de rêves. Je me suis fait mon cinéma.

Je nous ai imaginés à New York sur un bateau, à Paris enlacés sur le pont des Arts, dans le Grand Canyon chevauchant de sublimes étalons noirs, dans ma chambre, nus, son corps brûlant de désir contre le mien… Et là, la lumière s'est rallumée.

Fin de la fiction.

– Pas terrible, hein ?

– Quoi ?

– Le film. C'était un peu caricatural, tu ne trouves pas ? m'a-t-elle demandé en nouant ses cheveux en queue-de-cheval.

– Non, non… j'ai bien aimé… Enfin, oui, d'un côté tu as raison…

Avant que je redescende sur terre, Aurélie avait déposé trois bises sur mes joues (en peau de fesses de bébé) et elle avait disparu. C'est ainsi que je me suis retrouvé tout seul à l'arrêt de bus avec trois heures de retard et pleins de belles images en tête.

Bref récit d'un retour brutal à la maison.

– Xavier ! Tu as vu l'heure ? On avait dit pas de sortie jusqu'aux vacances de la Toussaint !

Maman m'attendait derrière la porte d'entrée, un épluche-légumes à la main.

– Mais papa a dit que…

– Papa ne sait pas tenir une punition. Papa est *incapable* de respecter une ligne éducative !

– Mais, Laura, tu exagères. C'était juste un déjeuner, n'en fais pas une affaire d'État ! a protesté mon père pour sa défense.

– Je n'en fais pas une affaire d'État ! Mais je te rappelle que Xavier a eu 9 de moyenne générale à la mi-trimestre, qu'il a failli tout abandonner pour entrer en apprentissage et qu'il a arrêté les cours de M. Bras. Si nous ne mettons pas des limites, dans deux ans il sera au chômage et passera ses journées dans le salon à jouer à des jeux vidéo en buvant des bières ou du Coca-Cola !

Inutile de décrire dans ce carnet la fin de soirée à laquelle j'ai eu droit. Mes parents ont fini par m'oublier complètement et par s'engueuler carrément.

Je m'en veux un peu.

Par ma faute, papa va passer un anniversaire de mariage désastreux. C'est injuste. Je suis vraiment un sale type. Moche, loser et méchant.

Comment réparer ? Je n'ai même plus un centime d'argent de poche pour les inviter au restaurant.

La vache ! La vie est dure à quinze ans. Dire que, pour certains adultes, c'est le plus beau moment de la vie ! Tu parles ! Ils ont la mémoire courte.

Je vais faire mes devoirs, me plonger dans l'histoire de la Seconde Guerre mondiale pour oublier le tremblement de terre familial.

Bye.

P.-S. : Martin va passer ce soir pour m'avancer l'argent. On a décidé de mettre en vente l'ampli et le micro sur un site marchand. Comme ça, Martin récupérera le reste de l'argent pour s'acheter ce qu'il veut, et moi, je réparerai le gâchis « anniversaire de mariage ».

Je ne suis peut-être pas si pourri que ça. Tchao.

Jeudi 18 octobre. 20:03

Bonne journée ! Excellente, même. Ce matin, j'ai glissé un petit carton sur la table de la cuisine avant de courir pour attraper mon bus.

« Papa, maman,

Désolé pour hier. Mais il y a une fille que j'aime bien, au lycée, et elle était au ciné. Pas envie d'en dire plus, juste d'expliquer pourquoi je n'ai pas tenu ma promesse. Je vous invite au restaurant Les Amandiers, à Magalas, que vous aimez tant. Votre table est réservée pour 20 h et payée par moi (l'argent est dans l'enveloppe). Ne vous inquiétez pas, ce n'est pas de l'argent volé. Martin ne se sert plus de son cadeau d'anniversaire, alors nous l'avons revendu et il m'a donné la moitié de la somme. Voilà, j'espère que vous passerez une bonne soirée. Je m'occuperai de Tibou. Et je ferai mes devoirs.

Je vous embrasse. Xavier. »

Ce petit mot m'a rappelé la joie que j'éprouvais, enfant, quand je préparais un poème pour la fête des Mères ou l'éternel vide-poche en pâte à sel de la fête des Pères. C'est agréable de faire plaisir. On se sent tout content après. Papa n'a pas tort, le partage rend plus léger !

J'ai passé ma journée la tête dans les nuages, souriant et décontracté. Je suis monté dans le bus sans regarder Jordan, j'ai filé à l'arrière rejoindre Éric et Alexis, mes nouveaux potes, et on a écouté du Bob Marley. Peace and love, man.

Ensuite, je me suis concentré sur les cours et j'ai parfaitement réussi mon interro d'histoire.

Une belle journée.

Aurélie avait mis son petit pull rouge et, comme par miracle, elle ne m'a absolument pas parlé de L'AUTRE. J'en ai profité pour lui faire partager mes connaissances sur la nouvelle économie verte. Je lui ai exposé les valeurs du partage sur terre, du plaisir de prendre soin de la nature, et de l'empathie. Ça l'a vraiment impressionnée.

– Je ne savais pas que tu étais si engagé dans l'écologie. C'est génial ! On pourrait monter une association au lycée !

– Quel genre ?

– Ben, une association à but humanitaire. On pourrait récolter de l'argent pour aider un collège africain ou faire pousser des légumes bio pour nourrir sainement ceux qui n'ont rien.

Très vite, on s'est mis à discuter du projet, avec Thomas, Virginie, Éric, Marion, Marine, Gaël et Alexis, sous le pin parasol. Je me suis senti grandir. Devenir un homme. Un mec hyper responsable et très engagé. Un vrai rebelle de la société de consommation ! J'étais entré au lycée en poussin effrayé, et deux mois plus tard je concoctais des projets humanitaires avec une bande de copains.

Une réussite flamboyante !

Tibou m'appelle ; il a faim. J'ai promis à mes parents de m'occuper de lui, donc je file lui faire à manger.

Avant de partir, maman m'a dit :

– Merci, mon chéri, ta surprise est adorable.

Pas un remerciement ordinaire. Une profonde gratitude, du genre :

« Merci d'exister, mon fils, et d'être si génial. »

Ça m'a renversé le cœur. J'avais les larmes aux yeux.

Eh oui, je suis un garçon sensible.

Je suis un être sensible, écolo, amoureux et généreux ! Ça vaut bien une coupe de cheveux pourrie. Il n'y a pas que le physique dans la vie !

Yes ! Tchao.

Vendredi 19 octobre. 18:07

Fin de la paix dans le monde et dans mon cœur. Bob Marley et Gandhi sont morts. Moi aussi.

Pourquoi ?

1. Ce matin, dans le bus, Jordan Golovine avait mis un bonnet de laine bleu marine. Exactement le même que le mien ! Il m'a carrément piqué mon look.
2 (et c'est beaucoup plus grave). Aurélie n'est plus célibataire, mais « en couple ». C'est officiel et c'est écrit sur les réseaux.

Elle ne m'a encore rien dit, mais ce soir, en me connectant, j'ai vu sa publication : EN COUPLE. Rien de plus. Pas de prénom. En couple : deux mots qui me font l'effet d'une guillotine.

Cela a dû se passer entre hier soir et ce soir. Pourquoi Jordan s'est-il senti obligé de m'humilier davantage en arborant le même look que moi ? Enfoiré !

Je hais ce mec !

Je ne porterai plus jamais ce bonnet ridicule. De toute façon, je ne peux pas me sentir plus humilié que maintenant.

Pour qui se prend-il, ce prince russe ?

Heureusement, Aurélie n'a pas encore posté de photo d'eux en train de s'embrasser. Je ne le supporterai pas.

Pourquoi les gens heureux se sentent-ils obligés d'afficher sans pudeur leur bonheur ? Regardez comme on est beaux ! Regardez comme on s'aime ! Regardez comme on s'embrasse !

Super ! C'est sympa de penser à ceux qui sont seuls et n'ont rien d'autre à mettre en ligne que leurs photos de vacances avec les parents.

Viens, Laïka ! Viens, ma toutoute, me faire un câlin parce que, là, je suis tombé plus bas que terre.

Salut, monde cruel ! Seule ma chienne me comprend.

Samedi 20 octobre. 13:00

Horoscope Bélier (lu dans un magazine de la salle d'attente de ma mère) : *Cette semaine, tempérez ! N'entreprenez rien, vous risqueriez de le regretter. Cœur : une bonne nouvelle pourrait* ***changer*** *votre vie en début de mois prochain. Éclaircie en vue, mais soyez patients et prudents.*

Patienter ! Je ne fais que ça depuis des semaines.

Horoscope Vierge : *Une semaine de folie, tout vous réussit. Cœur : attention de ne pas vous tromper sur vos sentiments. Ne vous précipitez pas !*

Trop tard : Aurélie s'est précipitée. Elle est tombée dans le piège Golovine. Un mec beau à tomber, c'était écrit d'avance.

Plus jamais je ne tomberai amoureux d'une Vierge. Ces filles-là me font trop souffrir.

15:00

Bref tchat avec Martin en début d'après-midi.

Martin : T'es toujours privé de sortie, man ?

Moi : Oui. Pourquoi ?

Martin : Grosse fête ce soir à Gabian. On y va avec Charlotte, Jack, Chiara et Marie.

Moi : C'est chez qui ?

Martin : Devine ?

Moi : Jordan Golovine ?

Martin : Bingo ! Chez la mafia russe.

Moi : Il t'a invité ? Je croyais qu'il te détestait.

Martin : Il me déteste, mais Jack est un de ses amis, donc je suis « admis ».

Moi : Jack est un ami de Jordan ? Martin, si tu vas à cette fête sans moi...

Martin : Tu ne veux quand même pas que je reste chez moi par amitié ? T'es chiant à la fin. On n'est pas des meufs.

Moi : C'est bien dommage. Les meufs, elles, vont au bout de leurs sentiments. Même en amitié.

Martin : C'est quoi ton problème, man ?

Moi : Jordan sort avec Aurélie !

Martin : La poisse ! T'inquiète, dans une semaine ou deux max tu seras libre ! Souviens-toi : les filles ne restent jamais avec Jordan... Si tu veux, je te ferai un bilan complet de la soirée. Je serai ton œil, ton espion infiltré...

Martin cherchait mille bonnes raisons d'aller à cette fichue soirée sans me vexer, alors j'ai accepté.

Moi : OK, vas-y, mais je veux un récit *intégral* de la soirée dès demain.

Martin : C'est dans la poche. Je serai chez toi à 14 h.

Voilà. Le prince Golovine va célébrer dans son château son amour avec la belle Aurélie, qui sera certainement divine. On a beau être au XXIe siècle, les contes de fées sont toujours aussi ringards. C'est toujours le prince qui gagne. Merde ! Et *viva la revolución !*

Qu'est-ce que je vais faire, moi, ce soir, pendant que tous mes potes et la fille que j'aime s'éclateront dans un château ? J'irai au cinéma avec ma grand-mère. Super-soirée en perspective ! Fun ! Bébé Xavier sort avec mémé, qui l'a invité au ciné.

Pourquoi ma vie est-elle un enfer perpétuel ?

Tchao.

01:34

Pas sommeil. Impossible de joindre Martin sur son portable. Quand je pense qu'il est en train d'assister en direct au crush entre Aurélie et Jordan, ça me rend malade.

Il ne faut pas y penser, mais plutôt s'accrocher à ce que m'a révélé grand-mère.

C'est quand même une sacrée bonne femme, ma grand-mère ! Qui aurait pu imaginer qu'elle allait se remarier à soixante-quatorze ans ? Mais chut ! Je suis encore le seul à être dans la confidence. Grand-mère a prévu de réunir ses trois enfants la semaine prochaine pour leur annoncer officiellement la nouvelle. Pour ma mère, ça risque d'être un choc. Je crois que grand-mère m'a mis au courant avant tout le monde pour me remonter le moral. Pour me prouver qu'une amitié entre un homme et une femme peut se transformer en romance. Il faut dire que ce soir, je tirais vraiment une tête d'enterrement.

– Qu'est-ce qui se passe, Xavier ? C'est encore Martin ? Ton amitié te fait souffrir ?

– Non, enfin un peu, mais c'est pas ça. C'est à cause d'Aurélie.

– La moche ?

– J'ai pas envie de rire, ce soir, grand-mère.

Et quand je n'ai pas envie de rire, grand-mère ne rit pas non plus. Alors elle a immédiatement laissé tomber l'idée d'aller au cinéma. Elle a effectué un demi-tour musclé, faisant crisser les pneus de sa vieille Citroën 2 CV et on a filé à l'autre bout de la ville.

– Quand on est malheureux, il faut parler à quelqu'un qui nous aime et savourer une bonne cuisine.

Et elle m'a invité à dîner dans le restaurant le plus chic de Béziers. Comme toujours avec elle, j'ai tout raconté sans mentir. Elle est un peu comme Laïka : elle me comprend sans me juger. Parfois, elle est à côté de la plaque, mais elle m'écoute *vraiment* avec attention et surtout sans jugement.

– Si Aurélie aime Jordan, il faut respecter cet amour, Xavier.

– C'est ce que je fais, mais ça fait mal, grand-mère.

– Je sais. J'ai connu un homme qui a vécu exactement la même chose que toi...

Et grand-mère s'est lancée dans une sorte de conte de fées.

– Il était une fois un jeune homme et une jeune fille qui avaient passé leur enfance ensemble. Ils s'adoraient et s'entendaient à merveille. Mais un jour, la jeune fille rencontra un autre garçon dont elle tomba éperdument amoureuse. Ils se marièrent et eurent trois enfants. Le jeune homme fit semblant de se réjouir du mariage de son amie d'enfance, mais en fait il souffrait, car il l'aimait secrètement depuis toujours. C'est pour cela qu'il partit vivre au bout du monde. Ils vécurent ainsi leur vie, chacun de leur côté, sans vraiment se revoir. Et puis, des années et des années plus tard, alors qu'ils étaient vieux et ridés, les deux amis se retrouvèrent dans la ville de leur enfance. La jeune fille était devenue une vieille dame, veuve et solitaire, qui appréciait de nouveau la compagnie de son tendre ami. Ils se virent tous les jours, allèrent au concert, au cinéma, rirent beaucoup, et puis un soir son ami finit par lui avouer son amour et la demanda en mariage. Voilà Xavier. Tu sais tout.

Sur le coup, j'ai eu du mal à y croire, mais le large sourire de ma grand-mère m'a fait comprendre qu'elle ne plaisantait pas. Le vieil ami était bien Stanislas Bras, mon prof de piano, et elle allait l'épouser.

– Tu vas te marier avec M. Bras ? C'est dingue ! Il t'a attendue combien de temps ?

– Il m'aime depuis que j'ai dix ans, ça fait soixante-quatre ans qu'il pense à moi tous les jours. Enfin, c'est ce qu'il dit...

– Ouahouuu ! La vache !

J'ai mis un certain temps à avaler la nouvelle. Ma grand-mère allait se marier avec M. Bras. Le choc. Devrai-je appeler « grand-père » mon vieux prof de piano ?

– Non, « Stanislas » lui conviendra. Il t'aime beaucoup, tu sais.

J'ai enfin compris pourquoi il m'avait accepté dans son cours. Rusé, le Stan ! Ça lui permettait de rester en contact avec la famille. J'avoue que je l'admire. Je me sens minable à côté de lui : imaginer Aurélie en couple avec Jordan pendant deux semaines me rend déjà malade.

Stan a dû vivre l'enfer. Pendant que grand-mère me parlait de lui, je ne sais pas ce qui m'a pris, mais je les ai imaginés tout nus. Grand-mère et M. Bras, tout fripés et tout nus. C'était idiot, irrévérencieux, mais je n'ai pas pu m'empêcher d'y penser. Fait-on encore l'amour à plus de soixante-dix ans ? Grand-mère a dû se rendre compte de mon malaise, car elle m'a fait comprendre avec élégance qu'à leur âge l'amour était plus proche de l'amitié que de la passion, et que le reste ne me regardait pas.

– Stan est un ami. Un tendre ami que j'ai décidé d'épouser pour lier à jamais notre histoire. Est-ce de l'amour ou de l'amitié ? Après tout, quelle importance ? Seul compte le plaisir d'être ensemble. Et puis, tu sais, Xavier, à nos âges, la solitude est pesante et angoissante parfois…

Elle l'est aussi à mon âge, grand-mère si tu savais. Ce soir particulièrement.

Aurélie est ailleurs avec un autre et moi je gamberge dans mon petit lit de gamin. Il faut que je demande un lit deux places à mes parents. Un lit où je pourrais m'étendre, rêver en grand et peut-être un jour, dans un mois, un an, deux ou quatre, qui sait, peut-être y faire l'amour pour la première fois.

Est-ce qu'Aurélie m'aimera un jour comme je l'aime ? Je me sens trahi. Pourtant, elle ne m'a rien promis.

Notre histoire d'amour n'a même pas commencé.

Aurélie, je pense à toi.

Je suis prêt à t'attendre. Va au bout de ton histoire d'amour, mon amour. Un jour, tu comprendras combien je t'aime et j'espère que la force de mes sentiments te donnera envie de m'aimer.

Bonne nuit à la fille de mes rêves…

Dimanche 21 octobre. 19:08

Il pleut et je suis maudit.

– Xav, on a un méga-problème !

Quand Martin dit « on » et qu'il s'agit de *mon* histoire d'amour, ça me fait toujours un peu flipper. Cet après-midi, il est arrivé blanc comme un linge pour me raconter la soirée de la veille. Au début, j'ai mis sa pâleur sur le compte de la fatigue après une soirée de fête, mais j'ai vite compris qu'il s'agissait d'autre chose.

– C'est quoi, le problème ? Tu me fais flipper, Martin...

– Tu me promets de ne pas me frapper ni de sortir de cette chambre en hurlant quand je te l'aurai dit ?

– Allez, abrège ! C'est quoi ?

– On s'est *complètement* plantés, man. Aurélie ne sort pas avec Jordan : il est toujours avec Anne.

– C'est génial ! Je ne vois pas où est le problème ! Yaouh !!!

Et sans réfléchir, je me suis mis à sauter sur mon lit comme un gamin. Je n'ai pas vu tout de suite que Martin ne plaisantait pas et qu'il ne sautait pas de joie, lui. J'étais tellement soulagé ! Tellement sur une autre planète ! Tellement haut dans les nuages que l'atterrissage a été rude. Un crash sur ma table de nuit.

– Aurélie sort avec Jack !

Je me suis écroulé. Une sorte de malaise. Je ne me souviens plus bien. C'était comme une aspiration par le bas. La terre m'a avalé et je me suis retrouvé sur ma table de nuit, la tête ensanglantée.

– Putain, tu saignes ! T'es tombé dans les pommes ou quoi ? J'appelle ta mère.

– Non, ça va. C'est rien. Ça va…

J'étais vidé. K-O. Martin m'a tendu un mouchoir en papier, j'ai essuyé machinalement le sang qui coulait sur mon front. Une égratignure. Rien de grave. La vraie blessure était invisible, mais profonde, lancinante, à l'intérieur. Peu à peu, en reprenant mes esprits, j'ai senti une vague de haine déferler dans mon corps. Une lave rouge, bouillonnante, infâme, qui se déversait en moi des pieds à la tête. Jack sort avec Aurélie. Jack ne se contente pas de me voler mon amitié, il tue mon amour. Jack, Jack, Jack, ce prénom martelait mes tempes et coulait dans mes veines comme un poison violent. Je vais tuer ce mec, je vais le tuer… Je devais avoir un regard de fou parce que Martin n'arrêtait pas de dire :

– Calme-toi, Xav, calme-toi…

Mais la colère a débordé. J'ai cogné mon coussin plusieurs fois de toutes mes forces et puis… j'ai frappé Martin.

J'en ai honte, mais il faut que je l'écrive si je veux être honnête avec moi-même. Je lui ai donné un coup de poing dans l'épaule, puis un autre, puis un autre. Au début, pour me soulager, Martin s'est laissé frapper, puis il m'a maîtrisé sans difficulté. Il m'a bloqué les deux bras, avant de me plaquer avec force contre lui.

– Calme-toi, Xav. Calme-toi, ça va aller…

Il m'a protégé comme un frère.

C'est la deuxième fois que je le frappe. En général, je suis d'un naturel plutôt calme, et c'est sans doute pour cette raison que je ne maîtrise pas mes colères. La première fois, c'était quand Mina m'avait téléphoné, le 24 décembre dernier, pour m'annoncer qu'elle me plaquait.

Cette fois, l'histoire n'a même pas commencé et tout est perdu d'avance.

Aurélie sort avec Jack et Jack n'est pas Jordan. Il est le mec que je déteste le plus au monde depuis ce début d'année.

C'est fini. Aurélie + Xavier ne s'écrira jamais.

Ça fait un mal de chien. J'avais vraiment envie de tout casser, de sortir dans le village en hurlant, de mettre le feu, de briser des pare-brise. Je me suis senti délinquant.

Un délinquant de l'amour. J'étais dévasté.

Heureusement, Martin ne m'a pas quitté de la journée. Il a su me réconforter. Il a su m'écouter et respecter mes silences. Il a su m'apaiser et me redonner confiance, me raconter des blagues idiotes pour me faire rire. Il m'avait même apporté un gros pot de Nutella, que de désespoir j'ai englouti. Il est mon ami et je m'en veux d'avoir douté de lui. Une amitié comme la sienne est unique, je m'en rends compte à présent.

J'aimerais l'aimer comme il m'aime. Sans jalousie. Sans petitesse. Je voudrais tellement lui rendre un jour l'attention qu'il m'a accordée aujourd'hui.

Martin ne savait pas que Jack était amoureux d'Aurélie. Il n'a pas ce genre de conversation intime avec lui. Ce sont des copains de classe qui s'apprécient, blaguent, écoutent de la musique. De bons potes, rien de plus.

– Tu es mon meilleur ami, Xav, et puisque tu le souhaites, je te jure que Jack ne saura jamais rien de tes sentiments pour Aurélie.

Ces paroles m'ont réconforté. Mon amour était brisé, mais mon amitié restait unique, forte, indestructible. Et Martin a continué de répondre à toutes mes questions, en toute franchise, sans faux-semblants. Je voulais la vérité, toute la vérité, il me l'a offerte.

– Est-ce que tu savais que Jack a les pieds plats ?

– Oui, il m'en a parlé, mais quel rapport avec Aurélie ?

– Aucun. Ça me fait du bien de savoir qu'il a un défaut, c'est tout. Est-ce qu'Aurélie avait l'air amoureuse de lui, hier soir ?

– Oui. Elle ne l'a pas quitté de la soirée.

– Est-ce qu'il est resté longtemps avec sa dernière petite amie ?

– Deux ans.

– Il est du genre fidèle ?

– Oui.

Voilà, point final. Martin n'a pas cherché à m'épargner. Il a été sincère, c'est ce que j'attendais.

– Qu'est-ce que je fais maintenant ?

– Tu laisses passer l'orage, man.

– Et après ?

– Laisse passer l'orage d'abord. Je viendrai chez toi demain soir après mon stage.

Martin me fait du bien. Les mots que j'écris dans ce cahier aussi.

Il faut que je m'accroche à eux. À Martin et aux mots. Je vais me remettre à lire. La documentaliste a raison : la lecture soigne les maux du cœur et apaise mes pensées noires.

Deux ans ! Comment attendre deux ans celle qu'on aime ? Je ne suis pas M. Bras. Ni Gandhi, ni Bob Marley. J'ai mal et j'ai frappé mon meilleur ami. Je suis nul.

Elle a raison de sortir avec Jack. Même moi, si j'étais une fille, je ne sortirais pas avec moi !

Je deviens dingue. FOU DE CHAGRIN ! Tchao.

19:56

JE NE DOUTERAI PLUS JAMAIS DE L'AMITIÉ DE MARTIN.

JE NE VEUX PLUS JAMAIS LE FRAPPER.

22:33

Lu dans *Éloge de l'amitié* de Tahar Ben Jelloun :

Respecter une femme, c'est pouvoir envisager l'amitié avec elle ; ce qui n'exclut pas le jeu de la séduction, et même dans certains cas, le désir et l'amour.

Je veux respecter Aurélie, avec ou sans Jack. Je veux *envisager l'amitié* avec elle.

Mon amour attendra. C'est décidé. Je vais cacher mes sentiments et essayer de rester son ami.

Lundi 22 octobre. 18:37

– Xav, ça y est ! Je suis sortie avec lui !

Aurélie était radieuse comme une supernova. Elle m'a pris dans ses bras et je l'ai serrée très fort contre moi, en ami. Qu'est-ce qu'elle sentait bon l'orange !

En la voyant courir vers moi, la nouvelle aux lèvres, je n'ai pas hésité une seconde. J'ai conservé mon sourire de super-copain et je l'ai écoutée me parler de lui.

– Il s'appelle Jack, il est au lycée pro...

IL, IL, IL...

Ses mots me perforaient le cœur, mais je l'ai laissée faire. Le matin, le midi, en cours de cinéma.

C'est incroyable et c'est la première fois que cela m'arrive. Mes sentiments pour Aurélie dépassent la jalousie. Serais-je un Stanislas Bras en devenir ? Je ne me pensais pas capable de mettre de côté mon orgueil par amour pour une fille. Mais c'est arrivé. Je l'aime trop pour la perdre, pour cesser de lui parler, de l'écouter, trop pour me priver de ses murmures en séance de cinéma. J'ai même réussi, pour lui faire plaisir, à lui avouer que je connaissais un peu Jack et que je le trouvais super sympa.

C'était pas facile. Ce « super sympa » m'a littéralement arraché les lèvres et les tripes, mais j'ai souffert en silence. Pour elle, pour la rassurer, la conforter dans son amour. Suis-je un Gandhi ? Un Martin Luther King ? Un futur Prix Nobel de la paix ?

Dans le bus, ce matin, Jordan Golovine m'a souri. Il ne m'a pas salué, mais il m'a décoché un petit sourire quand il m'a vu arriver, la mine défaite et sans mon bonnet de laine.

Certains appellent ça un signe du destin, un pur hasard. En tout cas Jordan m'a souri, et je l'ai pris comme un encouragement. C'est comme s'il m'avait dit : « Tu vois, Xavier, je ne suis pas ton ennemi. Continue sur la voie de la sagesse, tu es un mec bien, un homme d'honneur. » Et dire que je l'avais pris pour mon rival. Qui sait ? Ce garçon sera peut-être un ami, un jour.

Étrange sensation. Impression de ne plus tenir le gouvernail de ma vie. Je dérive sans lutter et, contrairement à ce que je pensais, la complicité que m'accorde Aurélie est plus forte que ma jalousie envers Jack.

Si je continuais ? Si j'essayais de ressembler au mec génial que je voudrais être ? Peut-être qu'Aurélie finirait par m'aimer ?

J'entends Martin grimper l'escalier. Je vais lui en parler.

Tchao.

19:46

Martin adore mon nouveau mode peace and love. En partageant nos chips épicées, il m'a quand même conseillé de ne pas négliger les autres filles.

– L'amitié, c'est bien, man, mais tu ne vas quand même pas passer des années à l'attendre, sans sortir avec d'autres filles.

– Si. Pourquoi pas ? C'est ce qu'on appelle l'amour platonique. C'était hyper à la mode, avant. Les hommes et les femmes s'adoraient sans se toucher. Ils s'aimaient avec passion, mais sans s'embrasser.

– Sauf que ton amour tectonique, ou j'sais pas quoi, il doit être réciproque ! Pour partager un amour, il faut être deux, man. Là, c'est faussé. Toi, tu l'aimes, mais pas elle. Pas tant qu'elle sortira avec Jack. C'est pas de l'amour, Xav. Te monte pas le bourrichon ! Et rencontre d'autres filles !

Martin m'agace ! Il est aussi fin dans l'analyse des sentiments que ma grand-mère. Il a raison : je ne suis que l'ami d'Aurélie, rien d'autre.

Tant pis. Je serais n'importe quoi pour rester auprès d'elle. Son parapluie, son repose-pieds, son portefeuille, son éventail, son valet, son oreiller… Alors pourquoi pas être pour elle un véritable ami ?

Mardi 23 octobre. 16:23

Je l'ai vue embrasser Jack à la sortie du lycée. Ça fait quand même hyper mal.

Pas facile d'être Gandhi. Heureusement que Thomas, Éric et Virginie sont venus me parler de notre réunion

« association humanitaire et écologique ». Je ne pensais pas que mon petit discours sur l'écologie et le partage les aurait à ce point bouleversés. Ils n'ont plus que ce projet en tête.

– Xav, on a pensé que ton père, en tant que rédacteur en chef de *Vivre naturellement*, pourrait nous aider à agir. Tu crois qu'il serait d'accord ? m'a demandé Thomas, à quelques mètres du baiser langoureux d'Aurélie et Jack.

– Il faut que je lui en parle, il est assez occupé.

– Et si on passait tous chez toi, demain, histoire d'avancer sur le projet ?

– Tous ? ai-je lancé, avec le vif espoir qu'Aurélie se joigne à nous.

– Virginie, Éric, Alexis sont partants. Il faudrait voir si Aurélie est libre, c'est elle qui a eu l'idée du projet... a répondu Thomas en pointant son nez vers le couple qui se bécotait derrière mon dos.

Il fallait un certain courage à un amoureux transi pour se diriger vers le couple en question, interrompre leurs baisers fougueux, saluer son rival et proposer une réunion « humanitaire » à une fille qui préférerait certainement passer son mercredi après-midi dans les bras de son petit ami.

J'ai eu ce courage.

Tel un chevalier de l'ordre d'un Monde meilleur, je me suis dirigé vers eux les mains dans les poches, me raccrochant à cette phrase de Gandhi : *Je veux être l'ami du monde entier.* Quand je suis arrivé à leur hauteur, Jack caressait la joue d'Aurélie ; j'avais le cœur au bord de l'explosion et les poings serrés dans mes poches, me répétant pour me calmer : « Je veux être l'ami du monde entier, je veux être l'ami du monde entier... »

– Salut, Xavier, tu connais Aurélie ? m'a demandé Jack avec étonnement.

– Oui, on est ensemble…

Aurélie, un peu mal à l'aise, s'est sentie obligée de terminer ma phrase au plus vite.

– On est ensemble en classe cinéma !

Jack a souri, et comme j'avais de nouveau envie de lui casser la figure, j'ai enchaîné avec la réunion :

– Chez moi, mercredi, à 14 h.

Net, clair, précis !

Relever un défi avec succès me procure toujours l'impression de grandir. De prendre quatre centimètres et deux largeurs d'épaules en deux secondes. C'est très étrange. À cet instant, j'ai ressenti les mêmes symptômes que quand j'étais monté pour la première fois dans un grand huit. Avant, on a les intestins qui se tordent, la gorge qui se noue, et juste après, on se prend pour un super-héros, en hurlant à qui veut l'entendre : « Je l'ai fait ! »

Aurélie a répondu oui et je suis rentré à la maison heureux et sautillant comme un gamin.

C'est gagné ! Mon courage a payé. Demain, Aurélie vient chez moi. Sans Jack ! Cool !

Oh, la vache, ma chambre ! Il faut absolument que je range ma chambre !

Bye.

20:45

Ma mère a profité du repas pour nous annoncer officiellement le mariage de grand-mère avec M. Bras.

– Ça va vous paraître bizarre, les enfants, mais grand-mère est très heureuse. C'est tout ce qui compte.

J'ai fait semblant de tomber des nues, par respect pour grand-mère.

– Avec M. Bras ? C'est dingue…

Ce qui m'a valu d'entendre, pour la deuxième fois, le fameux conte de fées. Il était une fois un jeune homme et une jeune fille à Pézenas… Maman avait l'air détendue. Pas plus surprise que cela, ce qui m'a étonné. Elle semblait même plus amoureuse que jamais de papa et n'arrêtait pas de l'embrasser sur la joue. Le bonheur des gens qu'on aime donne visiblement envie d'aimer.

– Et quand est-ce qu'on le voit, ce nouveau grand-père ?

Tibou a instantanément transformé M. Bras en grand-père. Il faut dire qu'on n'a jamais connu nos grands-pères, tous les deux. Il devait s'imaginer conduire un tracteur sur les genoux de son pépé ou aller encourager les cyclistes du Tour de France avec lui. Sauf que je vois mal Stan assister à une course de vélos. Il est plutôt du genre à nous emmener écouter un concert d'orgue à l'église. Pas sûr que ce genre de papy ait la cote avec mon frère. J'ai profité de la bonne ambiance générale pour prévenir mes parents de ma petite réunion « association humanitaire et écologique » de mercredi après-midi. Là, mes parents m'ont carrément regardé comme si j'étais le Messie en personne. « Notre fils est un ange, alléluia ! »

– Tu vas créer une action humanitaire avec tes amis ?

– Oui, papa.

– Quel est votre projet ?

– Justement, on se disait que tu pourrais peut-être nous aider, car c'est encore un peu flou. On aimerait aider des jeunes d'Afrique ou d'Asie à aller à l'école, mais c'est vague. On voudrait inclure l'écologie dans notre projet.

Mon père était fier comme un coq. Ma mère, complètement espantée. Je crois que mes parents n'avaient pas cette image de moi. Pour eux, j'étais un ado de base. Le genre de gamin qu'on trouve dans les guides du type *Vous et votre adolescent* ou *L'Adolescence, il faut en passer par là.* J'ai feuilleté ce genre de bouquins dans la bibliothèque familiale et je comprends pourquoi certains parents dépriment à l'avance dès qu'on rentre au collège : « Attention, votre enfant va se transformer en monstre mal dans sa peau, irascible, paresseux, toujours fatigué, insociable, insatiable, bref, hyper relou. » Il y a de quoi flipper. C'est vrai que je n'ai pas été hyper cool en début d'année et que je ressemblais à cet ado égoïste, mais j'ai changé. Et ma mère s'est détendue d'un coup. Le sergent instructeur de l'opération commando bac avec mention a déposé les armes (pour l'instant) et m'a félicité.

– Xavier, je suis si fière de toi. Tu as d'excellents résultats, tu penses aux autres, tu nous as offert une très belle soirée d'anniversaire de mariage. Je crois qu'il est temps de lever ta punition. À présent, tu peux de nouveau sortir le week-end et pendant toutes les vacances de la Toussaint.

J'avais envie de reprendre ma peau d'ado de base et de hurler : « C'est trop tard ! Jack sort avec Aurélie. Si j'étais allé à cette soirée, peut-être que j'aurais pu changer le cours des choses ! »

Mais j'ai laissé couler. Elle avait l'air si heureuse, et mon père tellement concerné par mon engagement humanitaire !

Faire le bien fait du bien. Mieux encore : aimer Aurélie, Martin, ma famille me fait totalement oublier ma tête d'oiseau sorti du nid. Je crois que je commence à me détacher du regard des filles branchées et des garçons populaires.

Je ne suis peut-être pas un mec beau à tomber, mais même avec ma tronche, je peux rendre une fille heureuse. Je le sais, car mon amour est immense. D'ailleurs, elle est nulle, cette expression « beau à tomber ». On devrait dire « beau à voler », « beau à embarquer dans une histoire extraordinaire ». Pourquoi *tomber* ? Moi, je veux te faire voyager, Aurélie, je ne veux surtout pas que tu tombes amoureuse, mon amour, juste que tu coures avec moi main dans la main et qu'on s'envole ensemble.

Oui, je t'aime, Aurélie, avec ou sans petit ami !

Et demain, c'est avec moi que tu passeras la journée, pas avec lui. Tralalalère ! comme dit Tibou.

Un petit bilan s'impose avant la réunion de demain.

Chambre : impeccablement ordonnée (et là, ma mère a frôlé la crise cardiaque).

Moral : très positif.

Préparatifs pour la réunion de demain :

1) papa OK pour nous aider ;
2) je vais faire des cookies (histoire de lui prouver que Jack est loin d'être le seul garçon à savoir cuisiner) ;
3) possibilité d'interpréter *Hey Jude* au piano si l'occasion se présente.

Demeure une incertitude. Ôter ou ne pas ôter le poster des *Simpson* du mur de ma chambre ? Ça fait un peu gamin, non ?

Tchao.

Mercredi 24 octobre. 13:34

Je me sens tendu. Les cookies sont trop cuits et j'ai conservé le poster.

On sonne à la porte. Déjà ?

19:35

C'était génial ! Je crois que j'ai enfin trouvé l'occasion d'être moi-même, de me sentir libre. Si aimer donne envie d'aimer, partager donne confiance en soi.

La vie est belle !

Cet après-midi, je n'ai pas arrêté de rire avec Aurélie. Nous étions complices, comme connectés en permanence. Concentrés sur notre projet, nous avons simplement profité de l'instant présent avec nos copains.

Où agir ? Comment ? Par quelles actions ?

Papa aussi a été formidable. Il nous a consacré un peu de temps pour nous aider à canaliser nos envies, qui partaient un peu dans tous les sens. Chacun était arrivé avec sa petite idée. Éric voulait aider une école d'aveugles au Mali ; Virginie, un foyer de jeunes orphelines en Inde ; Thomas, faire planter des légumes bio à un groupe de jeunes délinquants en banlieue parisienne ; Aurélie, s'investir dans le développement d'une aide aux enfants démunis en Afrique. Alors mon père nous a parlé d'une association de Montpellier qui installe des panneaux solaires dans un village malien. Grâce à leur action, le village a pu obtenir assez d'électricité pour faire fonctionner une pompe à eau et irriguer ses plantations. Résultat : les villageois mangent à leur faim, ils ont de l'eau potable sur place et les femmes vont même vendre le surplus de fruits et légumes sur les marchés voisins. Papa connaît cette association, il nous a proposé de nous mettre en contact avec son président et son offre a obtenu l'approbation générale.

– Si on récoltait des fonds pour acheter un panneau solaire pour leur école ? a lancé Virginie.

– Excellente idée ! a applaudi Thomas. Comme ça, ils auraient Internet et accès à quantité d'informations.

– On pourrait même communiquer avec eux, du coup, a renchéri Éric, très excité.

Bref, très vite, notre projet a pris tournure. Thomas s'est lancé avec Alexis dans la recherche du prix d'un panneau solaire. Aurélie, Virginie, Éric et moi avons travaillé sur les actions à mettre en place pour récolter des fonds. Repas, projection cinéma, vente de gâteaux… On s'est tous creusé la tête et c'est finalement Aurélie qui a eu l'idée du concert. Au début, j'ai cru que j'allais de nouveau piquer une crise, mais j'ai su me maîtriser et je crois que j'ai bien fait.

– Jack, mon petit ami (a-t-elle précisé), est dans un groupe de rock. On pourrait organiser un concert à la salle des fêtes. En plus, il est apprenti cuisinier, il pourrait aussi préparer le buffet.

Je suis resté sans voix, trop furieux que Jack se retrouve au centre de notre action. Mais pendant que les autres débattaient, je me suis mis à penser : il joue comme ses pieds. Puis, des pieds, j'ai focalisé sur ses pieds plats. Et après, c'est idiot, j'avais cette phrase qui tournait en boucle dans ma tête : « Jack joue comme ses pieds plats. » De la pure méchanceté gratuite, ça m'a fait du bien.

– Et toi, Xavier ? m'a demandé Virginie.

– Hein ? Quoi ?

– Toi aussi tu joues de la musique. On pourrait faire un concert en deux parties.

À ce moment précis de cet après-midi du 24 octobre, Virginie Malet est devenue mon amie. J'ai immédiatement cessé de la juger en fille raisonnable et barbante. Elle m'a carrément sauvé la vie ! Jack et moi, dans un duel musical lors d'un concert à vocation humanitaire : on frôlait le génie ! J'ai accepté sur-le-champ de leur montrer un aperçu de mon talent. J'étais confiant. M. Bras n'avait pas réussi à faire de moi un concertiste, mais j'avais quand même neuf ans de piano dans les doigts et une sérieuse formation classique. On est descendus dans le salon et je me suis lancé dans mon interprétation (bien travaillée) de *Hey Jude*, au piano et chant.

Espantés, eux aussi ! J'ai eu droit à des applaudissements et au regard très attentif d'Aurélie.

– Tu chantes hyper bien ! m'a-t-elle félicité, visiblement émue.

Le concert en deux parties a été voté à l'unanimité et validé par un message de Jack. Il était d'accord ; j'étais prêt. À la fin, j'ai remercié Virginie. Elle n'a pas bien compris pourquoi, alors je lui ai expliqué qu'elle avait vraiment fait avancer le projet. Comment lui avouer qu'elle m'avait, sans le savoir, offert la possibilité de me mesurer à Jack à la régulière ? Instrument contre instrument, guitare électrique contre piano, dans un duel artistique qui nous permettrait de comparer nos talents devant celle qui faisait battre nos cœurs.

Ce n'est pas très peace and love comme façon de penser, mais cette perspective d'un duel musical me réjouit vraiment. J'en ai assez d'être le garçon de l'ombre.

Celui qui longe les couloirs du lycée la tête sous son bonnet. Celui qui se tient à côté de la fille qu'il aime sans oser la déranger. Je veux exister ! Montrer qui je suis vraiment ! Et alors peut-être qu'Aurélie changera de sentiments.

Je l'espère.

Le concert est prévu pour le samedi 3 novembre. Je serai prêt.

Tchao.

P.-S. : en partant, Aurélie m'a dit : tu as un père génial. C'est la première fois qu'une fille trouve mon père génial et me le dit. Contrairement à ma chienne qui, elle, fait toujours l'unanimité. Elle trépigne à mes pieds, je vais la promener.

20:56

Incroyable ! En relisant mon journal intime, je me rends compte que mon horoscope de la semaine m'annonçait :

Une bonne nouvelle pourrait changer votre vie en début de mois.

Le concert avec Jack pourrait-il changer ma vie ? Faut-il croire aux prédictions astrologiques ?

La suite de l'horoscope précisait : *Éclaircie en vue, mais soyez patient et prudent.*

PATIENT ! Décidément, avec espanter, ce sont vraiment les deux mots clés de ce début de seconde.

Je vais terminer mon bouquin pour le rendre au CDI et en prendre un autre pour les vacances.

Tchao.

Jeudi 25 octobre. 16:34

Coup de chance, le CDI était quasiment vide, ce midi de veille de vacances. Même Thomas et Virginie avaient préféré faire une partie de baby-foot au foyer, je me suis donc senti plus à l'aise. J'ai toujours eu un peu honte d'aller au CDI. Comme si lire était une tare. C'est nul, je m'en rends compte, d'autant plus que l'endroit est plutôt apaisant.

Nathalie Breman avait l'air heureuse de me voir fouiner dans les rayonnages à la recherche d'un nouveau roman.

– On dirait que tu as retrouvé le goût de lire, Xavier.

– J'ai bien aimé le livre de Tahar Ben Jelloun. Il parle d'amitié, d'amour et de jalousie... Ça m'a fait réfléchir. Surtout sur la jalousie...

– *Le désir d'être l'autre rend malheureux*, c'est ce qu'il écrit, n'est-ce pas ?

– Comment faites-vous pour retenir autant de phrases par cœur ?

– Je retiens les phrases qui me touchent, c'est tout. Moi aussi, je suis de nature assez jalouse.

Comme je ne savais pas trop quoi lui répondre et que je sentais bien qu'elle avait envie que je reprenne un bouquin, j'ai poursuivi ma recherche. Mine de rien, en touriste, balayant du regard et à distance le dos des ouvrages. Et puis je me suis laissé attirer par un titre. J'ai posé ma main sur le livre et je l'ai sorti du lot, le faisant glisser vers moi comme une promesse à laquelle on ne croit plus. J'ai parcouru la quatrième de couverture et je l'ai reposé à sa place ; l'histoire ne me plaisait pas tant que ça. Ceux qui n'aiment pas lire et qui n'ont jamais mis les pieds dans une bibliothèque ou une librairie ne pourront jamais comprendre ce que j'ai éprouvé cet après-midi au CDI. C'est un sentiment intime, comme une vieille amitié retrouvée. Un petit pincement au creux du ventre lors des retrouvailles, un soupçon de maladresse et, enfin, le vrai plaisir de se mettre à genoux devant le bon ouvrage, de le sortir de sa rangée et de l'emporter. Les livres sont comme des cadeaux qu'on se fait. On les glisse dans nos affaires personnelles et, pour quelques semaines, ils nous appartiennent. Ils entrent dans nos chambres et s'installent sur les tables de nuit. Ils sont discrets et tendres, ils ne font jamais de mal. Les livres ont une odeur. Celle des mercredis après-midi à la médiathèque, après le cours de piano et juste avant le goûter. Celle de la grande bibliothèque de grand-mère, avec l'escabeau sur lequel on grimpait à tour de rôle, avec Tibou, pour dénicher un livre caché tout en haut, à l'abri de nos mains sales d'enfants. C'est tout cela qui m'est tombé dessus quand j'ai choisi mon livre, à la lettre M comme Maupassant.

Je crois que Nathalie a perçu mon émotion. Elle a enregistré mon emprunt sans aucun commentaire. Il n'y avait rien à ajouter. Juste à sourire au lecteur avant de lui souhaiter une bonne lecture.

Voilà. J'ai retrouvé le goût des livres. Je suis un lecteur, un vrai, avec les yeux qui brillent. Pas de honte à avoir. J'aime lire, j'aime le CDI, et tant pis pour ma réputation !

Je veux être libre d'être ce que je suis !

Je sens mon cœur ÉNORME, gorgé d'amour. Tchao.

P.-S. : ce matin, dans le bus, trois autres garçons portaient un bonnet de marin. C'est une épidémie. J'ai peut-être abandonné trop tôt mon look de chanteur anglais des années 80. Et si j'avais lancé une mode ?

Vendredi 26 octobre. 17:05

C'est les vacances ! OUF ! Quel début en fanfare ! Je ne me serais jamais imaginé vivre autant d'émotions en deux mois. Ceux qui disent que rien ne change entre le collège et le lycée sont des menteurs ou des insensibles. J'ai l'impression d'avoir passé deux mois dans un tambour de machine à laver.

Cocktail de rentrée en seconde (mettre tous les ingrédients dans un shaker et secouer) : Xavier a une coupe moche. Xavier déprime et se sent minable au milieu des géants barbus et des miss belles poitrines. Xavier est hyper jaloux en amitié. Xavier devient le roi de la cuisine ratée. Xavier est un cancre et se fait virer de son cours de piano. Xavier tombe amoureux, mais il est obligé de jouer au bon copain pour rester auprès de celle qu'il aime. Xavier est jaloux de Jordan Golovine. Xavier est jaloux de Jack (car Jordan n'est finalement pas son rival). Xavier se laisse déborder par la jalousie et frappe son meilleur ami. Xavier s'en veut à mort d'avoir frappé son meilleur ami. Pour se racheter, Xavier écoute Bob Marley en boucle, se prend pour Gandhi, se remet à lire et crée une association humanitaire. Xavier voit l'amour et l'amitié en GRAND. Il veut aimer et partager sans jalousie, ainsi Xavier gagne le cœur des gens.

Un cocktail explosif auquel s'ajoutent quelques épices : ma grand-mère qui se marie avec mon prof de piano ;

ma mère qui, de sergent instructeur, s'est métamorphosée en fan admirative ; mon père, autrefois invisible aux yeux de mes amis, soudain promu au rang de père génial.

C'est vrai qu'avec tout ça j'ai bien besoin de repos.

Le point zéro de ces vacances : Martin travaille à la pizzeria bio tous les midis pour son stage en cuisine ; il se lèvera à 7 h tous les jours et n'aura pas trop le droit de sortir.

Points positifs : notre association humanitaire et écologique, que nous avons nommée *Verts les autres*, se réunit au grand complet mardi prochain chez moi. Au grand complet, donc avec Aurélie. Chaque seconde passée à ses côtés m'est chère.

Martin m'a laissé entendre que Jack ne tenait pas tant que ça à Aurélie. Il la trouve un peu « jeune » et pas assez « fun ». Quel idiot ! J'espère qu'il ne la fera pas souffrir (je veux dire autrement qu'en lui jouant de la musique, parce que, là, c'est sûr que c'est insupportable).

Bye.

Dimanche 28 octobre. 16:08

Pour sa fête de mariage, grand-mère compte sur moi pour un petit concert pop-rock surprise, histoire de « décoincer Stanislas ». Ça va pas être du gâteau. Je n'imagine pas du tout M. Bras se décoincer. Aujourd'hui, ils sont venus déjeuner à la maison, et mon vieux professeur n'avait pas l'air très à l'aise. Ça m'a fait bizarre de parler avec lui ailleurs que devant un piano. Je crois qu'on était tous impressionnés par cette drôle de rencontre. Grand-mère n'arrêtait pas de rire exagérément (et toujours en décalage), mon père a passé le déjeuner en cuisine pour que le repas soit parfait, et maman, elle, a assailli M. Bras de questions, reprenant pour l'occasion sa casquette de sergent instructeur : « Vous avez des amis ou de la famille en région ? », « Avez-vous des enregistrements de vos concerts ? », « Vous aimez jardiner ? ». Tibou, lui, ne pensait qu'à une chose : se faire copain avec son nouveau grand-père. Pour cela, il l'a collé tout l'après-midi avec un sourire de banane. C'est papa qui a le mieux défini M. Bras après son départ :

– Classique, élégant, un peu vieux jeu et coincé, mais très amoureux de Jeanne, ça saute aux yeux.

Ma mère n'a pu s'empêcher de repenser à son père.

– Je crois que papa aurait été content de voir maman si heureuse… même avec un autre homme.

Papa s'est contenté de l'embrasser et de la rassurer. Il n'y avait rien à ajouter.

Le seul véritable problème de ce mariage est le lieu où il doit se dérouler. Grand-mère n'a pas trouvé de meilleure idée que de louer le château des Golovine. Même s'il n'est plus mon rival, je ne me sens pas hyper à l'aise avec lui. J'aurais préféré faire la fête ailleurs, histoire qu'il ne fasse pas courir le bruit que je joue du rock pour le troisième âge. Alors, j'ai essayé de dissuader grand-mère, en vain.

– Mais, grand-mère, c'est le château du père de Jordan. Le Jordan du lycée. Le Russe !

– Et alors ? Il ne sort pas avec ton Aurélie, donc la voie est libre.

– Oui, c'est vrai, mais ce type m'impressionne… Je ne me sentirai pas à l'aise s'il est là.

– Il n'est pas invité ! Peu probable que tu le voies, la salle des mariages est un lieu privé puisque je la loue.

– Oui, mais…

– Et, te l'ai-je dit ? Mon Dieu, je me mets à perdre la tête, quelle horreur ! Tu peux inviter tes amis. Je ne veux surtout pas que ce mariage ressemble à un thé dansant de maison de retraite. Plus il y aura de jeunes, mieux ce sera ! Une seule condition : tenue de soirée exigée !

Inviter ses copains au mariage de sa grand-mère, ça se fait ? Salut les amis, RVD le 17 novembre au château des Golovine, en tenue de soirée, pour célébrer le mariage de Jeanne et Stanislas, cent quarante-neuf ans à eux deux ! Prêts pour la valse et le tango, les mecs ?

J'ai vraiment une famille un peu loufoque. Je vais quand même réfléchir avant de lancer les invitations.

Lundi 29 octobre. 17:12

– Ta grand-mère se marie, c'est top ! C'est une soirée en smoking et tout, comme les bals de fin d'année dans les séries américaines ? Ça va le faire. Charlotte va adorer.

Martin est toujours TRÈS partant pour les fêtes, même au milieu de septuagénaires, même habillé en pingouin et même s'il faut se mettre à la valse. Comme souvent, il a raison : une soirée chic, c'est plutôt rare de nos jours et ça doit être amusant.

Je vais donc lancer les invitations.

Pour Martin, Charlotte, Marie, Chiara, Laurent, Thomas, Virginie, Éric, Alexis, Gaël : pas de problème. Mais Aurélie ? Comment l'inviter sans inviter Jack ?

Bon, je vais m'en tenir à ma bonne étoile du moment. Je l'invite en prenant le risque qu'elle vienne avec lui. Après tout, qu'est-ce qui m'empêche de la séduire maintenant ? Jordan était un rival imbattable, pas Jack.

L'invitation est partie ! À+

Mardi 30 octobre. 19:27

Elle me trouve génial et romantique !

– Tu es vraiment génial, Xavier. C'est grâce à toi que *Verts les autres* existe.

C'est ce qu'elle m'a dit quand on s'est retrouvés tous les deux dans ma chambre, après que les autres ont été partis. Sa mère devait venir la chercher à 19 h, alors on est restés en tête à tête après la réunion de notre assoc. On a terminé l'envoi de mails pour la soirée « Concert humanitaire en faveur du Mali » et puis on a pu discuter.

– Je ne pensais pas qu'on réussirait à mettre en place ce concert en si peu de temps ! Tu te rends compte ? On a déjà soixante-quinze réponses positives !

– Il nous faut au moins cent cinquante personnes si on veut réunir la somme pour le panneau solaire.

– On les aura, c'est sûr. Jack et Martin vont diffuser l'info auprès des élèves du lycée pro. C'est génial, tu es génial !

Et elle m'a pris dans ses bras. Elle m'a serré très fort, je l'ai serrée très fort. On était bien. Enfin, moi j'étais bien. J'avais envie que le temps s'arrête. Qu'une bombe atomique nous fige dans cet instant. Elle et moi, enlacés pour l'éternité. Mais le charme s'est rompu. Elle s'est détachée de moi et a fait mine de s'intéresser aux bouquins de ma bibliothèque. Je crois qu'elle a senti mon désir de l'embrasser, car, à partir de là, elle n'a plus été aussi naturelle.

– Rimbaud, Baudelaire, Aragon… Tu aimes la poésie, on dirait.

– Oui. Ma grand-mère m'y a initié quand je suis tombé amoureux pour la première fois.

– C'était quand ?

– En quatrième.

– Un vrai amour ?

– Oui. Mais je n'ai pas trop envie d'en parler…

– Pardon. Tu es encore amoureux d'elle…

– Non ! Non, pas du tout, mais elle m'a quitté et j'en ai pas mal souffert, c'est tout.

– Tu es un romantique, Xavier ! C'est rare, les garçons qui admettent qu'ils se sont fait larguer. Et encore plus rare, ceux qui avouent avoir eu le cœur brisé. Elle a de la chance…

– Qui ?

– Ton ex. Elle a de la chance d'avoir été si bien aimée…

À ce moment, Aurélie m'est apparue fragile, triste, vacillante, comme si son amour avec Jack ne la rendait pas heureuse. À ce moment, j'ai failli lui avouer mes sentiments. J'étais sur le point de laisser tomber mon blouson de bon copain pour enfiler ma cape de chevalier romantique, mais le charme s'est rompu une fois de plus. Sa mère est arrivée, Aurélie a chassé sa tristesse et affiché un sourire amical avant de m'embrasser sur les joues.

Maintenant, je reprends vraiment espoir. J'ai aperçu la tristesse d'Aurélie et je devine que quelque chose lui manque dans son histoire avec Jack. Samedi, je veux être à la hauteur, chanter et jouer pour elle.

Je veux être à la hauteur de son regard.

Tchao. La cloche du dîner sonne, je vais mettre la table. Depuis quelque temps, je ne casse plus de verres. Bon signe ?

Jeudi 1er novembre. 10:11

Martin avait raison. Tout le monde a adoré être invité au mariage de grand-mère. Le concours d'élégance est lancé. Thomas nous a promis le smoking version James Bond, Martin le costume de mariage de son frère – « très Al Pacino dans *Le Parrain* ». Virginie sera en robe charleston, Charlotte en Marilyn Monroe, et Aurélie ne sait pas encore. En revanche, elle sait qu'elle viendra avec Jack. Tant pis, je m'en moque. L'essentiel est qu'elle soit là.

Je vais travailler mes morceaux pour le concert de notre soirée humanitaire. Je n'ai choisi que des titres de John Lennon ou des Beatles. Simple et efficace, c'est ce que m'a rabâché M. Bras dans ses cours : « Je déteste les concerts où le soliste se sent obligé de jouer tout et n'importe quoi pour prouver son talent. L'unité est la meilleure amie du musicien : souviens-toi de cela, Xavier ! Un piano, un compositeur, un interprète. Pas besoin d'en rajouter quand c'est bien joué. »

J'aurais bien besoin des conseils de Stan, aujourd'hui. Est-ce que je peux l'appeler ? Lui demander de l'aide ? Le jour de la Toussaint et la veille de la fête des Morts ? Ça craint. Peut-être qu'il a accompagné grand-mère sur la tombe de mon grand-père. Les boules !

22:02

Dingue ! Je n'aurais jamais cru que M. Bras adorait les Beatles. J'ai bien fait de l'appeler, même un jour de Toussaint.

– Mais passe, Xavier, ça nous fera de l'animation, m'a répondu grand-mère au téléphone. Je déteste la Toussaint ! Comme si on ne pensait à nos chers disparus qu'à ce moment de l'année ! Absurde ! Passe, mon chéri.

Alors je suis passé.

Quand j'ai débarqué chez M. Bras, grand-mère était dans le salon de musique, une tasse de café à la main. C'était très étrange de la voir devant le piano de mon vieux professeur. Elle semblait à l'aise, chez elle, papillonnant comme une jeune fille devant son prétendant. M. Bras, lui, demeurait impassible, sérieux, concentré, assis sur sa chaise, les mains époussetant comme à son habitude son pantalon noir impeccablement repassé. Je ne me sentais pas super à l'aise, heureusement grand-mère a rompu le silence.

– N'aie pas peur, Xavier, Stanislas est là pour t'aider !

– Bien sûr ! Et je suis fier que tu aies pensé à moi. Combien as-tu prévu de morceaux pour ton concert ?

– Six. Cinq titres des Beatles et un de John Lennon.

– L'unité de ton est l'amie de l'élégance ! Je vois que tu as retenu mes leçons, c'est agréable.

Et j'ai attaqué mes six morceaux choisis. *Hey Jude*, *Let It Be*, *Ticket to Ride*, *Help !*, *All You Need Is Love* et *Imagine*.

Je les ai joués à la suite, sans marquer de pause. J'étais concentré comme un forcené sur ma musique, et quand le silence est revenu, j'ai découvert leurs deux visages rayonnants. Stanislas et grand-mère étaient beaux comme ça, les yeux brillants, le cœur battant. Ils semblaient rajeunis, dans le timide faisceau de lumière du salon de musique.

Grand-mère m'a applaudi avec passion, se levant de sa chaise pour venir m'embrasser goulûment.

– Eh bien, je crois que tu as trouvé ta musique, Xavier, a conclu Stanislas. Je te félicite. On peut recommencer à travailler !

Il a demandé à Jeanne de nous laisser pour que nous procédions à ce qu'il a appelé « des petits ajustements », c'est-à-dire quatre heures de répétition non-stop ! J'avais oublié combien mon vieux professeur était exigeant. Mais je suis content, j'ai progressé, aujourd'hui. J'y retourne demain toute la journée pour travailler ma souplesse vocale, car, d'après lui, ma voix est encore trop coincée, trop « dans la gorge ».

Je vais me coucher, je suis cuit. Bye.

Vendredi 2 novembre. 9:09

J'ai le TRAC ! J'ai rêvé que le soir du concert j'oubliais les paroles des chansons des Beatles et qu'Aurélie riait. Qu'elle se moquait de moi.

HELP ! I want somebody ! Help !

Je file chez Stanislas. Bye.

23:09

Tout est en place. Demain, grosse journée pour l'association *Verts les autres*. Préparation de la salle, de la déco, du buffet, de la sono. Mon père s'est proposé pour assurer la sécurité avec le père de Martin. Niveau proportions, le duo risque d'être comique : mon père est grand et maigre, celui de Martin petit et tout rond. Maman, elle, assurera la livraison du buffet préparé par Martin et Jack dans la pizzeria bio. Tout le monde s'est joint à nous pour nous encourager dans notre démarche humanitaire. Aux dernières nouvelles, nous avons cent quarante-six réservations, soit un budget de mille quatre cent soixante euros en perspective, dont il faudra retrancher nos frais (achats de nourriture, de boissons, location de matériel de sonorisation). D'après les calculs de Thomas et d'Alexis, l'association devrait récolter mille cent euros en une soirée. Ce qui est un bon début pour équiper l'école malienne d'un panneau solaire et d'ordinateurs.

Aurélie s'occupera du service au bar, juste en face de la scène. Une bonne place. Une loge d'honneur pour assister au duel de l'année. Les Déménageurs et Jack, contre Xavier Bole, piano voix. Après de tumultueuses tergiversations, l'ensemble des membres de *Verts les autres* a voté pour mon passage en seconde partie.

– Vaut mieux commencer par le metal, laisser une pause pour le buffet et terminer avec un concert plus calme, a lancé Thomas.

– Non, au contraire, on commence calme avec Xavier et on fait monter le son avec Les Déménageurs ! s'est opposé Éric, soi-disant très au courant de l'organisation de concerts depuis qu'il a travaillé comme bénévole à un festival rock.

On a fini par voter, et mon passage en seconde partie a été adopté à l'unanimité moins une voix (celle d'Éric, évidemment).

Bon, il faudrait que je dorme. Que j'arrête de penser à Aurélie. Que je me décide. Est-ce que je remets mon bonnet de laine ou pas pour le concert ?

C'est vrai que je me suis habitué à ma tête d'oiseau, mais l'ensemble bonnet-mitaines a quand même plus d'allure. Je pourrais même mettre la veste de costume que j'ai achetée pour le mariage de grand-mère. Mon tee-shirt Lennon, un jean, des baskets, mon bonnet de marin et les mitaines vintage de papa. Ça le ferait carrément !

Il faudrait que j'arrête de penser à moi, aussi. Demain, c'est une soirée pour les autres. Je comprends mieux, maintenant, pourquoi Gandhi se contentait d'une toge. Pas de problème de look avec ça le matin. Gandhi se levait, enfilait sa toge et partait aider le peuple indien à conquérir sa liberté sans violence. Les hommes de paix, eux, ne se prennent pas la tête avec leur apparence.

Et si je jouais pieds nus, en toge indienne ? Faut vraiment que je dorme.

Tchao.

Samedi 3 novembre. 10:09

C'EST LE GRAND JOUR.

MON PREMIER CONCERT LIVE.

MA PREMIÈRE APPARITION PUBLIQUE.

MA PREMIÈRE OPÉRATION SÉDUCTION AUX YEUX D'AURÉLIE.

ATTENTION : XAVIER BOLE SORT DE L'OMBRE ET FERA TOUT POUR LUI PLAIRE.

J'ai envie de vomir. De prendre mon vieux VTT et de filer à travers les vignes avec Laïka.

Laïka !!!! Viens me faire un gros câlin, j'en ai besoin. Tchao.

Adieu, peut-être.

Dimanche 4 novembre. 13:13

Pas envie d'écrire. Impossible. Je hais le metal !

Lundi 5 novembre. 18:00

Comment traduire mon sentiment ? C'est tout simplement INJUSTE !

J'ai été le meilleur musicien de la soirée, sans aucun doute. Martin me l'a dit, ainsi que Charlotte, Marie, Chiara, Virginie, Alexis, Thomas, Gaël, Laurent, grand-mère, M. Bras, papa, maman et Tibou.

Bien sûr, ce sont tous des amis ou des membres de ma famille. Et alors ?

Bien sûr, Éric a préféré Les Déménageurs, mais c'était prévisible, il est fan de metal.

Non, LA PREUVE INDISCUTABLE de mon talent est la caution de Jordan Golovine.

Je ne pensais pas qu'il viendrait nous écouter, mais il était là. Juste dans ma ligne de mire. Au début, j'ai été impressionné de le voir planté devant moi, impassible, avec le même bonnet de marin que le mien sur la tête. Je ne comprenais pas ce qu'il me voulait. Pourquoi me regardait-il comme ça ? Pourquoi me singeait-il en arborant le même look que le mien ? Était-il chargé par son ami Jack de me déstabiliser ? De m'humilier en public ?

Au début, j'ai eu du mal à me concentrer. Surtout que les garçons étaient encore excités par le set hardcore des Déménageurs et qu'ils auraient bien aimé continuer à danser des pogos toute la nuit.

J'avais un trac fou. Alors, avant de commencer, j'ai recherché le regard d'Aurélie. J'en avais besoin. Malheureusement, ce que j'ai vu m'a plongé dans un état de colère profond. Un volcan s'est réveillé dans mon ventre. Jack et elle s'embrassaient langoureusement derrière la buvette, se moquant complètement de mon concert. J'avais de nouveau envie de frapper, de cogner, de faire du mal. À moi, aux autres, à la terre entière. Martin s'en est aperçu ; il m'a fait un petit geste de la main, sous les huées des spectateurs qui s'impatientaient. Il fallait se lancer. « Vas-y, Xav, oublie-les, fonce ! » Voilà ce que me disait Martin, le pouce levé vers le ciel. « Ça va le faire, man. »

Et j'ai commencé. J'ai attaqué.

Hey Jude, don't make it bad.
Take a sad song and make it better. Remember to let her into your heart. Then you can start to make it better.

Hey Jude, ne gâche pas tout.
Prends une chanson triste et améliore-la. Souviens-toi de la laisser rentrer dans ton cœur.
Alors tu pourras commencer à faire quelque chose de meilleur.

Cette chanson, je l'ai vécue de l'intérieur. C'était moi qui hurlais à travers elle. J'ai laissé les mots et la musique des Beatles entrer dans mon cœur ; je ne me suis pas battu, je n'ai pas cogné, la musique s'est déversée en moi et j'ai quitté la Terre.

Six morceaux. Six voyages solitaires. Six cris pour dire à Aurélie combien elle me faisait souffrir. Petit à petit, j'ai senti la foule des spectateurs se resserrer autour de moi. Tous étaient attentifs, touchés, embarqués dans mon voyage. Unis dans une respiration profonde, à l'unisson. Ils aimaient mon interprétation et leurs applaudissements entre chaque titre me rendaient plus fort. Très vite, je n'ai plus éprouvé de colère, mais un amour immense, fraternel. J'ai compris ce que pouvait ressentir Gandhi quand il marchait devant des milliers de personnes pour l'indépendance de son pays. J'ai compris ce que signifie aimer le monde entier, car c'est ce que j'ai éprouvé en chantant. Je sais maintenant comment canaliser mes colères et je n'aurai plus jamais besoin de frapper Martin. Désormais, pour faire taire un chagrin, il me suffira d'un piano.

À la fin du concert, le public m'a ovationné et j'ai obtenu deux rappels.

Je n'ai pas revu Aurélie. Je n'ai même pas attendu de savoir ce qu'elle avait pensé de moi. Je suis parti très vite. J'ai quitté mon piano, valsant entre les gens, qui me félicitaient. J'étais ivre de désespoir et, en même temps, traversé par le bonheur intense d'avoir partagé un moment exceptionnel avec les autres. C'est dans cet état semi-conscient que j'ai atterri devant Jordan Golovine. Il m'a tendu la main et je l'ai acceptée. Juste devant la sortie de la salle des fêtes, où, pour la première fois, il m'a salué.

– Bravo, Xavier. Tu es vraiment très doué ! Respect ! Si tu veux, on peut bœufer ensemble, je joue de la batterie, et ma sœur aînée de la guitare électrique. On pourrait préparer quelque chose pour le mariage de tes grands-parents. Passe mercredi à la maison, si tu veux.

Il a pris mon téléphone portable, a inséré son numéro dans mon répertoire, et il est parti, main dans la main avec Anne, sa petite amie.

Je suis resté dehors, sous la pluie, un bon moment.

Je ne sais pas combien de temps. J'étais vidé. Sans forces. Complètement désorienté. Puis j'ai entendu mon prénom.

– Ça va, Xavier ? On te cherchait partout. C'est une vraie réussite. Tu as été formidable, je suis vraiment fier de toi… Ça va ? Que se passe-t-il ?

Mon père a découvert ma tête d'oiseau trempé jusqu'à l'os avec un bonnet de laine sur les yeux. Il a eu l'air très inquiet de me trouver dans un tel état, et j'ai éclaté en sanglots. J'ai pleuré sous la pluie dans les bras de mon « pôpa ». Et je me moque de ceux que ça peut faire rire ! Oui, parfois les hommes pleurent en homme, la nuit, dans les bras de leur père. Et ça leur fait du bien.

J'étais déçu, humilié. Aurélie ne m'avait même pas écouté.

Aurélie se moquait de moi. Aurélie ne voulait pas de moi.

Papa a eu la délicatesse de ne pas réclamer d'explications. Il m'a simplement dit :

– Tu veux rentrer, fiston ?

– Oui, papa, je veux rentrer.

Voilà. Depuis, pas de nouvelles d'Aurélie. Tchao.

Mercredi 7 novembre. 13:09

Thomas est passé ce matin. En tant que trésorier de notre association, il tenait à faire les comptes et à déposer l'argent au plus vite sur le compte bancaire que nous a ouvert mon père.

– On a fait mille six cent quatre-vingts euros de recettes totales, soit mille trois cent vingt euros de bénéfice pour l'école du Mali. On a assuré, Xav !

– Pas mal. Il nous manque quand même de quoi acheter deux ordinateurs.

– On n'a qu'à programmer une autre soirée en décembre.

– Ou essayer de récupérer des ordis en bon état…

– Super-idée ! Je vais rédiger un mail pour diffuser sur notre liste de contacts. Du genre : l'association *Verts les autres* recherche ordinateurs en bon état pour équiper une école d'un village malien, etc.

Thomas est un garçon sérieux. Au collège, on n'arrêtait pas de se moquer de lui, avec Martin – comme la plupart des autres élèves. Aujourd'hui, je sais que son sérieux est une qualité. On peut compter sur Thomas, et c'est agréable. Il assure toujours et il fait ce qu'il dit en temps et en heure. Ça peut sembler barbant, d'un point de vue strictement adolescent, mais plus je grandis, plus je me dis que ce genre de garçon vaut largement plus que les petits rigolos qui passent leur temps à faire le pitre pour amuser la galerie. De temps en temps, j'aimerais qu'il se lâche un peu plus, mais ce n'est pas dans son caractère.

Thomas se sent bien quand il travaille, se cultive ou est utile. Je ne peux pas lui en vouloir. Il a passé une demi-heure avec moi, on a terminé la comptabilité de la soirée et papa a pris l'argent pour le déposer sur le compte de l'association.

– J'ai une bonne nouvelle, les garçons ! Le président de l'association de Montpellier a déjà contacté le village malien pour leur parler de votre engagement. Les enfants de l'école attendent avec impatience le panneau solaire et les ordinateurs et, pour vous remercier, il paraît qu'ils vous ont déjà envoyé une lettre. Ça met du baume au cœur, non ?

Effectivement, ça nous a fait plaisir et on a décidé de prévenir les autres pour partager cette bonne nouvelle. Les autres et donc Aurélie…

– Tu sais où est passée Aurélie ? ai-je osé demander à Thomas. Elle ne se connecte plus aux réseaux depuis la soirée.

– Elle est en vacances avec son copain dans les Pyrénées. Jack a une maison de famille là-bas. On la verra demain au lycée !

Thomas est parti et j'ai gambergé. J'ai imaginé Aurélie dans les bras de Jack, observant un magnifique coucher de soleil sur la montagne.

C'est injuste. Je voulais tellement l'impressionner, samedi soir. C'est pour elle que j'ai joué et ma musique ne l'a pas touchée. Elle a préféré la maladresse de Jack, l'énergie de Jack, son assurance et ses poils de barbe.

Est-ce que je dois laisser tomber ? Accepter qu'elle en aime un autre ? Et aller voir ailleurs ?

Comment cesser de la regarder avec amour ? Pourquoi ne voit-elle pas que je l'aime ?

Toutes ces questions dans ma tête ! Toutes ces images d'elle, tout le temps !

Son sourire, cette façon de m'embrasser sur la joue, notre étreinte furtive dans ma chambre, ses éclats de rire, ses murmures à mon oreille dans la salle de projection du lycée.

Il faut oublier, effacer Aurélie, balayer mes espoirs. Cet après-midi, je vais faire de la musique avec Jordan Golovine. Je l'ai appelé et on s'est fixé un rendez-vous chez lui. J'ai un peu la trouille, quand même. Et s'il me jouait un tour ? S'il m'attirait dans son château pour m'enfermer à jamais ? Un coup de Jack et lui. Pour me jeter dans les oubliettes ou m'emmurer vivant.

J'ai vraiment trop d'imagination !

Je vais me concentrer sur mon devoir de maths à faire pour la rentrée. Ça va me calmer.

Tchao.

19:11

Jordan Golovine est une bête à la batterie ! Un vrai pro, qui pratique depuis qu'il a neuf ans. Il n'est pas du tout le garçon prétentieux et stupide que j'avais imaginé. C'est fou comme on peut se tromper sur les gens. En quelques heures de répétition, j'ai découvert un garçon sensible, intelligent, qui ne pense qu'à devenir musicien professionnel. C'est pour cette raison qu'il s'évertue à rater son bac depuis deux ans.

– C'est une guerre psychologique entre mon père et moi. Il refuse de me laisser rentrer dans une école de musique, il veut que je fasse des études à la faculté. Il dit que la batterie n'est pas un métier, mais un passe-temps. Alors, puisqu'il refuse mon choix, je refuse le sien. J'ai décidé de ne jamais avoir mon bac. Il craquera le premier, t'inquiète.

– Et il ne te prive pas de jouer de la batterie pour te punir ?

– Il a essayé. J'ai arrêté de manger pendant cinq jours. Il craquera le premier, je te dis.

Son côté rebelle m'a rappelé mon début d'année scolaire et je lui ai raconté mon opération « bac pro ». Ça l'a fait marrer. Je n'arrive pas encore à réaliser que j'ai passé l'après-midi avec le type le plus admiré du lycée. Au début, je ne me sentais pas vraiment détendu, dans son grand salon où me regardaient tous les portraits de famille. « Le genre de types avec une toque en fourrure qui décapitaient leurs adversaires dans la toundra. » Martin avait vu juste : Jordan descend réellement d'une lignée de princes russes qui trônent encore en peinture sur tous les murs de sa maison. Mais, contrairement à ce qu'il pensait, il n'est ni méchant, ni violent, ni débile. Juste original et sans doute pas mal malheureux de se sentir piégé en terminale depuis trois ans. On a commencé à jouer mes morceaux choisis des Beatles en les retravaillant pour trois instruments. Anabelle, sa sœur, à la guitare électrique, Jordan à la batterie et moi au piano et au chant. On a fait connaissance en musique et, franchement, on s'est bien entendus. Au bout de deux heures, j'ai fini par oublier les portraits des princes russes et j'ai même osé poser à Jordan *la* question qui me titillait depuis un bout de temps.

– Au fait, Jordan. Pourquoi tu ne dis bonjour qu'à certaines personnes au lycée ?

– Je ne sais pas. Tout le monde fait ça, non ? On dit bonjour aux gens qu'on connaît.

– Rémi Boulez et Arthur Crémade affirment qu'ils ne te connaissent pas.

– Eux non, mais moi je les connais, et ils m'intéressent.

– Et Aurélie de Beauregard ?

– Dis donc, c'est un interrogatoire de police ou quoi ? C'est quoi, le problème avec ça ? Tu me surveilles ?

Je n'ai pas osé lui avouer que tout le monde se posait la même question, ni qu'il impressionnait la plupart des élèves. Je n'ai pas osé non plus lui raconter toutes les légendes et rumeurs qui le suivaient dans les couloirs. J'ai simplement laissé tomber.

Mais j'ai bien vu que je l'avais agacé. Il a enlevé son tee-shirt pour se mettre torse nu et j'ai cru qu'il allait me casser la figure. Il est hyper baraqué. Musclé. Beau gosse, mais plutôt inquiétant quand on a un gabarit fluet comme le mien. Il était en sueur, le visage tendu. Il me dévisageait de ses yeux ténébreux et insondables. Sa sœur est revenue de sa pause clope, et il a repris sa place derrière sa caisse claire.

– La batterie, c'est physique. C'est ce que j'aime. Ça me défoule. On reprend ?

Je n'ai pas bronché et on a poursuivi la répétition sans s'arrêter pendant une heure, avant qu'Anabelle ne nous quitte de nouveau pour filer voir son petit copain.

– Salut, Xavier, à samedi. C'est cool de jouer avec toi ! T'es un bon ! Et j'adore ta coupe, très David Bowie dans *Furyo :* c'est de la balle !

Anabelle est une drôle de fille avec son look de rockeuse très cuir et sa poitrine qui déborde de partout. Elle n'a pas décroché un mot de toute la répétition, mais m'a inondé de compliments avant de partir. Sacrées personnalités, ces Golovine ! Même si la comparaison avec Bowie m'a flatté, je me suis quand même senti un peu minable face à eux, avec mon côté poli et absolument banal. Surtout quand j'ai croisé M. Golovine en personne dans les couloirs du château. Dracula, à côté du père de Jordan, est un enfant de chœur. Ça fout vraiment les boules. Maigre, vêtu de noir, les cheveux gris, le visage blafard, il n'a même pas pris le temps de répondre à mon très poli « Bonjour, monsieur Golovine ». Il m'a tout simplement ignoré, avant de s'adresser à son fils sur un ton sec, cassant, presque humiliant.

– Jordan, dépêche-toi de raccompagner ton ami, nous avons un dîner chez le préfet. Ta sœur ne vient pas, évidemment, mais je compte sur toi.

– Mais, papa…

– Départ dans une demi-heure.

Jordan était visiblement mal à l'aise. Il m'a raccompagné jusqu'à la grille du parc, le visage enfoui derrière son col de pull.

– Alors, à demain. On se verra dans le bus.

Il m'a serré la main, et je l'ai trouvé tout fragile devant son immense château. Rien à voir avec le Jordan Golovine cool et stylé du lycée.

– C'est parce qu'elle est souriante et gracieuse, a-t-il lancé, alors que je m'apprêtais à sortir.

– Quoi ?

– C'est parce qu'elle sourit à tout le monde que je lui ai dit bonjour, à ton Aurélie.

– Mon Aurélie ?

– T'es amoureux d'elle, c'est clair. Mais ne te bile pas, je sais me taire. Au lycée, je m'amuse à saluer les gens que je trouve « intéressants ». Ceux qui sont différents, tu vois, qui sortent de la masse, comme Thomas, l'intello, ou Aurélie, la gracieuse. C'est ma petite sélection personnelle. Après, je me renseigne pour apprendre leur prénom et je leur dis bonjour, c'est tout. C'est un jeu. Ça me fait passer le temps. J'aime bien observer les gens et les déstabiliser.

Je n'ai pas su quoi répondre. Je sentais bien que ce jeu ne l'amusait plus vraiment et que Jordan, malgré ses grands airs, était finalement aussi paumé que moi en début d'année.

Pauvre Jordan.

Dire que je l'avais envié. Quelle horreur quand j'y pense ! Vivre dans un immense château sans mère et avec un père glacial, non merci !

Je préfère ma vie.

David Bowie dans *Furyo*… Elle a de l'imagination quand même, Anabelle… Ce mec était carrément beau.

Bon d'accord, je suis flatté ! Et hyper heureux de cette journée en musique.

Il faut que je raconte tout ça à Martin. Bye.

19:50

Martin est jaloux ! Il m'a presque fait une scène parce que j'étais copain avec Jordan.

– C'est un prétentieux ! Fais gaffe, man. Il va t'utiliser et te jeter à la poubelle comme un vieux Kleenex.

– Mais non ! Il n'est pas du tout celui qu'on croit. Il se donne des airs, c'est tout.

– Fais gaffe, je te dis ! Il a déjà fait ça. Il s'amourache d'un nouveau copain et après il le snobe. C'est pas un mec fiable.

– T'inquiète.

– Je te connais, tu t'emballes vite. Et t'en es où avec Aurélie ?

– Je crois que je vais m'en détacher un peu… Regarder les autres filles…

– Tu vois ! J'avais raison. Et pour Golovine aussi j'ai raison.

Ça fait du bien de sentir Martin jaloux. C'est la preuve qu'il tient à moi.

Demain, c'est la rentrée. Je suis confiant. Je suis même content de retrouver mes amis. Pour Aurélie… Pas de nouvelles. Silence radio. Je pense que je vais essayer de l'oublier un peu. On verra bien.

Tibou m'appelle pour *Les Simpson*. Ça ne se refuse pas, surtout quand on a croisé M. Golovine dans la journée…

Tchao.

Jeudi 8 novembre. 18:03

Jordan m'a fait une place à côté de lui, ce matin. Un truc de *ouf* ! Fallait voir la tête d'Alexis et d'Éric qui m'attendaient au fond du bus. Tout le monde nous a regardés et j'ai senti les langues se délier, derrière nous. Ça jasait à fond.

– C'était cool de jouer avec toi. Je pense que notre trio va faire swinguer ton vieux prof de piano à son mariage.

– Je l'espère !

On a souri en y pensant et puis on ne s'est plus dit grand-chose avant de rentrer dans Pézenas. Jordan n'est pas le genre de garçon à parler pour combler le silence. J'aime bien ça, chez lui : il sait être présent sans ouvrir la bouche. Mais avant d'arriver au lycée, il m'a quand même demandé mon avis. Ça m'a touché, alors j'ai essayé de lui répondre franchement, comme l'aurait fait un ami, comme l'aurait fait Martin si je lui avais demandé de l'aide.

– Tu crois que mon père va finir par me laisser devenir batteur ?

– Non, j'en ai pas l'impression.

– Ton avis ?

– Je crois qu'il faut que tu lui parles d'homme à homme.

– Je l'ai déjà fait. Ça n'a servi à rien, il est buté.

– Tu veux que je mette ma grand-mère sur le coup ?

– Elle a été batteuse professionnelle ?

– Non, mais elle trouve toujours des solutions à tout. Ça vaut le coup d'essayer… Elle est très, très forte pour ce genre d'affaires délicates.

J'ai donc une mission : convaincre grand-mère de trouver une solution pour faire plier M. Golovine comme un roseau. J'aimerais bien aider Jordan.

En descendant du bus à ses côtés, je me suis retrouvé immédiatement intégré dans le clan des filles stylées et des grands poilus. Jordan m'a ouvert l'accès au groupe des « populaires », et ses copains se sont mis à me parler comme s'ils m'avaient toujours connu.

– Il paraît que tu es le nouveau John Lennon ?

– C'est toi, le mec qui déchire au piano ?

– Je fais une fête fin novembre, tu pourras venir ?

– Sympa, ton look de marin. Tu l'as acheté où, ton bonnet ?

En un jour, je suis devenu quelqu'un. Un vrai lycéen, intégré, reconnu. Un mec cool, qui traîne devant le lycée, l'air détaché. Xavier Bole est dans la place, comme le chantent les rappeurs. Exactement là où je voulais me retrouver le premier jour de l'année. Maintenant que j'y suis, je me dis que cette « place » n'existe pas vraiment. Que c'est juste une posture. Je sais que Jordan Golovine ne se sent pas mieux dans ses baskets que moi. Que lui aussi connaît des jours sans et des jours avec. Que le mec cool n'est qu'une image fugace, un idéal qui nous fait trop souvent nous éloigner de notre vraie personnalité. Tout comme mon look de marin qui, depuis que Jordan l'a adopté, est devenu un phénomène de mode. La rumeur va vite, la mode et les habitudes aussi. Le lycée est une vraie ruche. Ça grouille, ça bourdonne, ça travaille, ça blague. C'est une vie en mouvement perpétuel. Un train qui fonce à toute vitesse vers le bac, vers la majorité, vers le monde des adultes. C'est un drôle de voyage vers l'avenir, à la fois excitant et terrifiant. Depuis la rentrée de novembre, je sens que j'ai franchi une étape. Je n'ai plus la boule au ventre le matin en entrant dans le bus, mais je sais que la bonne place n'existe pas. Il faut juste accepter d'assumer sa différence. « C'est pas très rigolo d'être grand », comme dit mon petit frère.

Pas toujours, en tout cas.

Pas pu parler avec Aurélie, aujourd'hui. Elle avait l'air de me fuir.

Je dois l'accepter. Aucune autre fille ne me fait cet effet.

Je file à la répétition chez les Golovine. Tchao.

P.-S. : grand-mère vient de me rappeler sur mon portable. Elle va s'occuper personnellement du problème Golovine. Elle n'a pas voulu m'en dire plus, mais je lui fais confiance.

Vendredi 9 novembre. 17:18

Aurélie était absente aujourd'hui. Elle ne répond pas à mes messages.

Même ses copines Marion et Marie n'ont pas de nouvelles (ou ne veulent rien me dire).

J'espère qu'elle n'est pas malade. Condamnée par une terrible maladie incurable ?

Non, il ne faut pas que je me mette à imaginer le pire. Sinon, je vais penser à la mort. À la sienne, à la mienne, à celle de ma grand-mère, de mes parents, de Tibou, de Laïka, de Martin.

NON ! JE NE VEUX PAS PENSER À LA MORT DE CEUX QUE J'AIME.

AU SECOURS !

Samedi 10 novembre. 14:00

Aurélie s'est disputée avec Jack. Elle m'a *tout* raconté hier soir. Très tard. Elle était connectée, moi aussi parce que quand je pense à la mort je me connecte toujours pour discuter avec n'importe qui. Mais ce n'était pas n'importe qui. C'était elle. Triste et heureuse de trouver quelqu'un à qui parler à 1 h du matin. Pour la consoler, je lui ai dit combien je la trouvais magnifique, formidable, extraordinaire.

JACK EST UN ÉGOÏSTE QUI NE PENSE QU'À JOUER AUX JEUX VIDÉO ET QUI NE LUI DIT JAMAIS QU'IL L'AIME.

C'est ce qu'elle m'a confié, et je dois avouer que cette nouvelle me fait plaisir ! Pardon, Aurélie, désolé, mais je t'aime tant que tout ce qui te rapproche de moi me fait plaisir ! *Moi*, je saurais te dire que je t'aime en toutes les langues et sur tous les tons.

Ti amo. Te amo. I love you. Ich liebe dich. Kocham cie. Naanu ninnannu. Kimi o ai shiteru.

Bien sûr, je ne lui ai pas écrit ça, mais l'espoir est revenu. Il faut que je fonce, que je sois à la hauteur de ses attentes. Que je la séduise, que je l'aime de toutes mes forces.

– XAVIER !!! Si tu veux que je t'emmène chez les Golovine, c'est MAINTENANT OU JAMAIS !

Maintenant ou jamais, maman a raison. Il faut agir, passer à l'action et lui avouer mon amour.

Bon, le sergent-chef s'impatiente. Il faut vraiment que j'y aille.

Yes !

20:11

Journée de répétition de folie avec Jordan et Anabelle. J'adore cette ambiance de répète et notre complicité entre musiciens. La musique est vraiment un langage subtil. Comme si les notes, parfois, étaient plus précises que les mots. Il suffit d'un regard entre nous pour comprendre que l'on va se lancer dans un solo ou qu'on va accélérer le rythme. Si j'en avais le talent, j'écrirais une symphonie à Aurélie pour lui dire mon amour. Pour qu'elle entende la puissance de mes sentiments de façon unique.

Je voudrais inventer un nouveau langage pour toi, Aurélie. Une langue que toi seule comprendrais et qu'aucun garçon au monde ne pourrait imiter.

Elle n'est pas connectée. Je vais dîner.

Dimanche 11 novembre. 18:17

J'adore ce jour ! L'armistice de la Première Guerre mondiale : un jour de paix idéal pour apprendre que celle qu'on aime vient de larguer son ancien amour.

Yes ! Bye bye, Jack !

Compte rendu de ma conversation avec Aurélie de 17:15

Message envoyé à 17 h 15 (après une demi-heure d'hésitation) : Aurélie, je pense à toi. Si tu as besoin de parler, n'hésite pas à m'appeler, je suis à la maison. Je t'embrasse. Xav.

Réponse d'Aurélie, réceptionnée à 17 h 18 :

J'ai rompu avec Jack. Ça va. Pas trop envie d'en parler. Merci de penser à moi, tu es vraiment adorable.

Ma réponse : Tu viendras quand même samedi prochain au mariage de ma grand-mère ? Tout le monde sera là.

Elle : Oui, bien sûr, ça va être sympa.

Moi : Dis-moi, de quelle couleur sera ta robe de soirée ?

Elle : Verte. Pourquoi ?

Moi : Comme ça. Je dois te laisser, mon père m'appelle. Tchao.

Elle : OK. À demain. Je t'embrasse.

Et voilà ! Elle m'embrasse ! Avant, elle se contentait de « bises », de « bisous », maintenant, elle « m'embrasse ». Je le prends comme une promesse.

J'ai fait exprès de couper court à la conversation. J'ai préféré garder un peu mes distances. C'est une astuce de séduction de Martin que j'aime bien. Il appelle ça « l'éternel mystère masculin ». Martin pense que pour séduire une fille, le garçon doit absolument éviter de trop la baratiner, comme le font les « gros lourds ».

– Les filles adorent le mystère, man. C'est Charlotte qui m'a appris ça. Le truc, c'est d'avoir le bon tempo. Un peu de surprise, un peu de silence, un peu de suspense, mais pas trop, sinon tu les barbes. La drague, c'est comme la magie, man, il faut que ça paraisse super simple et naturel, alors qu'en fait c'est hyper travaillé et réfléchi.

Top départ pour la séduction ! Je passe à l'action. La voie est complètement dégagée maintenant que Jack ne fait plus partie de sa vie.

Je dois avoir confiance en moi ! Quand je me regarde dans le miroir, j'ai encore un peu de mal.

Vivement demain, j'ai le trac. Il ne faut pas que je me précipite. Rester un bon copain et glisser en douceur vers la séduction.

Pas fastoche ! Bye.

Lundi 12 novembre. 18:09

On a découpé ensemble *Un homme et une femme* de Claude Lelouch. Un vieux film sentimental que Mme Ricou, notre prof de cinéma, nous a demandé d'analyser.

– Mettez-vous par deux et décortiquez-le. Essayez de comprendre son rythme, son style, son langage…

On s'est mis par deux, tous les deux, et on n'a rien fichu. Elle a retrouvé son sourire et je lui ai dit qu'elle avait le plus beau sourire de la classe de cinéma, peut-être même de Pézenas, voire de l'Hérault ou de France.

– Aurélie, c'est dingue, mais je viens de réaliser que tu as le plus beau sourire du monde !

Ça l'a fait rire.

Pas Mme Ricou, qui en avait assez de nous entendre glousser.

– Aurélie, sortez !

– C'est pas elle, c'est de ma faute, madame…

Mais Mme Ricou n'a rien voulu entendre. Aurélie a passé le reste du cours dehors et je m'en suis voulu à mort. Pour une fois que je me sentais à l'aise, détendu, blagueur ! Je m'attendais qu'Aurélie me fasse la tête, mais en sortant du cours, avant de rejoindre nos classes respectives, elle m'a simplement dit :

– T'inquiète, c'est pas grave, Xavier. Je me sens bien avec toi. Salut à demain.

ELLE SE SENT BIEN AVEC MOI !

Je vais m'endormir avec cette phrase sur le cœur. Bye.

Mardi 13 novembre. 19:23

Depuis que Jordan traîne avec moi au lycée, je sens qu'Aurélie me regarde autrement. Plus du tout comme un simple copain. Mais pas encore comme un mec beau à tomber.

Et si, en fait, elle tentait une approche vers Jordan ?

Si elle se servait de moi pour le séduire ?

Le mariage de grand-mère aura lieu chez lui. C'est la catastrophe !

Il faut *absolument* que j'en parle à Jordan.

Je dois en avoir le cœur net. Je ne vais quand même pas tenir la chandelle en attendant qu'Aurélie sorte avec tous les beaux mecs du lycée et d'ailleurs !

C'est décidé, demain, j'affronte Jordan. Salut.

Mercredi 14 novembre. 18:06

Tout va bien, Jordan m'a assuré qu'il n'était pas du tout attiré par Aurélie. OUF !

– Tu auras le champ libre samedi soir. Je ne touche jamais aux copines des copains. À propos, je ne suis plus avec Anne. T'as invité d'autres filles sympas ?

Jordan est un pur dragueur, mais il a le sens de l'honneur. Je crois que je peux lui faire confiance.

J-3. Samedi soir, c'est décidé, je me déclare ouvertement à Aurélie. Tant pis si je prends un râteau. Un bal en tenue chic dans un château est le lieu idéal pour une déclaration d'amour.

Je sais, je suis un peu ringard et super romantique. Mais je m'en fous.

Adios.

Jeudi 15 novembre. 20:34

Horreur ! Maman m'a demandé si elle pouvait inviter Isabelle Debernis au mariage de grand-mère.

– La mère de Mina ?

– Oui, elle est déprimée en ce moment, et ça lui ferait du bien de sortir un peu.

– Maman, si elle vient, Mina viendra aussi et…

– Mina a dit à sa mère qu'elle avait très envie de te revoir.

Horreur ! Mon ex veut me revoir et Aurélie va venir seule au mariage de grand-mère. Aurélie et Mina réunies dans une même soirée. Je suis maudit !

– Alors, Xavier, est-ce que cela t'ennuie ?

– Elle a un copain, Mina ?

– Comment veux-tu que je le sache ?

– Maman, vous ne parlez que de nous, entre copines ! Ça m'étonne que tu ne sois pas au courant.

– D'abord c'est faux, nous ne parlons pas que de vous, et ensuite… Bon, tu as gagné. Aux dernières nouvelles, Mina avait un copain, mais d'après Isa, ça ne va plus trop entre eux.

SUPER. Je vais passer la soirée entre mon ex et ma « future ». Génial ! J'adore ce genre de surprise maternelle.

– Alors, Xav ?

– Qu'elles viennent ! Si ça leur fait plaisir…

– Tu es un cœur. Je suis certaine que Mina sera très touchée de…

– STOP !

– Quoi ? Qu'est-ce que j'ai dit ?

– Ne me parle plus de Mina, maman. Je me moque de ce qu'elle pense de moi, OK ?

– Bon, très bien, très bien.

C'est faux, mais je déteste que ma mère se mêle de mes histoires. Je l'imagine très bien comploter avec la mère de Mina pour qu'on se retrouve tous les deux comme au bon vieux temps. Non, je ne me moque pas du tout de ce que Mina pense de moi, pas plus que je ne me moque de ce qu'Aurélie pense de moi.

HELP ! I need somebody !

Je vais appeler Martin. À+

22:34

Martin a trouvé cela au contraire « hyper royal » de se retrouver au milieu de celles qu'il a appelées les deux filles de ma vie.

– Tu veux sortir avec Aurélie ou pas ?

– Oui !

– Si Aurélie refuse, tu es prêt à ressortir avec Mina ?

– J'en sais rien. Peut-être…

– Et alors, qu'est-ce qui cloche ? C'est quoi, le problème ?

– Et si les deux veulent sortir avec moi ?

– Hé, man ! tu deviens gourmand depuis que tu fais de la musique avec Mister Golovine. Tu te la pètes ou quoi ? Les deux ? T'as une chance sur mille, p'être encore moins, que ça arrive.

– Et si ça arrive quand même ?

– T'es chiant quand tu t'y mets. Tu t'angoisses pour rien, je te jure. Si ça arrive, tu viens me chercher et on trouvera une solution.

Je m'angoisse pour rien ! Facile à dire. J'ai tellement aimé Mina et j'aime tellement Aurélie. Les deux ensemble, le même soir, c'est trop.

Tchao.

Vendredi 16 novembre. 15:09

– Monsieur Stanislas Robert Paul-Henri Bras, voulez-vous prendre pour épouse Jeanne Marie Madeleine Dessartes, ici présente ?

Stan a dit oui, grand-mère aussi. Ils se sont embrassés sur la joue et maman a sorti son mouchoir. C'était joli. Surtout un jour de cours loupé pour « raisons familiales ». J'ai l'impression que mon vieux prof de piano a retrouvé ses vingt ans, ce matin. Il a rajeuni. Grand-mère a tenu à se marier à la mairie, en comité réduit, c'est-à-dire uniquement en présence de ses enfants, beaux-enfants, petits-enfants. Du côté de M. Bras, il y avait juste son témoin, un accordeur de piano. Il faut croire que la musique a été sa seule famille. Ça va pas être facile, pour lui, de faire rentrer autant de gens et de bruit dans sa nouvelle histoire. Surtout à soixante-quinze ans. J'ai bien vu que les allers et retours de mon petit cousin dans les allées de la salle de la mairie le perturbaient. Il va devoir nous faire une place. Pousser ses vieilles habitudes et laisser la famille de la nouvelle Mme Jeanne Bras entrer dans sa vie. D'après grand-mère, ils vont habiter chez elle parce que c'est plus grand. M. Bras va vendre son appartement. Quitter son beau salon de musique et vivre auprès de celle qu'il a toujours aimée. Je trouve ça très romantique. Je l'aime bien, M. Bras, finalement. Je crois que c'est réciproque parce que, au déjeuner qui a suivi la cérémonie, il a tenu à ce que je m'assoie à côté de lui.

– Tu te souviens du quatre-mains que nous avons travaillé ?

– La *Danse hongroise* de Brahms ?

– Exact. Que dirais-tu de l'interpréter, demain soir ?

– Ça me ferait plaisir, mais je ne sais pas si je me souviens du morceau.

– Mais si, tu le jouais très bien. J'ai pensé que ça ferait plaisir à Jeanne.

J'ai accepté sans hésiter, même si je sais que mon jeu semblera très gauche à côté de l'aisance de mon professeur (qui aurait pu avoir cette idée un peu plus tôt). Il me reste une journée pour me remettre à niveau.

Voilà. M. et Mme Bras sont mariés, pour le meilleur et pour le pire.

Le meilleur : Aurélie viendra seule à la soirée de mariage. Elle se sent bien avec moi et commence à me regarder différemment.

Le pire : Mina sera là.

Je ne l'aime plus. Notre histoire est finie depuis presque un an. Elle m'a quitté pour un garçon de son collège, soi-disant parce que soixante-seize kilomètres nous séparaient et que, d'après elle, notre histoire devenait difficile. J'ai mis six mois à la sortir de ma tête. Six mois déprimants pour réussir à regarder de nouveau les autres filles, et la voici qui réapparaît comme une fleur. Je ne t'aime plus, Mina, c'est trop tard, j'ai trop souffert à cause de toi, n'espère rien de cette soirée. En tout cas, rien de moi.

Pourquoi est-ce que j'ai si peur de la revoir ? Et si Mina détruisait mon amour pour Aurélie ? Impossible ! Je dois avoir confiance en moi.

J-1. J'aime Aurélie, je n'aime plus Mina : tout va bien se passer.

Tchao.

18:22

Je viens de mesurer mes cheveux, un mois jour pour jour après la première mesure. Résultat : quatre centimètres vingt-cinq. Ils ont donc poussé d'un centimètre et demi en un mois. C'est dingue : je ne vois absolument pas la différence. En tout cas, ils poussent – pas super vite –, mais ils poussent quand même, c'est rassurant.

Cool, Xavier, cool, tout va bien se passer demain... Je vais dormir avec Laïka, elle me porte chance.

Bye.

Samedi 17 novembre. 12:13

This is THE DAY.

– Fonce, man ! Fonce avec Aurélie et arrête de te prendre la tête !

C'est le dernier conseil de Martin. Mon ami, le seul, l'unique. Et comme il a TOUJOURS raison, je vais l'écouter, pour une fois. Ce soir, je vais foncer.

Tout est en ordre. La soirée va commencer à 18 h 30 par un concert classique de Stanislas, suivi de notre quatre-mains. Ensuite, apéritif, toast aux mariés et mon concert Beatles avec les Golovine. Grand-mère a insisté pour inviter le père de Jordan à sa soirée de mariage. Elle en a fait une affaire d'honneur, et M. Golovine, en parfait gentleman (suivant l'expression de grand-mère), n'a pas pu se dérober. Je pense qu'elle tenait à ce qu'il écoute son fils en concert pour mesurer son talent. Elle est forte ! Très forte et bien décidée à sortir Jordan de son impasse scolaire. Après le concert, ce sera buffet repas et soirée dansante avec un DJ. M. et Mme Bras ont tenu aux danses de salon en ouverture du bal, mais ils m'ont promis « de la musique de jeunes en seconde partie de soirée ». Comme je m'attends au pire, j'ai prévu une play-list. On pourra toujours jeter le DJ aux oubliettes et prendre sa place. De toute façon, je me moque de la musique. Ce que je veux, c'est un moment seul avec Aurélie, peut-être même des heures avec elle, lové contre son souffle.

J'y crois.

Tous mes amis seront là, j'espère que tout va bien se passer. C'est bizarre de mélanger une fête de famille avec une soirée entre copains. Encore une originalité de grand-mère !

J'ai la trouille. Tchao.

16:06

J'ai finalement écrit une lettre d'amour à Aurélie. Une déclaration à l'ancienne sur un joli papier à lettres offert par grand-mère. Je suis un romantique, après tout ! J'espère que je vais oser lui donner.

Pas de bonnet de laine, ce soir. Je n'ai plus rien à cacher, et puis mes cheveux ont repoussé. Ça va le faire.

– Xavier ! On y va ! Tu es prêt ?

– Oui, maman, cette fois je suis prêt. Tchao.

Dimanche 18 novembre. 16:09

« Aurélie,

J'aime ta façon de me souffler tes impressions au creux de l'oreille dans les salles obscures. J'aime tes éclats de rire dans la cour du lycée et ta façon de sourire au monde entier. Tu sens l'orange, le soleil, la joie de vivre. C'est ce que j'adore le plus chez toi. Tu me plais depuis le début de l'année, mais j'ai préféré rester dans l'ombre pour te laisser vivre ton histoire d'amour avec un autre. Je ne voulais pas te perdre. Si tu savais comme j'ai peur de ne plus te voir, de ne plus t'entendre, de ne plus te respirer. Je t'aime. Je ne pense qu'à toi, toute la journée, la nuit aussi. Tu es celle qui me réveille chaque matin et que je rêve de serrer dans mes bras. Jusqu'à présent, j'avais caché mon amour pour ne pas te déranger. Tu avais l'air si amoureuse. Maintenant, j'ose te l'avouer : je t'aime à la folie. C'est la première fois de ma vie que je suis capable de devenir l'ami d'une fille pour ne pas la perdre de vue. Ta présence m'est essentielle, comme une respiration. Je ne veux pas que tu te sentes mal à l'aise avec moi, jamais. Tu peux me faire confiance. Quand tu liras cette lettre, je t'attendrai dans la bibliothèque du château (demande à Jordan, il t'indiquera le chemin). Je t'attendrai jusqu'à 22 h 30. Si tu ne viens pas, je saurai que tu ne partages pas mes sentiments. Et si tu es d'accord, nous resterons amis, même s'il me faudra un peu de temps pour l'accepter. Si tu viens, je t'offrirai mon amour, mes sentiments, ce que je suis et tout le bonheur que je souhaite partager avec toi. Fais ce que ton cœur te dicte. Ne triche pas.

Je t'embrasse.

Xavier »

Voilà la lettre que j'ai tendue à Aurélie à 22 h, lui demandant de ne l'ouvrir que lorsque j'aurai quitté la salle. Une petite mise en scène qui s'est déroulée juste après l'ouverture du bal. J'ai osé lui donner la lettre, avec maladresse, tremblant, fiévreux, mais j'ai osé. Je n'ai perçu ni inquiétude ni passion dans son regard à ce moment-là. Aussi, quand à 22 h 02, je me suis retrouvé tout seul dans la gigantesque bibliothèque du château dont Jordan m'avait secrètement donné les clés, j'ai pas mal gambergé. Allait-elle me rejoindre ou me laisser moisir à jamais au milieu de centaines d'ouvrages et de belles histoires dont je n'étais pas le héros ? C'était risqué. Mais, comme le dit grand-mère, « il vaut mieux se prendre un râteau que de ne jamais laisser exploser ses sentiments au grand jour. L'amour est un peu comme la musique, c'est une question de tempo et d'harmonie ».

Quand j'ai aperçu Mina entrer dans la salle de bal du château, j'ai compris ce que voulait me dire ma grand-mère. Mina n'était plus en harmonie avec le Xavier d'aujourd'hui. Tout en elle me rappelait le collège et ma vie d'avant. Je n'étais plus le garçon qu'elle avait aimé. Elle était toujours aussi jolie et rayonnante, mais mon cœur, lui, ne brillait plus de mille feux en sa présence. Désormais, mon cœur battait pour une autre. Ça m'a rassuré et en même temps un peu attristé. J'ai toujours détesté les fins au cinéma.

– Salut, Xavier.

– Salut, Mina. Tu es magnifique.

– Toi aussi. Sympa, ta coupe, ça te change. Il paraît que tu vas jouer du rock ?

On s'est dit des banalités. Des mots de tous les jours. Des mots de copains. Elle non plus n'avait plus envie de m'embrasser, ça se voyait dans ses yeux. Elle cherchait un regard, un autre que le mien, celui d'un garçon qui pourrait lui plaire. Martin, Charlotte, Chiara, Laurent et Marie, qu'elle connaissait, sont venus la saluer et j'en ai profité pour la présenter à mes nouveaux amis : Éric, Alexis, Thomas, Gaël, Virginie et… Aurélie.

– Mina, Aurélie.

C'était bizarre. Je ne me suis pas senti très à l'aise, comme coincé entre une histoire sentimentale du passé et une possible nouvelle idylle. Deux filles, deux histoires. Un silence au milieu comme un point de suspension entre leurs sourires cordiaux. Je les ai laissé faire connaissance et j'ai filé en coulisse prétextant un besoin de concentration avant de rentrer sur scène. En partant, j'ai eu le temps d'entendre Martin demander ouvertement à Mina si son nouveau petit copain était là. Il l'a fait pour moi, pour rassurer Aurélie, pour lui dire clairement que Mina et moi c'était fini. Je n'ai pas entendu sa réponse. J'ai filé rejoindre Stanislas, qui s'est mis au piano, et le concert classique a commencé.

Stanislas est un virtuose, et même mes copains, qui comme moi ne sont pas des fans de Brahms, Chopin ou Schubert ont été touchés par sa musique. À la fin, alors que tout le monde applaudissait, il a annoncé « une petite surprise pour Jeanne ». Et j'ai fait mon entrée en queue-de-pie (une idée de maman, que j'ai trouvée géniale). Un vrai look de concertiste, qui m'a valu les sifflements d'encouragement de Martin et de Charlotte. Grand-mère en a pleuré. De joie, de tendresse. C'était touchant. Je n'ai pas vraiment eu le temps de saisir le regard d'Aurélie, entre mon quatre-mains et le concert rock avec Jordan. Tout s'est enchaîné dans un tourbillon de rires, de pleurs, d'applaudissements et de cris hystériques des copains. J'ai valsé dans ma tête, à l'image de grand-mère et de Stanislas ouvrant le bal les yeux dans les yeux, leurs pas emboîtés et parfaitement en harmonie. Vive les mariés ! Même s'ils ont soixante-quinze ans, même s'ils sont ridés et tremblants. Ils étaient beaux. C'était une soirée magique, presque hors du temps. Jusqu'à mon rendez-vous dans la bibliothèque, où, là, mon cœur a carrément cessé de battre.

À 22 h 02, je me suis retrouvé seul au milieu des livres.

J'ai attendu Aurélie dans le silence de la bibliothèque, avec le brouhaha de la fête en fond sonore. Des rires au loin, des gens heureux au loin, Mina au loin. Et Aurélie ? Je me suis fait des tonnes de films. J'ai envisagé tous les scénarios. Je suis passé par tous les états en une demi-heure. Angoisse, euphorie, espoir, désespoir, joie, tristesse, remords, colère, espoir encore et, enfin, j'ai entendu du bruit.

Des pas qui s'approchaient dans le couloir. Des pas, une respiration.

La poignée de la porte s'est abaissée et quelqu'un est entré.

Quelqu'un est entré dans ma vie. Il était 22 h 29. C'était elle, dans sa robe de soirée verte. Légère, souriante, timide aussi. Quand elle a ouvert la porte, notre histoire d'amour a commencé. Aurélie de Beauregard et Xavier Bole enfin réunis. Je l'ai laissée s'approcher de moi, un peu chancelante sur ses talons trop hauts pour elle. Aurélie marchait sur un fil. Droit vers moi. En silence.

Lentement. Et puis j'ai senti son haleine, sa chaleur, son odeur d'orange.

– Je suis presque en retard, mais je voulais être sûre que tu m'attendrais jusqu'à 22 h 30.

– Je t'aurais attendue toute la nuit.

On s'est mis à se parler comme dans les films, pour que ce soit beau. Pour que ce premier instant de notre histoire d'amour reste gravé en nous comme une œuvre d'art. *La poésie ne peut se permettre l'humour.* Cette phrase lue dans l'ouvrage de Ben Jelloun m'est revenue quand nous nous sommes regardés avec sérieux. L'un face à l'autre, effaçant soudainement nos sourires de nos visages, pour nous montrer tels que nous étions, sans masques, à nu. Fragiles, maladroits, les yeux ivres de désir et d'interrogation, nous nous sommes embrassés. Longtemps. Au milieu des livres. Un vrai décor de cinéma rien que pour nous.

Mon histoire d'amour a enfin commencé. Dans cette bibliothèque comme dans les contes de fées, le meilleur ami s'est transformé en petit ami. Drôle d'expression quand on y pense. Pourquoi *petit* ? Je veux rester son grand ami et c'est pas parce qu'on s'est embrassés que l'amitié des amoureux doit diminuer !

La suite est à écrire. Tous les jours. Je ne sais pas jusqu'à quand durera notre histoire et je ne veux pas y penser. Je sais que je suis bien avec elle, bien dans ses bras, sur ses lèvres, contre son cœur, sur son ventre, entre ses mains. Bien quand je cours avec elle, quand je danse avec elle, quand je l'embrasse et l'enlace au point de me fondre dans sa jolie robe vert pomme. Debout, assis, couché, dans la nature ou en pleine ville, seul ou avec des amis, au lycée ou dans ma chambre, je veux l'aimer.

JE SUIS HEUREUX !!!

Sur les réseaux, aujourd'hui, elle a posté « EN COUPLE AVEC XAVIER. »

Promis, nous ne mettrons pas de photos de nous en train de nous embrasser, par respect pour tous ceux et celles qui, comme moi en début d'année, pensent que l'amour c'est pour les autres.

Le véritable amour ne se partage pas, il ne s'affiche pas non plus. Ni en photo, ni en vidéo, ni en gros titres dans les journaux. Il n'existe qu'entre deux êtres, discrètement. Il est élégant, subtil, impalpable, imprévisible et intime.

C'est pour cette raison que moi, Xavier Bole, quinze ans et demi, décide ce soir de terminer ce cahier. Cette fois, je ne décrirai pas le récit intégral (ou presque) de mon second amour. Je veux le vivre à 100 % sans me prendre la tête.

Adieu, journal, tu m'as aidé à passer une grosse crise de rentrée en seconde. Grâce à toi, j'ai cheminé ; maintenant, il est temps de te saluer, façon Jordan au lycée.

– Salut, mec !

DERNIÈRE PAGE AVANT FERMETURE DÉFINITIVE DE MON JOURNAL, 1

Avec Tibou, dimanche soir

– C'est dégoûtant de s'embrasser !

– Non, pas du tout.

– Si. Je t'ai vu avec la fille déguisée en Fée Clochette.

– Aurélie ?

– C'était dégoûtant. Ça fait de la bave comme quand Laïka fait sa toilette. Berk !

– Tu comprendras quand tu seras plus grand.

– Non. J'embrasserai jamais personne, pis c'est tout. Tu viens regarder *Les Simpson ?*

DERNIÈRE PAGE
AVANT FERMETURE DÉFINITIVE
DE MON JOURNAL, 2

Lundi matin, dans le bus avec Jordan

– Salut, Xav. C'est cool pour Aurélie et toi.

– Oui, c'est cool.

– J'ai trois nouvelles. Deux bonnes et une qui ne va peut-être pas te faire plaisir.

– Vas-y.

– Je vais passer mon bac et l'obtenir, peut-être même avec mention. J'ai décidé de me mettre à bosser.

– Grand-mère y est pour quelque chose ?

– Carrément ! Je ne sais pas si ta grand-mère est une fée ou une sorcière, mais en tout cas, elle a convaincu mon père, samedi soir. Si je réussis le bac, il accepte que je me présente au Conservatoire régional de musiques actuelles.

– Génial ! Je suis content pour toi. La deuxième bonne nouvelle ?

– Je préfère commencer par la moins bonne, enfin…

– Vas-y. On est amis, non ?

– Justement… Je sors avec Mina.

– OK. C'est cool.

– C'est cool ?

– Oui, si tu l'aimes et qu'elle t'aime aussi, c'est bien. Mais prends soin d'elle !

– Bon, alors la troisième nouvelle, direct. Je vais acheter les ordinateurs pour votre école du Mali. Je te dois bien ça, et mon père est d'accord pour financer l'opération.

– Génial ! Merci, vraiment !

– Merci à toi. Tu sais quoi, Xavier Bole ? Tu es un mec vraiment cool, le mec le plus cool du lycée. Et je sais de quoi je parle !

DERNIÈRE PAGE AVANT FERMETURE DÉFINITIVE DE MON JOURNAL, 3

Avec mes parents, deux jours après le mariage de grand-mère

– Xavier ! Range ta chambre ! Xavier, arrête cet ordinateur et va faire tes devoirs ! Xavier, ce n'est pas parce que tu es amoureux qu'il faut oublier de travailler ! Regarde papa, il passe son temps enfermé dans son bureau et pourtant il m'aime. Hein, Jacques, tu m'aimes, n'est-ce pas ?

– Mais oui, je t'aime, ma chérie ! C'est vrai, Xav, bosse ! Enfin, pas trop non plus. Ta mère a raison, parfois j'oublie d'avoir quinze ans et de rêvasser toute la journée en ne pensant qu'à elle !

(Trop chou, les parents parfois, non ?)

DERNIÈRE PAGE AVANT FERMETURE DÉFINITIVE DE MON JOURNAL, 4

Martin et moi, pendant sa pause à la pizzéria bio

– Alors, man ! T'as assuré ! Je te garde les capotes fluo de Kevin ou pas ?

– T'es con. Je n'en suis pas là, avec Aurélie. Je ne suis pas prêt pour ça.

– Elles sont valables deux ans ! C'est écrit sur la boîte. Et dans deux ans, t'auras dix-huit ans, man ! Ça pourrait le faire. Ton machin aura poussé, à dix-huit ans. Avec plein de poils partouuuuuuut ! Grrrr !

– T'es vraiment un gros naze !

– C'est une déclaration d'amitié ?

– Oui.

– C'est partagé. Alors, embrasse-moi et marions-nous. On était tellement contents de nous, de nos amours, de la vie, qu'on s'est mis à valser tous les deux dans la pizzeria en chantant *La Vie en rose* de Piaf (le tube du mariage de grand-mère). Ça a fait marrer les derniers clients, peu habitués, c'est vrai à voir des mecs valser de joie. Pourtant, les mecs, je vous le dis on se sent plus libres quand on ose danser ! *Let's dance, guys!*

Composé par Nord Compo
7, rue de Fives, 59650 Villeneuve-d'Ascq

Achevé d'imprimer sur Roto-Page en janvier 2025
par l'Imprimerie Floch à Mayenne
Dépôt légal : janvier 2025
N° 157760-1 (106215)

Imprimé en France